Redención

Redención

MEREDITH WILD

- SERIE HACKER 4 -

TITANIA

Argentina • Chile • Colombia • España
Estados Unidos • México • Perú • Uruguay • Venezuela

Título original: *Hard Limit – The Hacker Series Four*
Editor original: Forever an imprint of Grand Central Publishing – Hachette Book Group, New York
Traducción: Juan Pascual Martínez

1.ª edición Julio 2016

Copyright © 2014 by Meredith Wild
All Rights Reserved
© de la traducción 2016 *by* Juan Pascual Martínez
© 2016 *by* Ediciones Urano, S.A.U.
 Aribau, 142, pral. – 08036 Barcelona
 www.titania.org
 atencion@titania.org

ISBN: 978-84-16327-19-5
E-ISBN: 978-84-16715-07-7
Depósito legal: B-7.007-2016

Fotocomposición: Ediciones Urano, S.A.U.
Impreso por Romanyà Valls, S.A. – Verdaguer, 1 – 08786 Capellades (Barcelona)

Impreso en España – *Printed in Spain*

Prólogo

«*E*: Nos vemos en el club dentro de 10 minutos. Por favor, no te enfades.»

Volví a leer el mensaje de texto de Erica una y otra vez hasta que mi cerebro captó su significado.

«Menuda mierda.»

El club al que se refería sólo podía ser uno. Los nudillos se me pusieron blancos, como si apretar el teléfono hasta el punto de aplastarlo entre los dedos pudiera evitar que me hiciera aquello. Inspiré profundamente, aunque eso no logró calmarme en absoluto. Luego marqué su número y me puse el teléfono al oído. Escuché el zumbido sin fin mientras contenía la cadena de palabrotas que iba a soltar si descolgaba. Sabía que no contestaría.

El cálido timbre de su buzón de voz me saludó. Me escoció echar de menos a la mujer detrás del sonido, pero no podía pasar por alto el exasperante hecho de que no descolgaba el puto teléfono. Colgué y agarré las llaves. Volé escaleras abajo hacia el Tesla, y, sin perder tiempo, me abrí paso en el tráfico de la hora punta.

Le eché un vistazo al reloj, calculé el trayecto y cuánto tiempo estaría ella allí, sola y sin mí. Diez o quince minutos, con suerte. Mi mente le dio vueltas a lo que podría ir mal en ese espacio de tiempo en aquel establecimiento exclusivo y subterráneo que conocía desde hacía años como La Perle.

Ella sería una presa.

Si yo estuviera acechando en las sombras de aquel lugar, como lo había hecho más veces de las que querría admitir, eso es lo único que sería para mí. Una pequeña bomba rubia y atractiva con fuego suficiente como para que un dominante quisiera hacerla suya. Un hombre tendría que ser un puto ciego para no querer ponerla de rodillas.

Apreté el acelerador y giré el volante para esquivar un grupo de coches lentos que me iban a hacer perder un tiempo precioso. Cuando la preocupación empezó a acosarme, también lo hicieron los recuerdos no deseados del club. No había puesto un pie allí desde que conocí a Erica, hacía meses ya. No tenía ninguna razón para volver a esa vida. Apreté la mandíbula mientras pensaba en todo lo que había jugado allí, en los muchos momentos sin sentido por los que había regresado a lo largo de los años, después de dejar a Sophia. Todo lo que había en ese lugar estaba cargado con la promesa de sexo, y las posibilidades más oscuras flotaban en el aire entre cada respiración contenida y cada mirada intercambiada sin atisbo ninguno de inocencia.

Sentía una dolorosa opresión en el pecho. Tenía mucha ira. La frustración que me hacía rechinar los dientes y que sólo Erica era capaz de provocar. Pero bajo todo aquello estaba el amor. El amor a Erica que me hacía estallar de deseo. A pesar de que la quería lejos de todo aquello, mis deseos más bajos describían una fantasía en la que la encontraba en el club y yo era el hombre que la domaba, aunque sabía lo imposible de cojones que era esa tarea. A la luz del día, nunca lo puso fácil, pero bien que se sometía de maravilla por la noche.

Pisé el freno en un semáforo en rojo. Cerré los ojos, y allí estaba ella, mirándome con esos ojos azules de expresión adormilada, esos océanos interminables. Todo ese espíritu infernal templado en nombre del placer que le daría, y yo siempre le daba más de lo que podía manejar. Nunca la dejaba descansar hasta que estaba saciada. Hasta que veía el asombro en sus ojos, que sólo yo podía poner ahí, después de llevarla hasta a un lugar al que nadie más podía llevarla. Hasta que la única palabra que era capaz de pronunciar era mi nombre.

Nunca nos quedábamos cortos de pasión. No podíamos dejar de tocarnos. La adrenalina superaba la fatiga que se asentaba en mis huesos después de otra noche sin dormir. Podía follármela hasta quedar desmayado, y no sería suficiente. Me había prometido toda una vida juntos, y yo estaba totalmente decidido a amarla bien todos los días que me diera esta vida.

La palabra «amor» se quedaba corta para lo que yo sentía por Erica. Tal vez era una obsesión, una fijación que nunca menguaba por hacerla mía en todas las maneras que me había dejado. Heath lo había notado, incluso me advirtió cuando vio cómo ella me estaba cambiando. Él conocía bien las adicciones, y nadie podía negar que ella era mi vicio. La droga sin la que me negaba a vivir, sin importar cuántas veces me rechazara. Me esforcé al máximo para mantener la superioridad en nuestra relación para así protegerla, para mantenerla fuera del alcance de aquellos que le harían daño a uno para destruir al otro. No podía perder el control y arriesgarme a perder algo más importante: la única persona que había entrado en mi vida y había hecho que valiera la pena vivirla.

Sí, ella me había cambiado, tanto como un hombre con mis aficiones particulares podía cambiar. Ella me impulsó a hacerlo. Había entrado en mi vida, con su poco más de metro sesenta y cinco de independencia feroz. Su mera presencia me desafiaba, se me metía bajo la piel, me la solía poner dura hasta que podía encontrar la paz inexplicable que encontraba cuando estaba dentro de su pequeño cuerpo flexible. Incluso en un momento así, apenas era capaz de inspirar profundamente al saber que estaba fuera de mi alcance. Agarré el volante con más fuerza todavía. Noté en mis dedos exangües el hormigueo que provocaba la necesidad de sentir su cuerpo debajo de ellos, amándola, poseyéndola, sometiéndola.

«Joder.»

Me recoloqué la erección para que no me molestara. No sirvió de mucho, porque el recuerdo de la noche anterior me asaltó. Sus labios grandes y voluptuosos abriéndose para mí y sólo para mí. Sus uñas clavadas en mis muslos mientras me tomaba por entero en la dicha caliente de su boca.

Solté el volante para liberar parte de la tensión y exhalé un suspiro entrecortado. Rocé el cuero gastado de mi cinturón con uno de los pulgares, y el martilleo de mi corazón se aceleró. El semáforo se puso en verde, y me lancé a toda velocidad hacia mi destino. Un impulso de impaciencia me recorrió el cuerpo y terminó con un nuevo flujo de sangre hacia mi polla, ya dura como una piedra.

Por lo menos, disfrutaría castigándola cuando todo aquello acabase.

1

Dos semanas antes

Deslicé mis manos frías arriba y hacia abajo por los lados del vestido. Me había arreglado para dar una buena impresión. Sabía que era una tontería. Sobre todo, porque aquélla no sería exactamente una primera impresión.

—¿Quieres café?

Blake se acercó hasta donde yo estaba y me ofreció una taza humeante. Iba vestido con unos pantalones vaqueros de color azul oscuro y una camisa blanca que hacía que le brillara la piel. La tenía bronceada por nuestra estancia en la casa de la playa, el lugar donde fuimos a escapar del bullicio de la ciudad y a cargar las pilas. Ese día, como todos los demás, Blake me dejó sin aliento. Parecía recién salido de un catálogo, pero había algo más en él que su impresionante apariencia atractiva. Toda su presencia tenía la capacidad de hacerme perder el equilibrio. A veces, cuando no estaba prendada de su perfección, me preguntaba si yo también le provocaba algo así.

—Gracias —murmuré.

Nuestras manos se rozaron cuando tomé la taza, y dejé que su calor me impregnara los dedos.

—Llámame «tonto», pero te veo nerviosa.

Tomó un sorbo de su café y ladeó la cabeza.

Me quedé mirando el líquido cremoso, dejé que el fuerte aroma me llenara la nariz y traté de imaginarme lo que traería la siguiente media hora. Estar allí con Blake a mi lado debería haber sido un pequeño, un gran, apoyo, pero no fue así.

—No puedo evitarlo.

Él se rio en voz baja.

—No tienes absolutamente ninguna razón para estarlo. Lo sabes, ¿verdad?

Para él era fácil decirlo. Al otro lado de la habitación, un joven alto estaba hablando con algunos de los demás inversores. A esas alturas, a muchos de ellos ya los llamaba por el nombre de pila, pero no podía pasar por alto que eran los creadores y destructores de sueños. Eran hombres, en mayor o menor medida, como Blake. Algunos se habían hecho a sí mismos, y otros habían tenido éxito en sus carreras profesionales y habían decidido tener como afición convertirse en patrocinadores de inversiones explorando nuevas ideas interesantes.

El joven tenía la mandíbula muy apretada, y sus movimientos eran espasmódicos bajo una sonrisa tensa y unos ojos muy abiertos, como si se hubiera bebido todo el café de Boston esa misma mañana.

—Ésa era yo hace unos meses —comenté—. Es aterrador, y nunca sabrás lo que se siente. Además, probablemente todavía sufro de estrés postraumático por toda la mierda por la que me hiciste pasar en esta sala. ¡Dos veces!

La expresión divertida de Blake no mostraba en absoluto todo el remordimiento que estaba tratando de hacerle sentir. Hacía tan sólo unos pocos meses, nos habíamos visto cara a cara en aquella misma habitación, un encuentro que puso en marcha una serie de acontecimientos inesperados: nuestra vida juntos tal y como la conocíamos.

—Veo que estás realmente desolado por aquello —añadí tratando de parecer molesta mientras soplaba una nube de vapor de mi café.

—Fui un idiota. Lo admito.

—Un auténtico capullo —le corregí.

Una sonrisa arrogante le curvó los labios.

—Está bien, pero no puedes hacer que me arrepienta de un solo segundo de aquel día, porque ahora te tengo.

Su mirada de ojos verdes se quedó clavada en la mía mientras permanecía de pie frente a mí, con una postura relajada y envolvente. Sí, me tenía por completo. Mi nerviosismo desapareció poco a poco, y tuve que contener el impulso de borrarle esa sonrisa burlona con un beso delante de todos aquellos individuos trajeados. El hombre me enloquecía, en más de un sentido.

—¿Qué piensas? ¿Te arrepientes de algo? —me preguntó.

La expresión de sus ojos se oscureció como si pudiera leerme el pensamiento, y el hombre divertido y algo engreído quedó sustituido por el amante que tenía mi corazón en sus manos. Inspiré profundamente por la nariz, esperando la caricia que a menudo solía seguir a esa mirada. Una sencilla caricia tranquilizadora que contenía todo el amor que sentíamos el uno por el otro.

Pasó los dedos con suavidad a lo largo de mi mandíbula y bajó la cara hacia un lado de la mía. El suave beso con el que me rozó la mejilla podría haberse confundido con un saludo discreto entre colegas y llenó el aire entre nosotros con su olor. Dejé de respirar y atrapé su esencia en mis pulmones. Quería estar inmersa en aquello, cubierta por ese aroma masculino tan único.

Se apartó y volvió a adoptar su actitud relajada delante de mí. Se llevó la taza de café a sus bellos labios una vez más, cuando yo los quería contra los míos otra vez. Dios, la tortura sensual que había soportado a merced de aquellos labios.

Cerré los ojos y sacudí la cabeza. No había palabras. Ni arrepentimientos. Él tenía razón. Todos los altibajos, por muy dolorosos que fueran, habían merecido la pena. Habíamos cometido errores. Nos habíamos hecho daño el uno al otro, pero, de alguna manera, habíamos salido de todo aquello fortalecidos. Él conocía mi corazón, y yo conocía el suyo. No podía adivinar el futuro, pero no podía imaginarme al lado de nadie que no fuera Blake.

—¿Todavía nerviosa? —murmuró.

Abrí los ojos para encontrarme de nuevo cara a cara con su sonrisa de diversión, pero con una nueva calidez en sus ojos.

—No —admití, demasiado consciente de nuestra falta de privacidad y nerviosa por el cambio repentino en el ambiente entre nosotros. Traté de hacer caso omiso del modo en el que mi corazón se hinchaba contra las paredes del pecho, ese recordatorio sin nombre de lo desesperadamente que lo amaba. Era una esclava de ese hombre y del cuerpo que destrozaba una y otra vez mi capacidad para comprender la vida más allá de nuestro dormitorio. En ese momento me hubiera gustado que estuviéramos solos, ser libre para tocarlo. Ansiaba tocarlo.

—Bien. Esto va a ser divertido, te lo prometo.

Se colocó a mi lado y deslizó su brazo alrededor de mi cintura para acariciarme con unos leves círculos trazados por sus dedos en la parte baja de la espalda.

Tal vez aquello ya no era tan informal. Blake encontraba el modo de dejar claro a todo el mundo que yo era suya sin importar dónde estuviéramos. Ya fuera en la sala de juntas o en el dormitorio, nunca dejaba lugar a muchas dudas. No puedo decir que me importaba. Lo que yo quería en ese momento era apoyarme en él, respirar su olor y dejar que el mundo desapareciera entre sus brazos.

—Empezaremos dentro de pocos minutos. ¿Quieres comer algo? No has desayunado —murmuró, con su cálido aliento en mi cuello.

Negué con la cabeza.

—No, gracias. —Me callé un momento, pero fui incapaz de hacer caso omiso a la pequeña duda que no dejaba de crecer en mi cabeza—. Blake...

—¿Qué pasa, cielo?

Su voz me sonó tan dulce como el apodo que me había puesto cuando salió de sus preciosos labios. Y la forma en que me miraba... Podría pedirle el diamante Hope en una bandeja de plata y tenía pocas dudas de que iba a encontrar una manera de ponérmelo delante.

—¿Estás seguro de que me quieres aquí?

Hizo una mueca y estropeó sus hermosos rasgos con un leve fruncimiento del entrecejo.

—¿Qué quieres decir? Por supuesto que sí. Te puse en esta junta por varias razones, y no todas eran egoístas. Te mereces estar aquí tanto como cualquiera de estos tipos.

Puse los ojos en blanco.

—Lo dudo mucho.

—Tienes tu propia experiencia, tanto fracasos como éxitos, que traes aquí y ahora. Ya lo sabes.

La presencia tranquilizadora de su mano en mi espalda desapareció, sustituida por una suave caricia que me subió por el brazo hasta volver a mi mejilla. Me levantó la barbilla hasta que él fue todo lo que pude ver, todo en lo que pude pensar.

—No lo dudes lo más mínimo, Erica. No vuelvas a dudar de lo mucho que vales.

Negué levemente con la cabeza.

—Supongo que estoy preocupada de que esas razones tengan más que ver con... nosotros que con que yo merezca estar aquí. ¿Qué pasa si no tengo nada que aportar? No quiero avergonzarte delante de toda esta gente.

Giró su impresionante cuerpo para quedar encarado con el mío.

—Escúchame bien. Éste es su primer intento como posible inversora, así que no pasa nada si estás un poco nerviosa. Tú sólo debes hacer las preguntas que te vengan a la cabeza. Si no te viene ninguna, probablemente tenga mucho más que ver con el pobre chico de ahí que está a punto de vomitar su desayuno que contigo. Él es quien tiene el culo en plena revisión, así que hazte un favor: tómate el café, camina hacia allí como si fueses la dueña de este puto lugar, porque dentro de unas semanas, cuando seas mi esposa, lo serás, y haz lo que mejor se te da. Sé una jefa. Busca talentos y decide si la empresa de este tipo es digna de una segunda mirada.

Me tragué la emoción que me ardía en la garganta. Me dejaba totalmente asombrada la fe que tenía en mí. Por otra parte, no había mucho de Blake que no fuera completamente abrumador y asombroso.

—Eres increíble, lo sabes, ¿verdad?

Su expresión seria se suavizó un poco con una sonrisa que también se asomó a sus ojos. La felicidad de Blake lo era todo para mí. Quise aferrarme a ella, unirla a la mía, y quedarme así todo el tiempo que pudiéramos. Con suerte, para siempre.

Cerré los ojos y disfruté de ese breve momento entre nosotros. Sus labios se posaron sobre mi frente con un beso suave.

—Ahora, vamos a buscar nuestros asientos antes de que mande a todos a casa y te haga el amor de forma apasionada encima de esa mesa. Me está costando mucho mantener las manos lejos de ti en este momento.

Levanté la vista tratando de no dejarme llevar mentalmente por esa fantasía.

—Es un poco temprano por la mañana para andar con falsas amenazas —bromeé con una media sonrisa.

Sacó un poco la lengua y la deslizó sensualmente por la parte inferior de sus dientes.

—No es una falsa amenaza, y creo que lo sabes. Ahora mueve ese precioso culo hasta allí e impresióname.

Esperé un segundo para que el sonrojo desapareciera de mi cara antes de encabezar la marcha hacia la larga mesa de conferencias donde los demás ya estaban comenzando a sentarse. Nos sentamos también y Blake carraspeó para aclararse la garganta, antes de bajar la mirada hacia el papel que tenía ante él.

—Hola a todo el mundo, os presento a Geoff Wells. Ha venido para presentar su proyecto, unas aplicaciones de tecnología portátil.

Geoff era joven, tenía poco más de veinte años. Era delgado, de piel pálida, y el cabello rubio oscuro le caía en una larga melena sin peinar que le llegaba hasta los hombros. Tenía toda la pinta de un programador. Mantenía sus brillantes ojos azules muy abiertos, recorría las caras rápidamente con la mirada, y la nuez de la garganta le bajaba y le subía cada vez que tragaba saliva mientras esperaba a que todas las personas sentadas frente a él se acomodaran. Dios, cómo lo sentía por aquel chico. Cuando nuestras miradas se cruzaron, le sonreí. Quizá podría ser la cara amable en la multitud. Él me devolvió la sonrisa, y me pareció que relajaba un poco su postura.

—Gracias por venir, Geoff —le dije. Estaba tan nerviosa como él, y querer que se sintiera más a gusto me ayudó a salir de mi concha. Señalé con un gesto de la barbilla la pila de papeles que tenía delante de él—. Háblanos de tu idea.

Se irguió e inspiró hondo.

—Gracias por invitarme. He trabajado en programación la mayor parte de mi vida, pero en los últimos años me he concentrado específicamente en el desarrollo de aplicaciones. Como muchos de ustedes ya sabrán, vamos a ser testigos de un nuevo mercado emergente en el espacio de la tecnología durante el próximo año. Los programas, en concreto, las aplicaciones para tecnología portátil.

Geoff se lanzó a explicar los detalles de su proyecto. Habló de forma animada, del mismo modo en que Sid y yo a veces hablábamos acerca de nuestra empresa entre nosotros y con los demás. Todos nosotros, Sid, Blake, James y yo, vivíamos en otro mundo, en nuestra propia burbuja de alta tecnología. Hablábamos un idioma diferente. Yo no era una programadora nata, pero me encantaba la parte comercial de la tecnología y disfrutaba de nuestro pequeño microcosmos raro. Estaba claro que Geoff también vivía en ese mundo, y posiblemente no saliera mucho de él, por lo que dejaban entrever su tez y su cabello descuidado.

A lo largo de los siguientes quince minutos, Geoff explicó todos los detalles de alto nivel de su plan para ampliar las aplicaciones que ya había creado. Pasó por todos los puntos precisos que yo me había grabado en la cabeza cuando estaba preparando mi oferta a Angelcom meses atrás. Mientras hablaba, reconocí la pasión y el talento de Geoff. Aparte de eso, pensé que la idea era bastante interesante. Apunté unas cuantas cosas en el bloc de notas que tenía delante de mí, impaciente por tener la oportunidad de hacerle preguntas y con la secreta esperanza de que Blake estuviera tan entusiasmado como yo con aquella idea.

El teléfono de Blake se iluminó en silencio, distrayéndolo de la presentación. Le lancé una mirada. Cuando no se dio cuenta, le di con la punta del zapato. Su ceño se encontró con el mío, y una pequeña sonrisa de reconocimiento lo reemplazó. Miró hacia delante, concentrado en la única persona que debía retener su atención en ese momento.

—¿Qué aplicaciones has programado hasta ahora? —le preguntó Blake cuando Geoff se calló un momento durante la presentación.

—Tengo un puñado de aplicaciones integradas para las principales plataformas que se van a presentar dentro de pocos meses.

—¿Con qué rapidez crees que puedes sacar más aplicaciones al mercado?

—Depende de la financiación. Necesito muchos más desarrolladores especializados en las diferentes plataformas de trabajo de los diversos proyectos. En este momento, prácticamente sólo estoy yo.

—¿Tiene más ideas ya preparadas? —le pregunté.

—Tengo varias. Las especificaciones técnicas ya están listas para comenzar. Sólo necesito más manos a la obra para empezar y que podamos ofrecerlas antes de que alguien más lo haga.

Asentí con la cabeza mientras realizaba un cálculo rápido para hacer coincidir su solicitud de financiación con la planificación que teníamos delante. Miré a un lado, con la esperanza de ver en los ojos de Blake una chispa de interés, pero él volvió a mirar a Geoff antes de que yo consiguiera captar su mirada.

—Está bien, Geoff, creo que hemos cubierto todos los puntos básicos. ¿Tienes algo más?

Geoff negó con la cabeza.

—Creo que lo que he dicho es la esencia del proyecto, a menos que tengan más preguntas.

Blake miró a su alrededor, hizo una llamada tácita para las preguntas. Cuando le respondieron una serie de asentimientos silenciosos, les indicó con un gesto a los señores que estaban frente a nosotros que hablaran.

—¿Qué les parece, caballeros? ¿Listos para decidir?

El primer hombre, que también había estado en mi examen de proyecto, pasó rápidamente. También había pasado en el mío. Geoff se mordisqueó el interior de la mejilla.

Los siguientes dos inversores también pasaron, y me sentí tremendamente angustiada por Geoff. Su mirada se posó en Blake, con el típico terror a ser totalmente rechazado reflejado en su cara. Blake hizo chasquear varias veces su bolígrafo.

—Creo que yo… —Hizo una pausa, y se tomó otro momento para darse unos golpecitos con el bolígrafo en los labios—. Creo que voy a dejarle la decisión a la señorita Hathaway en este caso.

Me señaló, aunque estaba justamente a su lado. Me quedé un poco con la boca abierta. Me encantaba la idea de Geoff, pero, mientras pasaban los segundos, seguí esperando que Blake fuera el encargado de tomar la decisión. Blake colocó un brazo sobre el respaldo de la silla y me dirigió una sonrisa torcida. Qué cabrón.

En ese momento, Geoff parecía ya tan confundido como aterrado, con el rostro todavía más pálido de lo que lo tenía normalmente.

—Me gusta —le dije rápido.

A Geoff se le iluminó la cara.

—¿Sí?

—Sí. Me gusta todo lo que he visto hasta ahora. Creo que muestra un potencial increíble. Me gustaría saber más acerca de tus ideas sobre aplicaciones concretas.

Una amplia sonrisa apareció en su cara.

—Muchas gracias. Cualquier cosa que necesite saber…

—¿Cómo lo tienes la próxima semana, Geoff? —intervino Blake llamando la atención de Geoff y desviándola de mí.

—La próxima semana me va muy bien. Bueno, cualquier momento que le venga bien, por supuesto.

—Estupendo. Haremos que Greta organice algo en la recepción. —Blake miró a los demás hombres—. Señores, gracias por venir. Creo que con esto ya hemos terminado.

Los demás inversores se levantaron poco a poco con nosotros. Geoff recogió sus notas y rodeó la gran mesa hasta donde yo estaba.

—Muchas gracias por esta oportunidad.

—No hay problema. Estoy impaciente por comprobar algunas de las cosas que has diseñado. —Le dediqué una sonrisa cordial y le estreché la mano—. Soy Erica Hathaway, por cierto.

Blake se levantó a mi lado y le tendió la mano, y su apretón fue firme.

—Se va a convertir en Erica Landon dentro de pocas semanas. Soy Blake, su prometido.

La sonrisa de Geoff se ensanchó.

—Es genial conocerlo en persona, señor Landon. He oído hablar mucho de usted.

—¿Sí? Bueno, todo es verdad. —Blake se rio en voz baja antes de que algo llamara su atención al otro lado de la estancia—. Disculpa. Tengo que ir a hablar con alguien. Pero enhorabuena, Geoff. Erica tiene gustos muy exigentes, así que estás de suerte de tenerla de tu lado.

Puse los ojos en blanco y le di un pequeño codazo para que se marchara.

—Vete y déjanos hablar.

Blake me sonrió y nos dejó.

—Lo siento. Es… Bueno, no te sientas mal. A mí me horrorizó cuando presenté mi primer proyecto.

—¿Lo hizo aquí?

Me encogí de hombros, todavía incrédula ante el hecho de que en ese momento yo estuviera sentada en el otro lado de la mesa tan sólo unos pocos meses más tarde.

—Sí, en cierto modo, así es como nos conocimos.

—Vaya. Sí que debió de gustarle su idea.

Me reí y luché por contener el rubor que sin duda me estaba coloreando la cara. «Algo le gustó, sí.»

—Blake es una gran persona a la que tener en tu equipo. Me ha enseñado mucho. —Metí la mano en mi bolso y le di mi tarjeta—. Aquí tienes mis datos por si tienes que ponerte en contacto conmigo para cualquier cosa. Quizá quiera hacerte unas cuantas preguntas más antes de nuestra reunión, aunque tengo que dejar que toda esa información repose un poco antes.

—Por supuesto. —Leyó con atención la tarjeta—. ¿Clozpin?

—Es mi nuevo proyecto empresarial.

Decidí no mencionar que Blake se negaba a imprimir mis tarjetas de Angelcom hasta que cambiara mi apellido. El puñetero era muy posesivo.

Geoff levantó la mirada, con su sonrisa de euforia convertida ya al parecer en un rasgo permanente de su rostro.

—Increíble. Estoy impaciente por echarle un vistazo.

—Estaremos en contacto, ¿de acuerdo?

—Genial, gracias de nuevo.

2

Blake habló en voz baja a alguien a través de la puerta abierta mientras Geoff se volvía para salir con los otros. Me apoyé de espaldas en la mesa, a la espera de que regresara. Cerró la puerta y se dirigió con paso lento hacia mí.

—Al fin solos.

Me mordí el labio.

—¿Qué tal lo he hecho?

Se detuvo delante de mí y me rodeó la cintura con un brazo para acercarme a él.

—Has hecho que me sienta orgulloso. Siempre lo haces.

—Me has puesto en un brete otra vez. ¿Es que llevas alguna clase de registro con todas las veces que me puedes volver loca en esta sala?

Me sonrió.

—¿Es que esperabas menos de mí?

—No, por supuesto que no. Pero dime lo que realmente piensas sobre su idea. ¿Me he equivocado?

—Es prometedora. Tenía el presentimiento de que te gustaría.

Subí las manos hasta su cuello y metí los dedos entre los cabellos de su melena corta, que le caía justo un poco por debajo del cuello de la camisa.

—¿Qué pasa si odias algo que a mí me encanta? Es nuestra inversión. ¿No deberíamos estar de acuerdo?

—Creo que sí, sería lo ideal. Pero, si te gusta algo, agárralo y ve a por ello. Como has hecho hoy.

Me pasó un dedo por la parte delantera de mi vestido y luego subió la mano para sostenerme un pecho a través de la tela. Me apoyé sobre su contacto. Noté la prueba inequívoca de su deseo dura contra mi cadera.

—Supongo que te gusta que me ponga asertiva.

Empujó las caderas hacia delante y me dejó atrapada entre la mesa y su cuerpo duro.

—No soy como la mayoría de esos hombres a los que la polla se les pone blanda en cuanto ven a una mujer con personalidad y que piensa por su cuenta.

Pegó los labios a mi cuello y luego bajó poco a poco hasta la clavícula. Se me puso la piel de gallina y mis pezones se endurecieron hasta el punto de mostrarse a través del vestido. Me arqueé contra él, desesperada por proporcionarles un poco de alivio, pero, cuanto más se tocaban nuestros cuerpos, más fuera de control me sentía.

—Te das cuenta de que eso que acabas de decir es un marcado contraste con tu necesidad compulsiva de controlarme, ¿verdad?

Me agarró por la nuca y me miró fijamente. La expresión seria de esa mirada me quitó el aliento.

—No quiero controlar tu vida, Erica. Quiero formar parte de ella, y yo quiero que formes parte de la mía. Pero no voy a dejar que tomes las decisiones por los dos, sobre todo cuando se trata de la vida y la muerte.

Me quedé sin habla y sin aliento por su proximidad embriagadora, por su abrazo posesivo y por el doloroso conocimiento de que nuestra relación no había sido lo único que había estado en peligro a lo largo de los meses anteriores. A veces, nuestra vida también lo había estado, y yo no estaba totalmente libre de culpa de eso.

—Es algo razonable, ¿verdad?

La tensión alrededor de su boca se suavizó.

—Sí —le susurré.

Habíamos pasado por un infierno en las negociaciones de los términos sobre quién tendría el poder en nuestra relación. Él había hecho concesiones, y al final, a pesar de lo tortuoso de todo el proceso, yo también las había hecho. Le había entregado un mayor control sobre mí de lo que jamás le había concedido a nadie.

Relajó un poco su abrazo y bajó la mano a lo largo de la tela de mi vestido hasta la altura del borde, sobre mis muslos.

—Bien. Me alegro de haber aclarado eso. Ahora que hemos acabado las tareas del día, me gustaría follarte en esta mesa, si no te importa.

Me quedé callada mientras calculaba la seriedad de su declaración.

—No me importaría, pero estoy segura de que a nadie de la empresa le gustaría encontrarse esa escena al entrar. No hay cerradura en la puerta.

—No importa. Le he dado instrucciones explícitas a Greta de que no me molesten bajo ninguna circunstancia.

—¿Instrucciones explícitas? —le provoqué.

Una pequeña sonrisa interrumpió la seriedad anterior.

—Sí, eran muy guarras. Se horrorizó cuando le detallé las cosas que pensaba hacerte.

Me subió el vestido por encima de las caderas y me levantó sin esfuerzo sobre la mesa.

—Quizás está demasiado ocupada deseando estar aquí en persona como para mantener fuera a la gente.

Le tapé las manos con las mías e intenté en vano bajarme de nuevo el vestido hasta colocarlo de un modo decente sobre mis muslos. Se metió empujando más entre mis piernas, así que casi lo tuve todo a la vista.

La realidad de lo que estaba proponiendo se apoderó de mí, lo que me sofocó las mejillas e hizo que la piel me ardiera a fuego lento. No vi ni un atisbo de duda en sus ojos. Un segundo más tarde, me tapó la boca con la suya y me abrumó con su beso ansioso. Yo también le deseaba con fervor, así que dejé que su lengua pasara entre mis labios entreabiertos. Busqué su dulzura cálida y me entregué a ella, pero ¿dónde íbamos a llegar realmente así?

Se me escapó un jadeo ahogado cuando se apartó y bajó la boca para besarme detrás de la oreja y seguir por el cuello, dibujando un camino decadente de deseo sobre mi piel expuesta.

—Blake… En realidad no vamos a hacer esto, ¿verdad?

Pasó los dedos entre los mechones de mi cabello, y estropeó el rizo que me había arreglado con cuidado antes de ir a la reunión.

—Voy a meterte hasta las pelotas en poco menos de treinta segundos. Así que sí.

Tuve que esforzarme por inhalar la siguiente bocanada de aire porque la impaciencia y el miedo me dejaron sin respiración.

—¿Estás mojada para mí, Erica? Porque voy a entrar con fuerza. —Clavó los dedos con fuerza en la carne de mi culo, lo que nos acercó hasta que nuestros cuerpos quedaron conectados a través de la ropa—. Rápido y duro. ¿Es así como lo quieres?

«Joder, sí.» A la vez que le respondía en silencio, le agarré por la camisa a la altura de los hombros, acercándolo todavía más.

Me besó con brusquedad y tiró hacia debajo de la manga de mi vestido antes de lanzarme un torrente de besos calientes y húmedos sobre la clavícula y el hombro. Eché la cabeza hacia atrás, con la mente invadida por el zumbido del deseo. Empecé a jadear. Abrí más las piernas para recibirle mejor antes de abrazarme a sus caderas y darle la bienvenida a su empuje. Levanté una rodilla y enganché un tobillo alrededor de su muslo para tirar de él hacia mí.

Exhaló bruscamente y colocó su erección dura como una piedra contra mis bragas empapadas.

—Mierda, te quiero. Ahora mismo.

Cerró los dedos alrededor de las tiras de mis bragas y las bajó de golpe.

—¡Dios! —gemí, tambaleándome un poco con aquel delicioso contacto y dolorosamente consciente del ansia entre mis piernas, donde mi cuerpo estaba más que listo para todo lo que Blake quería darme.

—He querido montarte en esta mesa desde el primer día. De hecho, no tengo ni idea de por qué he tardado tanto tiempo en hacerlo.

—Entonces hazlo de una vez, antes de que alguien nos pille.

No tenía idea de cómo o de si conseguiríamos salirnos con la nuestra, pero sabía que eso no disuadiría a Blake, y yo tampoco estaba por decir que no. Le desabotoné la camisa rápidamente, con ganas de sentirlo aún más contra mí.

Se humedeció el labio inferior con la lengua y me observó con atención mientras le pasaba las manos sobre los duros músculos de su pecho.

—¿Estás preocupada?

Tragué saliva, y mi preocupación apareció de nuevo.

—Sí, claro. No quiero que nos pillen.

—Yo creo que sí.

Un destello travieso le brilló en los ojos. Me bajó las bragas más allá de mis tobillos y una de sus manos le propinó una rápida palmada a mi muslo en su viaje de regreso a mis caderas.

—¿Por qué iba a querer eso?

Mi voz sonó débil y entrecortada, revelando el efecto físico que aquella idea tenía en mí.

Alargó la mano hacia su cremallera. Luego se bajó los calzoncillos, lo que liberó su gruesa erección, y tiró de toda aquella longitud con movimientos lentos y lujuriosos. Me mordí el labio con demasiada fuerza, conteniendo un gemido que quizá traspasó las paredes de nuestra precaria ubicación. Estaba desesperada por tenerlo dentro de mí.

—Creo que te gusta la idea, la posibilidad de que alguien me pille follándote. En público. Donde no deberíamos hacerlo.

Lo miré, con la mente convertida en una neblina de deseo y excitación mientras me imaginaba las posibilidades. Todas ellas me resultaron humillantes pero extrañamente eróticas. Imaginaba a un desconocido entrando justo a tiempo de ver a Blake poseyendo mi cuerpo del modo feroz en el que yo sabía que lo haría… pronto. Mis entrañas palpitaron vacías y ansiosas por ser llenadas.

—No — mentí.

Me enredó otra vez sus dedos en el cabello y luego agarró un mechón con la fuerza suficiente como para hacerme temblar. Ese gesto, esa promesa de dominio, me recorrió como una descarga de conciencia de mi propio cuerpo. Si antes estaba húmeda, en ese momento me noté empapada.

—Sí, te gusta. —Las palabras susurrantes no me ayudaron en absoluto a recuperar algo del autocontrol que había perdido ya—. Imagínate… a punto de correrte…, tan cerca del borde que no podríamos parar aunque quisiéramos.

El corazón me martilleó en el pecho cuando me imaginé la escena que había descrito. Cuanto más hablamos de ello, más tiempo le dábamos a cualquiera para que pudiera entrar.

—Hazlo de una puta vez, Blake, antes de que alguien entre.

Rozó su polla contra mi entrada a modo de provocación.

—No me cabrees, Erica. Haré que grites. Entonces todo el mundo sabrá que te he follado en esta mesa.

Cerré los ojos y eché la cabeza hacia atrás.

—Blake, por favor…, te lo suplico. Fóllame ya, o…

¿O qué? ¿O… para? No. Lo necesitaba de forma imperiosa, y lo necesitaba ya.

Se metió un poco más. Me estremecí contra él, deseando ser capaz de atraerlo hacia mí de alguna manera, pero me mantuvo firmemente inmovilizada. A su merced.

—Blake —le rogué mientras le clavaba los dedos en las caderas. Sus músculos tensos se encogieron bajo mis dedos.

Por fin, se inclinó sobre mí y me empujó hasta que mi espalda quedó apoyada en la mesa. Deslizó las yemas de sus dedos por mi mejilla, luego sobre mis labios, y finalmente los apoyó en mi garganta. Me agarró por la cadera con la mano libre, y, sin previo aviso, se metió de golpe dentro de mí. Nuestros cuerpos se unieron con un chasquido. Un grito incontrolable se me escapó entre los labios, y él se apresuró a taparme la boca para apagar el sonido.

Todo mi ser le rodeó. Mis muslos se pegaron a su cuerpo inmóvil, a la espera de más. Me aferré al borde de la mesa con manos temblorosas para conseguir un punto de apoyo. En algún lugar dentro del ansia enloquecida de su posesión, quise que llegara hasta lo más profundo de mí. En su siguiente empujón, lo hizo. Alimentó el calor ardiente de mi cuerpo necesitado, una y otra vez.

Traté de guardar silencio, pero unos cuantos jadeos y gemidos se me escaparon entre los labios para estrellarse contra el escudo caliente que era la palma de su mano.

Cuando recordé que nos podrían descubrir, todas mis sensaciones quedaron impregnadas con el cosquilleo del miedo. Mi piel se calentó de un modo insoportable. Arqueé la espalda alejándola de la mesa con su nombre en los labios. No quería que nos pillaran, pero no hubiera podido guardar silencio aunque me fuera la vida en ello.

Blake me provocaba eso. Hacía que mi cuerpo y mi mente se rebelaran contra la propia razón. Respiraba de forma afanosa mientras me follaba sin parar, y su silencio parecía atrapado en el musculoso abultamiento de su mandíbula. Apartó la mano de mi boca y rodeó uno de mis pechos, todavía cubierto de tela. Estrujó con un apretón firme el duro pezón que había debajo. Me mordí el labio para ahogar un gemido.

Algo de justicia kármica flotaba en el aire mientras nos adentraba cada vez más y más en nuestro mutuo placer. Allí era donde habíamos comenzado. Cerré los ojos recordando lo mucho que lo había deseado, contra toda razón lógica. Ya era mío. Completamente mío.

Había fantaseado muchas veces sobre las diferentes maneras en las que podría haber terminado el primer día en su sala de juntas. Aquella era una de ellas. A pesar de lo mucho que lo odiaba entonces, mi cuerpo lo deseaba todavía más. Me estremecí cuando el comienzo de un clímax se apoderó de mí. La fantasía hecha realidad me estaba empujando al borde mismo del orgasmo.

—Me imaginaba esto… Blake, quería esto.

La confesión me salió a borbotones, con todos los demás sonidos prohibidos disparados entre los labios.

Sin previo aviso, salió de mí, lo que provocó que mi lento ascenso hacia el clímax quedara interrumpido de forma abrupta. Abrí los ojos de golpe. Antes de que pudiera hablar, me bajó de la mesa y me dio la vuelta para ponerme boca abajo. Mis caderas quedaron aprisionadas contra la dura mesa. Blake se inclinó sobre mí, con su erección lubricada por mi excitación y apretada contra mi trasero desnudo. Una descarga de energía saltó entre nosotros, tensa y tenue. El corazón me latía con un repiqueteo contra la mesa. Extendí las manos a ambos lados, preparada para lo que quiera que estuviera pensando Blake. Su aliento me besó el cuello. Mi coño se contrajo, desesperadamente vacío sin él.

—Blake —gemí retorciéndome hacia él para estar más cerca.

—Así es como te quería, Erica. Te quería doblada sobre esta mesa, gritando mi nombre. No pude oír ni una sola palabra de mierda de todo lo que me estabas diciendo.

Me separó las piernas a rodillazos. Apreté las manos hasta cerrarlas formando puños y con las caderas presionadas hacia atrás. Un momento después, estaba dentro de mí otra vez y me llenó por completo con un fuerte empujón.

Solté un pequeño grito antes de poder contenerme.

—¡Blake!

Mi cuerpo estaba a su merced, con mi mejilla pegada contra la fría superficie pulida de la mesa. No logré imaginarme nada más intenso que lo que estaba experimentando en ese momento. El cuerpo me vibraba sintiéndome lanzada a una sensación cada vez mayor de ir acercándome al cielo.

—Me llegas tan dentro.

Cada vez que me llenaba, me recorrían oleadas de placer.

—Todavía no te he mostrado lo dentro que puedo llegar.

Antes de que me diese tiempo a inspirar y prepararme, me agarró de las caderas. Tiró de mí hacia a él y se introdujo más en mis tejidos sensibles. Algo a medias entre un grito y un gemido me retumbó a través del pecho, pero, antes de que escapara entre mis labios, la mano de Blake estaba allí para silenciar la siguiente serie de gritos mientras él me penetraba con fuerza.

Con las manos apretadas y los dedos de los pies encogidos, me corrí intensamente y me quedé floja encima de la mesa, exhausta, pero Blake seguía empalmado como siempre.

—Córrete, Blake. Deprisa —le susurré.

La idea de que Greta pudiera entrar y descubrirnos me devolvió el sentido común, y otra ola de miedo me recorrió las venas.

Me soltó la cadera y se quedó inmóvil dentro de mí.

—Ha sido demasiado rápido. Creo que tenemos tiempo para uno más, ¿verdad?

Blake se retiró ligeramente. Colocó la mano debajo de mi cintura, encontró mi clítoris y presionó con firmeza. Salté con una sacudida, tensa porque acababa de correrme. Aquello amenazaba con llegar a más. Con cada caricia, me acercaba más, me llevaba más arriba.

Aquello no era un polvo rápido. Me estaba destruyendo, y yo me estaba deshaciendo.

Solté varias palabrotas, sin importarme ya dónde estábamos. Insensata, impotente, perdí todo sentido del decoro y de la educación, mientras Blake no paraba de follarme, moviendo las caderas con cada golpe que daba para penetrarme, masajeándome las estrechas paredes del coño desde dentro.

Mi orgasmo se acercó como una tormenta retumbante en la lejanía, hasta que segundos más tarde acabó tronando por todo mi cuerpo. Lo pude ver, convertido en unos destellos intermitentes de luz brillante detrás de los ojos. Dios, lo sentía como un tornado que atravesaba a toda potencia mi fuero interno y se extendía por todas y cada una de mis extremidades.

Sobrepasada por la sensación, di una palmada contra la mesa y dibujé un rastro húmedo hasta mi costado. Ahogué los gritos contra la mesa porque los esfuerzos de Blake para mantenerme callada al parecer se habían visto sustituidos por la tarea específica de follarme con toda la fuerza que podía.

—¡Erica!

El gemido ahogado de Blake salió desgarrador de sus pulmones. El único sonido que podía haberse oído fuera de las paredes de aquella sala resonó en las paredes, y ambos nos quedamos exhaustos sobre la mesa. El cuerpo de Blake me cubrió mientras nos esforzábamos por recuperar el aliento. Apartó los dedos de mi cuerpo, y el coño me empezó a palpitar alrededor de la polla dura que todavía latía dentro de mí.

Algo mareada y deliciosamente aturdida, a duras penas me di cuenta de que no nos habían pillado. El pensamiento desapareció cuando Blake salió de mi interior. Un escalofrío me recorrió la piel expuesta.

—Date la vuelta. Déjame limpiarte.

Me levanté apoyándome en las manos y me volví sobre unas piernas temblorosas. Me sostuve en pie débilmente apoyada en la mesa. Blake recogió mis bragas del suelo. Mantuvo la mirada baja, concentrado en la tarea de limpiarme la piel hipersensible con la prenda. Miré hacia abajo, hacia él, con ganas de verle los ojos, pero casi con miedo de encontrarme con su mirada después de lo que habíamos hecho allí. Si Greta supiera la verdad...

Un par de golpes en la puerta hicieron que me irguiera por completo y que bajara de un tirón el vestido para cubrir mi desnudez.

—Mierda. ¡Blake! —le dije con una voz que era un susurro lleno de pánico.

—Tranquila. Yo me encargo.

Se metió las bragas en el bolsillo y luego se remetió la camisa antes de abotonársela. Me aparté de la mesa mientras él se acercaba a la puerta, e intenté desesperadamente arreglarme el peinado totalmente deshecho. Con el ceño fruncido, abrió la puerta sólo lo suficiente como para poder hablar con quienquiera que hubiera llamando, lo que me mantuvo cuidadosamente oculta de cualquier mirada indiscreta.

—Greta, te dije...

Ella interrumpió su tono de reprimenda con una rápida disculpa, pero su voz era tan baja que apenas logré oírla. Blake volvió la cara para mirarme, y su rostro reveló la agitación que sentía. Luego salió de la estancia sin decir ni una palabra, y me dejó para que me recompusiera por mi cuenta.

*M*e dejé caer en una de las sillas. Mientras me esforzaba por calmar el temblor en las manos, traté de razonar sobre la amenaza del peligro a que nos descubrieran y cómo había logrado que el corazón se me acelerara de ese modo. «Mierda.» Algo acerca de esa ocasión, algo diferente, me había dejado inerme de una forma totalmente nueva.

Mi cuerpo todavía se estremecía y palpitaba donde él había estado. Blake tenía razón. Cualquiera podría haber entrado en cualquier momento, y a mí no me habría importado. A veces no reconocía a la persona en la que me había convertido, la amante tan embelesada por las caricias de Blake, la forma en que me ponía a prueba en todos los sentidos. Me llevaba a la excitación constante, pero yo no quería que fuera de otra manera.

Inspiré hondo por la nariz, decidida a reponerme. Comprobé tres veces mi aspecto en uno de los espejos decorativos de la sala. Pasado cierto tiempo, y al ver que Blake no volvía, me aventuré a salir. Greta estaba sentada en una postura rígida mientras tecleaba algo en su escritorio. Me hubiera gustado preguntarle dónde había ido Blake, pero no quería llamar la atención sobre algo que quizá podía haber oído. Las mejillas se me encendieron. Crucé el pasillo que llevaba hasta su despacho privado dentro del edificio Angelcom. Me acerqué a la puerta, que estaba abierta por apenas una rendija, y alargué una mano para abrirla, pero me paré en seco al oír el sonido de la voz de una mujer.

—¿Cuándo me lo ibas a decir, Blake?

Se me hizo un nudo en el estómago, y apreté con fuerza la mandíbula. Mis nervios, ya tensos de por sí, se dispararon al máximo. Yo conocía esa voz. La conocía y la odiaba.

Sophia.

—Te dije que este momento llegaría. No pensé que te resultaría tan impactante —le respondió Blake.

—Entonces, ¿por qué tengo que oírlo de boca de Heath? ¿No me lo podrías haber dicho tú mismo? Después de todo lo que hemos pasado.

Blake suspiró profundamente.

—Tienes una relación más estrecha con él. Supuse que querrías enterarte por él.

—Yo estaba más cerca de ti todavía antes de que me dejaras. Tener a Heath en mi vida no significa nada si tú no estás también en ella.

La voz de bajo tenor de Blake llenó el silencio momentáneo.

—No digas eso, Soph. Tu amistad significa mucho para él.

—Se trata de esa pequeña zorra, Erica, ¿verdad?

—Ten cuidado con lo que dices —le gruñó.

—Es ella la que te obliga a hacer esto, ¿verdad?

—Creo que los dos sabemos que no recibo órdenes de nadie, incluida tú. Tienes todas las conexiones que necesitas. Tu negocio ha demostrado tener buenos beneficios durante más de dos años. No hay ninguna razón para que mantenga mi inversión llegados a este punto. Tenemos un acuerdo, y es el momento de que me salga.

—Y ¿qué hay de nosotros?

El tono agresivo de la diatriba de Sophia se suavizó en aquella última palabra, teñida con la suficiente emoción suplicante como para hacer que cerrara los puños. Recé brevemente para que Blake no diera marcha atrás.

—¿Qué hay de nosotros?

Ella dudó un momento.

—Esa mujer está tratando de mantenernos separados. ¿Es que no te das cuenta?

El silencio se prolongó durante varios segundos, y la verdad de su acusación se apoderó de ese espacio de tiempo con una certeza absoluta. Yo quería que Sophia apartara sus garras de Blake de una vez por todas, y los tratos que él tenía con su negocio era lo último que lo unía a ella y a la relación romántica que habían mantenido.

—Esto es lo mejor, para todos —dijo en voz un poco más baja.

—No me hagas esto —le suplicó—. No dejes que esa mujer te haga esto. Que nos lo haga a nosotros.

—No hay ningún «nosotros», Sophia. Lo que teníamos se ha terminado. Terminó hace ya mucho tiempo, y lo sabes.

—No tiene que terminar. Estoy mejor ahora. Sólo deja que te lo demuestre. Yo sé lo que necesitas. Esto…, lo que estás haciendo por ella…, esto no eres «tú». Necesitas una sumisa, alguien que pueda apreciar todo lo que puedes darle. Ella necesita un mentor, no un amo. Te necesito, Blake. Nos necesitamos el uno al otro. ¿Cómo es posible que no seas capaz de verlo?

Oí movimiento y me aparté de la puerta. Tenía la imaginación fuera de control, llena de posibles situaciones enloquecidas sobre lo que podría estar ocurriendo fuera de mi vista. En todas las situaciones aparecía Sophia con las manos sobre Blake mientras intentaba seducirlo para que sucumbiera a sus ruegos desesperados. ¿Y si él se ablandaba? Ella tenía la costumbre de tocarlo como si tuviera todo el derecho a hacerlo. Pero no era así. Nunca más volvería a tener el derecho a ponerle las manos encima al hombre que pronto sería mi marido. Tuve que recurrir a toda mi fuerza de voluntad para no irrumpir y decírselo a la cara.

—Tienes que irte. Se acabó.

—¿Qué puede hacer ella por ti que yo no pueda?

Blake dudó un momento antes de seguir hablando.

—Sophia…, nos vamos a casar.

A aquello le siguió un profundo silencio. Cerré los ojos.

Ella no lo sabía.

—¿Cuándo me lo ibas a decir? —le preguntó con voz temblorosa.

Blake suspiró profundamente de nuevo.

—No lo sé. ¿Acaso importa?

Sophia soltó una breve risa, un sonido delirante que hizo que me preocupase de lo que podría hacer a continuación.

—Supongo que no. Así que, ¿ya está? Ella es todo lo que siempre has querido.

Consideré el silencio de Blake como una afirmación. Recé para que lo fuera.

—Me imagino que ha recorrido un largo camino desde que la azotaste en aquella ocasión. ¿Sabe lo del club?

—No, y nunca lo sabrá —le replicó Blake.

Aquella risa suave e ingenua de nuevo.

—Me tomas el pelo. Estás dispuesto a pasar la eternidad con ella, y ella ni siquiera sabe quién eres.

—Ella lo sabe muy bien, créeme.

—¿No crees que debería saberlo?

—Basta —le cortó, y la palabra salió como una amenaza.

—Blake… —le suplicó de nuevo.

Me la imaginaba en sus rodillas, rogándole, como la sumisa natural que había sido para él. Dispuesta a entregarle todo a él si él simplemente cedía a sus súplicas.

—Nunca nos diste una oportunidad —le susurró.

—Nunca tuvimos una oportunidad —le respondió él, y el bajo timbre de su voz apenas fue audible.

—No nos hagas esto —sollozó ella.

—Márchate, Sophia. No hagas que esto sea más difícil de lo que debe ser.

El movimiento se acercó a la puerta y di un paso atrás, con el corazón acelerado a la espera de ver a Sophia en carne y hueso.

—Lo que tú quieras, Blake, pero no creo que esto sea lo que tú quieres —le espetó—. Te vas a arrepentir de esto. Los dos sabemos que te vas a arrepentir.

La puerta se abrió de golpe y a Sophia se le escapó un jadeo de sorpresa. Entrecerró los ojos con rapidez. El rímel corrido era la única imperfección en su cara sin defectos. Su largo cabello castaño lacio caía fluyendo sobre sus hombros y la parte superior de la chaqueta de cuero de diseño.

—Tú. —La palabra pareció contener todo el desprecio que sentía. Los ojos le brillaban por las lágrimas. Quizá se trataba de unas lágrimas de frustración, pero reconocí el sentimiento: un amor salvaje e indómito. Un amor que rompía la barrera de la razón—. Tú eres lo que él quiere.

—Márchate, Sophia. Ya.

Blake se agarró a los bordes de la puerta, detrás de ella. El aspecto de puro desdén en su rostro me satisfizo tanto como me hizo sentir mal. Yo quería que la expulsara de su vida. Quería que Sophia no fuera más que la suciedad que tenía debajo de sus pies. Pero no podía negar que, si algún día me miraba como la miraba a ella, eso me destruiría.

Sophia dio un rápido paso hacia mí, pero yo me mantuve firme. Por mucho que sus palabras me desgarraran, que amenazaran con exponer todas mis inseguridades respecto a mi relación con Blake, no podía dejar que lo viera. El hombre que podía tener a quien quisiera me quería a mí, sólo a mí. Levanté la barbilla y me sentí agradecida por los tacones que llevaba puestos, que me proporcionaban la altura suficiente como para mirarla directamente a los ojos.

—Exacto. Yo soy a la que él quiere. Ahora ¿por qué no eres una buena chica y te largas?

—Anda y que te follen —me soltó.

—Lo acaba de hacer. Ahora lárgate. No te quiere aquí.

Una mueca estropeó los rasgos perfectos de su cara.

—Yo le convertí en quien es, Erica. Los años que estuvo dentro de mí serán los años que nunca será capaz de olvidar, da igual lo que hagas. Piensa en eso en tu boda.

—¡Sophia!

La cara de Blake se retorció con una mueca de ira a la vez que daba un paso hacia ella con ademán intimidante.

Sin mirar atrás, Sophia se marchó por el pasillo y nos dejó a solas. Quise sentir alivio, pero la rabia y la incertidumbre me sacudían en esos momentos y hacían que me temblaran las manos.

Cuando Blake volvió a entrar en su oficina, lo seguí. Cerré la puerta y pegué la espalda en ella, porque necesitaba un punto donde apoyarme. Me quedé mirando su silueta mientras él contemplaba a través de la ventana el horizonte de la ciudad que se extendía al otro lado.

Quería hablar con él, pero me pregunté cómo podría impedir que mis emociones salieran a la superficie después. Quería que arreglara aquello, que borrara las cosas tan terribles que ella había dicho. Sus palabras aún me escocían, como si me hubiera golpeado físicamente con ellas. Mi parte egoísta quería creer que mis palabras le habían producido el mismo efecto a ella.

—Lo siento —me dijo por fin.

—¿El qué?

Se dio la vuelta y me inmovilizó con los mismos ojos verdes que me tenían a su merced hacía sólo unos minutos.

—Que estuviera aquí. Que te molestara.

—¿Por qué estaba aquí?

Tenía mis sospechas, pero quería que me las confirmara. Necesitaba saber que ya habían acabado, por completo y de manera irrevocable.

—Voy a retirar mi inversión de su empresa, y la obligo a que me la compre. —Se pasó una mano por el cabello—. Es lo que querías, ¿verdad?

—Sí.

—Bueno, pues ya lo tienes.

—¿Querrías que no te lo hubiera pedido?

No pude ocultar el tono de reto en mi voz. No quería oír ningún pesar en la suya. Se pellizcó el puente de la nariz.

—Tenía que hacerlo, tarde o temprano. A veces es más fácil apaciguar a ciertas personas que enfrentarse a ellas. Sophia es una de esas personas.

—Es mejor que ser su rehén para siempre, ¿verdad?

—Ya veremos. Está acostumbrada a conseguir lo que quiere.

—¿Qué quería decir con…? —Dejé escapar un suspiro, y me pregunté hasta qué punto quería presionarlo después de la mañana que habíamos tenido—. El club —terminé en voz baja.

Sus ojos no se despegaron de los míos.

—¿Qué pasa con eso?

Le observé atentamente. La contracción nerviosa de la mandíbula confirmaba todo lo que había oído, pero no quería decirme nada.

—Cuéntame.

Se me acercó con lentitud, caminando con pasos cautelosos, hasta que quedamos cara a cara. Yo seguí con la espalda pegada a la puerta, cuando apoyó la palma de la mano al lado de mi cabeza. Se irguió sobre mí, y varios segundos vacíos en silencio se sucedieron entre nosotros.

—Ese lugar está en el pasado, y ahí es donde se quedará. ¿Me entiendes?

Inspiré varias veces de forma irregular. Por mucho que quisiera saberlo, me pregunté si debía.

—Puedes contármelo, Blake.

Sus labios se abrieron una fracción de segundo. Llena de una emoción sin nombre, su mirada me recorrió por completo. Antes de que uno de los dos pudiera decir una sola palabra, me atrapó la cara entre las manos y unió nuestras bocas. Lo hizo de un modo brusco, con sus labios convertidos en una fuerza casi dañina contra los míos, como si estuviera tratando de borrar los veinte minutos anteriores. Tal vez simplemente estaba tratando de borrar el pasado. A veces nos perdíamos así y lo olvidábamos todo. Pero ni siquiera el ardor de su pasión podía hacer desaparecer lo que se había dicho y todo lo que había oído.

Lo empujé hacia atrás y nos separé. Los jadeos entrecortados me quemaban los pulmones y las lágrimas amenazaron con salir a borbotones. Aquello era un pozo de emoción que esa mañana había aflorado.

—Joder, dímelo.

La adrenalina, el amor y la pizca de miedo que acompañaron al enfrentamiento con el lado sin concesiones de Blake me palpitaron por las venas. Me rodeó con los brazos y tiró de mí en un abrazo firme contra el que fui incapaz de luchar. Su aliento me acarició el cuello, los labios, con más suavidad esta vez, casi resignado mientras se deslizaba por encima de mi pulso. El modo tan tierno en el que se movía sobre mí casi exigía que me relajase y que dejara de luchar contra él. Me ablandé, porque quería que él arreglase todo aquello.

—Déjalo. Por favor. —Rozó su mejilla contra la mía—. Simplemente déjalo estar.

Apreté los ojos cerrados y le devolví el abrazo deseando con todas mis fuerzas poder hacerlo.

3

Miré por la ventana del dormitorio hacia la oscuridad iluminada por la luna. Repetí en mi cabeza la conversación de Blake con Sophia, una y otra vez, como un disco rayado que no se detenía, sin importar lo mucho que yo quisiera que lo hiciera. Di vueltas en la cama sin parar mientras trataba de ponerme cómoda, pero no fui capaz de olvidar la rabia que había en la voz de Sophia. Lo que era peor, el dolor que albergaba, un recordatorio inquietante de que antes se habían amado el uno al otro. Que ella todavía lo amaba.

Y ¿qué diantres era aquel club? Apenas había pensado en otra cosa durante el resto del día, pero resistí la tentación de pedirle que me contara más sobre aquello. Cuando se trataba de su pasado, tenía que sacarle con sacacorchos cada detalle doloroso. Era lo que pensaba hacer, pero esa noche me contuve. Una parte de mí no quería agobiarlo todavía más de lo que lo había hecho la visita de Sophia, pero a una parte más profunda de mí le preocupaba lo que iba a descubrir con la verdad. ¿Realmente quería saberlo todo acerca de esa parte de la vida que Sophia había compartido con él?

Sin embargo, estaba a punto de convertirme en su esposa, y me acosaba la idea de que ella probablemente siempre conocería una faceta de él de la que yo no tenía ni idea. Ese gran terreno desconocido fue lo que me mantuvo despierta mientras los minutos y las horas pasaban. Blake durmió tranquilamente a mi lado. La luz de la luna proyectaba sombras sobre su rostro. Si no fuera porque había memorizado cada uno de sus hermosos rasgos, me habría parecido un extraño en ese momento, desde aquella perspectiva, en las intensas luces y sombras de la noche.

¿Quién era Blake… realmente? ¿Qué era lo que le había convertido en un hombre? ¿Qué era lo que convertía a una persona en lo que es en un momento dado?

Blake era muchas cosas para mí en ese momento. Un amante, un amigo, un sanador. Un mentor también, sí. Me encogí al recordar el odioso uso despectivo que Sophia había hecho de la palabra. ¿Quién había sido para ella? ¿Tanto había cambiado por mí? ¿Le asaltaría el resentimiento por ello a medida que pasáramos años juntos? Para siempre era mucho mucho tiempo.

Y, por primera vez en mucho tiempo, mis visiones de vivir juntos felices para siempre estaban plagadas de posibilidades que no deseaba. ¿Qué pasaría si me casaba con el hombre que pensaba que era, sólo para descubrir que era alguien completamente diferente? ¿Qué haría entonces? ¿Cómo podría sobrevivir sin él, o con él, sabiendo que no lo estaba haciendo feliz del modo que otras lo habían conseguido?

Blake se agitó, lo que detuvo momentáneamente el torbellino incesante de mis pensamientos y la tortuosa andanada de preguntas llenas de dudas que me asaltaban el cerebro. Se puso de lado y curvó su cuerpo junto al mío. Me quedé inmóvil, con la esperanza de no haberlo despertado con mi inquietud. Su brazo desnudo me rodeó y me atrajo hacia él hasta ponerme tan cerca que sentí su corazón latiendo contra mi cuerpo en un ritmo lento y constante.

—Te amo —murmuró contra mi cuello.

Pocos segundos después, su respiración volvió a su ritmo habitual de sueño.

Me fundí de nuevo en el agradable calor de su pecho y dejé escapar un profundo suspiro. Entonces tuve ganas de llorar. Quise liberar todas las emociones terribles que Sophia había conjurado. ¿Por qué le había dado a esa mujer tanto poder sobre mí? Era yo quien tenía el amor de Blake. Él me amaba. Pero... tal vez ella tenía razón. La duda resurgió, haciendo que mis afirmaciones tranquilizadoras parecieran infantiles e inferiores.

Tal vez nunca llegaría a saber cómo había sido él antes o los sentimientos que había albergado mientras estaban juntos. Me torturé pensando en todo aquello hasta que mi cuerpo simplemente se rindió cuando estaba a punto de amanecer, lo que apenas me dejó el descanso suficiente como para mantenerme operativa al día siguiente.

Por la mañana, me senté en mi escritorio frotándome los ojos cansados. Pensé que un nuevo día quizá podría ayudar. Un nuevo comienzo y una cabeza clara. Pero tenía la cabeza envuelta en una nube por la falta de sueño. Blake y yo habíamos compartido nuestro café de la mañana, pero sólo intercambiamos unas pocas palabras después de que le dije que había dormido mal. No me había preguntado por qué. Tal vez ya lo sabía.

Traté de obligarme a pensar de nuevo en el trabajo y repasé sistemáticamente las tareas del día. Los correos electrónicos, las reuniones, conseguir que todo el mundo se pusiera en marcha. Por suerte, el negocio se había mantenido firme y próspero desde nuestra última asociación. Alex Hutchinson, un consumado director general de tecnología cuyo propio comercio electrónico encajaba bien con nuestro enfoque en la ropa, se había arriesgado conmigo, y los resultados estaban siendo beneficiosos para ambos negocios. Gracias a la insistencia de Sid para que ampliáramos el negocio y a que Blake me había presentado a Alex, había sido capaz de llegar a un acuerdo gracias al cual Clozpin derivaba más ventas a su página y sus promociones ayudaban a aumentar el número de miembros y el tráfico de la nuestra. El resultado fue que mi negocio ya era más que capaz de sostenerse a sí mismo. Estaba en camino de poder devolverle la inversión inicial a Blake antes de lo que había previsto y todavía mantenerme estable.

Levanté la mirada de la pila de papeles que contenían los datos financieros de agosto, en los que había estado trabajando. El reloj de la pared se mantuvo borroso un momento antes de quedar enfocado. Se acercaba el mediodía, lo mismo que mi largamente retrasada cita para comer con Marie. Había pensado cancelarla, pero realmente necesitábamos hablar de Richard. Era su novio, pero su papel en la prensa local se había convertido en algo incómodo. Por mucho que quisiera dejar nuestra reunión para otro día, no podía. Me sobresalté cuando sonó el teléfono de la oficina.

Un momento después, Alli asomó la cabeza por la mampara divisoria.

—Es para ti, cariño.

—¿Quién es?

—Alguien de la prensa local. Tal vez quieren hacer una promoción para nuestra página. Me hubiera encargado yo, pero me han pedido que te pongas tú.

—Está bien, gracias. —Cogí el teléfono—. Hola, soy Erica.

—Señorita Hathaway, me llamo Melissa Baker y trabajo para la cadena WBGH local. Esperaba poder hacerle unas cuantas preguntas sobre su relación con Daniel Fitzgerald y su campaña para gobernador.

Me quedé callada un momento, y el sonido de la sangre palpitando por las venas me tamborileó con fuerza en los oídos.

—Está bien —dije con cautela.

—La policía local ha emitido varios informes en relación con la muerte del hijastro del señor Fitzgerald. Algunos de estos informes insinúan que usted es la hija biológica de Fitzgerald. Tenemos fuentes que también han confirmado que ha estado trabajando en su campaña. ¿Puede usted confirmar todo esto?

Sí, todo eso era cierto, pero no estaba dispuesta a ayudar a los medios de comunicación en su misión de manchar la campaña de Daniel o vincularlo todavía más con la muerte de Mark, que aún estaba investigándose.

Decidí ser evasiva.

—Lo siento, pero la verdad es que no es buen momento —le contesté.

—Tal vez podría pasarme en otro momento, cuando fuera más conveniente. Tengo entendido que dirige un negocio en Internet aquí en Boston.

Dios, ¿qué más sabían? Aquello no tardaría en llegar al terreno de Blake, si no había llegado ya.

—No me apetece comentar nada en este momento. Espero que lo entienda.

—Pero señorita…

Colgué el teléfono con rapidez y apoyé las manos sobre el escritorio con la esperanza de calmar el temblor que las agitaba. Mierda. Sólo sería cuestión de tiempo antes de que la investigación de Richard en mi vida personal llegara a la prensa. Sin embargo, a medida que habían pasado los días sin noticias al respecto, había empezado a tener la esperanza de que las preocupaciones del relaciones públicas de Daniel fueran exageradas.

Salí de la oficina, un poco más despierta y mucho más frustrada, para reunirme con Marie. Bajé por las escaleras delanteras del edificio y me dirigí hacia el Escalade de color negro que siempre me esperaba en la acera de mi oficina. Clay, el guardaespaldas contratado por Blake, y la mayoría de los días mi chófer personal, levantó la vista del periódico que estaba leyendo en el lado del conductor. Desbloqueó las puertas del vehículo y me deslicé en el asiento trasero.

—Hola, Clay.

—Señorita Hathaway —me respondió con su voz profunda y educada.

—Puedes llamarme Erica, ya lo sabes. De todas maneras, no voy a ser la señorita Hathaway durante mucho más tiempo.

Un breve asentimiento fue su única respuesta al comentario.

—¿Dónde vamos esta tarde?

—¿Cuál es tu apellido?

Nuestros ojos se encontraron en el espejo retrovisor.

—Barker.

—Bueno, señor Barker, tengo una cita para almorzar en The Vine, en Newbury.

Él me sonrió ampliamente, lo que dejó a la vista su dentadura blanca y perfecta.

—Muy bien, señorita Hathaway.

Diez minutos más tarde, Clay me había dejado delante de un pequeño restaurante en la concurrida calle. Examiné el comedor en busca de Marie. Los ojos de la mejor amiga de mi madre se iluminaron cuando la encontré. Me acerqué y la abracé, aliviada de verla, pero llena de frustración por el papel que había tenido en todo aquello, lo supiera o no.

—¿Cómo estás, cariño? Se te ve cansada.

Hizo pucheros con los labios en un gesto de preocupación mientras nos sentábamos una frente a la otra.

—Estoy bien. No he dormido muy bien esta noche.

—¿Cómo está Blake?

—Está bien. Estamos bien.

No quería entrar en las verdaderas razones por las que había tenido una noche de insomnio. Sophia y su oscuro pasado juntos me llenaron de repente la cabeza. Eché a un lado todos aquellos pensamientos cuando Marie habló de nuevo.

—Debes de estar entusiasmada con la boda. Estoy segura de que también estás impaciente por ver de nuevo a Elliot. Ay, yo hace mucho tiempo que no lo veo.

Pensé en la última vez que había hablado con mi padrastro. La conversación había sido apresurada, y traté de olvidar la decepción que había sentido cuando me enteré de que no iba a venir a Boston después de todo.

—No va a venir —dije con voz seca.

—¿Por qué no?

Titubeé.

—Se puso en contacto conmigo hace un tiempo para planificar un viaje aquí, para conmemorar a mamá. Ya han pasado diez años.

Su gesto se volvió serio, y luego sonrió con tristeza. Cerré los ojos. No quería pensar en cómo Marie había llenado el vacío dejado por mi madre a lo largo de los últimos años, sólo que ahora éramos más amigas que otra cosa, y yo estaba realmente furiosa con ella.

—De todos modos, Blake y yo queremos que la celebración sea sencilla. Todo ha ido muy rápido. Retrasé todo lo que pude contarle a Elliot lo de la boda, y, cuando finalmente hablamos de que viniera, me sonó a que él y Beth iban a estar demasiado ocupados como para hacer un viaje rápido, así que no quise ponerlo en una situación incómoda pidiéndole que viniera a la boda.

—Pero es tu… —Marie suspiró suavemente—. Bueno, supongo que es tu decisión, Erica. Pero estoy segura de que habría encontrado alguna manera de venir.

—Se ofreció a pagarme el avión a Chicago, así que Blake y yo hemos decidido salir este fin de semana para celebrar mi cumpleaños. Hablaré con él entonces y se lo explicaré todo. No es para tanto, la verdad.

Arqueó las cejas.

—Eso suena divertido, cariño. Apuesto a que Blake te va a mimar y a consentir mucho —me dijo con una sonrisa de niña.

Yo quería responder a su alegría, pero en lo único en lo que podía pensar era en aquel maldito periodista y en cómo esa noticia amenazaba con estallarnos en la cara en cualquier momento.

—¿Va todo bien?

Marie alargó una mano hacia la mía y posó levemente sus dedos sobre ella. Le sonreí un poco y me eché hacia atrás alejándome de su alcance cuando el camarero nos llenó los vasos de agua. Pedimos la comida y el silencio se hizo una vez más entre nosotras.

Carraspeé rápidamente.

—¿Sigues saliendo con Richard?

—Por supuesto. ¿Por qué?

Me mordisqueé el interior del labio inferior y recorrí con un dedo el borde de la servilleta que tenía en el regazo. No iba a ser una conversación fácil. No quería ver enfadada a Marie, pero tenía que saberlo. Inspiré hondo y me preparé.

—Tengo que preguntarte algo, y necesito que seas sincera conmigo. Sé que Richard te importa, pero esto también es importante.

—¿De qué se trata? ¿Qué pasa?

—¿Le dijiste que Daniel Fitzgerald era mi padre?

Entreabrió la boca en silencio, con la mirada fija en la mía.

—¿Por qué?

Me entristecí, abatida por su reacción. La habría creído si lo hubiera negado de inmediato.

—Porque la policía se ha enterado de alguna manera de que soy la hija de Daniel. La investigación sobre la muerte de su hijo todavía no está cerrada, así que tienen su vida bajo lupa ahora mismo, y también ahora la prensa se está metiendo en esto. Acabo de librarme de la llamada de una periodista local. Tengo el presentimiento de que habrá más.

—¿Estás insinuando que Richard tiene algo que ver con todo esto?

Traté de no irritarme por su tono de voz defensivo. Con enojarme con ella no conseguiría nada. Tenía que hacer que entendiera.

—La noche del Spirit Gala, Richard estaba allí. Recuerda que me dijiste que lo buscara porque estaría cubriendo el acontecimiento con un fotógrafo. No se me presentó en ningún momento, pero, cuando la policía me interrogó sobre la muerte de Mark, tenían fotos suyas bailando conmigo. No una. Decenas de fotos. ¿Por qué iba alguien a dedicarme tanto tiempo, y cómo esas fotos en concreto acabaron en manos de la policía?

Marie tomó el vaso de agua con una mano temblorosa y tragó el líquido con dificultad.

—Tiene que haber alguna otra explicación para eso. No sé por qué Richard haría algo así.

—Tal vez porque te está utilizando para obtener información acerca de Daniel. Acerca de mí.

Ella negó con la cabeza, ceñuda.

—Eso es imposible.

—Es periodista, Marie. Es su trabajo.

—Él no haría esto. Lo conozco muy bien.

Su comportamiento tranquilo se había convertido en una actitud casi frenética. La verdad duele. Yo lo sabía muy bien. Me incliné hacia ella.

—Él mismo dijo que su enfoque se centraba en la información de noticias políticas, ¿verdad? La controversia en torno a la campaña de Daniel, con la muerte de Mark y ahora con una hija ilegítima que le ayuda en esa misma campaña… ¿Cómo iba a pasarlo por alto? ¿Recuerdas cómo iban las cosas entre vosotros, pero cómo se arreglaron luego, después de la gala? Todo cambió entre vosotros, al parecer, de repente.

—Basta, Erica —me cortó—. No sabes de lo que estás hablando.

—¿Cómo pudiste hablarle de Daniel? Ni siquiera pudiste decírmelo a mí, tuvo que pasar una década, por el amor de Dios. ¡Y vas y se lo dices a él! ¿A un periodista? No tengo ni idea de lo que esto le va a suponer a mi negocio o al de Blake, por no hablar de la campaña de Daniel.

Ella soltó un bufido de burla.

—¿Estás preocupada por la campaña de Daniel? Él no te ha dado nada. No quiso tener nada que ver contigo, Erica. Patty le dio la oportunidad de ser padre, y él prefirió elegir a su familia de sangre azul y su carrera. Creciste sin un padre por culpa de esa elección, ¿y ahora también vas a luchar por su carrera?

Noté cómo se me tensaba la mandíbula. Ella no era la única persona que pensaba eso. Si por Blake fuera, Daniel estaría en la cárcel antes que en cualquier otro lugar, pero yo no podía soportar la idea de su caída porque había cometido el error de descubrir su identidad y de buscarlo.

—No entiendes lo que está en juego —me limité a decirle, sin querer entrar en las razones emocionales por las que necesitaba que Daniel siguiera en libertad—. ¿Qué más le contaste?

—No sé, Erica. —Apoyó la cabeza en la palma de una mano y cerró los ojos—. Me había tomado un par de copas, y estábamos hablando acerca de todo lo que has logrado. Supongo que en cuanto comencé a hablar sobre todo lo que has hecho, dadas las circunstancias, probablemente seguí durante un buen rato. Aun así, sabiendo como sabe lo que significas para mí, no puedo creerme que tuviera la intención de hacerte daño con un mal uso de esa información.

—Bien, pues estoy casi segura de que lo hizo.

Y si Daniel llegaba a enterarse, que Dios le ayudara.

—¿Nadie más lo sabe? ¿Y la gente con la que trabajas?

Arrojé la servilleta sobre la mesa y empujé la silla hacia atrás, había perdido la paciencia por la manifiesta falta de voluntad de Marie por aceptar la verdad del asunto.

—Piensa lo que quieras, Marie. Pero hazme un favor. La próxima vez que veas a Richard, pregúntale si le dijo a alguien lo que le contaste. Mírale a los ojos cuando lo hagas, y dime si le crees.

Me levanté para salir y agarré el bolso.

—Erica, espera.

Hice una pausa.

—Una vez me advertiste de que tuviera cuidado con Daniel. Si Richard te importa, es posible que quieras darle ese consejo a él también.

Me di la vuelta y me dirigí a la salida sin hacer caso de que gritara mi nombre una última vez. Ya había dicho demasiado. Pero, mierda, si seguía de cerca el rastro de Daniel, también debía de saber que Daniel no era un individuo con el que se pudiera jugar. Tal vez Richard ya tuviera sus sospechas sobre el aparente suicidio de Mark. No tenía idea de quién del entorno de Daniel sabía la verdad. Pero le había hecho jurar a Blake que guardaría el secreto, y no sería yo quien pondría a mi propio padre entre rejas.

*L*legué a casa temprano y dejé las bolsas de la compra en la encimera. A pesar de la fatiga persistente que me invadía, me dispuse a preparar la cena. La familia de Blake iba a visitarnos, y me había sentido impaciente por hacer de anfitriona, ya que faltaríamos a la cena de ese fin de semana en casa de sus padres. Me olvidé de todo embarcada en la tarea de preparar dos lasañas grandes, y por un momento dejé a un lado las preocupaciones que amenazaban con aparecer de repente.

Puse las bandejas con las lasañas en el horno para terminar de cocinarlas y me serví una copa llena de vino, ansiosa por sentir un poco de alivio mental. Alli entró después de dar un par de golpecitos en la puerta.

—Eh. —Me sonrió y se acercó para darme un abrazo—. No volviste después del almuerzo. Estaba preocupada por ti.

—Necesitaba comprar algunas cosas para el viaje de este fin de semana, y también quería empezar pronto a hacer la cena. ¿Va todo bien?

—Sí. Ah, Alex te llamó, pero le dije que estabas fuera y que salías de viaje este fin de semana. Me dijo que vendría a la ciudad la próxima semana, así que lo puse en tu calendario para el lunes. Espero que lo venga bien.

—Claro.

—¿No estás emocionada por lo de Chicago?

¿Lo estaba?

—Creo que sí. Va a ser un poco extraño. Hace tiempo que no paso por allí, pero estoy deseando alejarme un poco de aquí.

Alli se acercó a la encimera para servirse una copa de vino.

—Apuesto a que Blake tiene grandes planes para tu cumpleaños. ¡Es vuestro primer año juntos!

Me sonrió de oreja a oreja y brindó conmigo.

Me reí y le di otro sorbo a la copa. No había tenido ocasión de pensarlo mucho. Entre la boda y las continuas tareas diarias y la gente que tratar, la idea de celebrarlo siempre era algo remoto.

Alli y yo hablamos sobre el trabajo y su mudanza con Heath al nuevo apartamento. Las cosas iban bien entre ellos: el brillo de sus ojos y la sonrisa despreocupada que se asomaba a sus labios lo decían a gritos. Me sentí agradecida por lo que tenían. Se necesitaban el uno al otro de la misma manera que Blake y yo habíamos llegado a confiar el uno en el otro, o eso me imaginaba.

Heath y Blake cruzaron la puerta varios minutos después. Alli se dirigió hacia Heath, y él la rodeó con un dulce abrazo antes de besarla en los labios con suavidad. Yo me concentré en Blake, que caminaba con paso despreocupado hacia mí.

—Hola, preciosa.

Levanté la barbilla para devolverle su casto beso. Su mirada era cálida, pero la preocupación le llenaba los ojos.

—¿Cómo te ha ido el día?

Antes de que pudiera responderle, Catherine, Greg y Fiona entraron con los brazos llenos de vino y postres. Lo dejaron todo amontonado en la cocina sin parar de hablar entre ellos antes de lanzarse a darle abrazos a todo el mundo. Sonreí en mi fuero interno; me encantaba toda aquella energía y la alegría que traían a nuestras vidas.

—¿Cómo están mis tortolitos? —me preguntó Catherine mientras se ponía de puntillas para besar a Blake en la mejilla.

Él sonrió.

—Estamos bien, mamá.

Ella le respondió con una palmadita cariñosa en la mejilla antes de volverse hacia mí.

—Deja que te ayude, corazón. Mira esto. Vas a dejar sin trabajo a Greg.

Me reí.

—Lo dudo. La lasaña de Greg es bastante increíble.

Una sonrisa de orgullo se dibujó en los labios de Greg.

—¡Vaya, gracias!

—¡Oh! —A Fiona se le iluminaron los ojos—. Tienes que darme el visto bueno a algunas cosas.

Le guiñó un ojo a Alli.

—Muy bien. —Alli señaló a Blake, a Heath y a Greg, que estaban al lado de la encimera central—. Los chicos a la sala de estar. Las chicas tienen que hablar.

Heath puso los ojos en blanco.

—Oh, oh.

Alli lo hizo callar y lo empujó fuera junto a los otros.

Mientras los chicos se ponían cómodos en la sala de estar, Alli se inclinó hacia nosotras y habló en voz baja.

—Vale, ahora que Fiona está aquí, tenemos que planificar tu despedida de soltera. Sólo necesito saber si quieres que te sorprendamos o si tienes alguna petición específica.

—Bueno… Sin sorpresas, creo. Pero hay que invitar a Simone.

—Por supuesto. Está en la lista. ¿Hay algo concreto que quieras hacer?

Me encogí de hombros.

—En realidad, no.

—Está bien, Fiona y yo nos encargaremos de los complementos. —Comenzó a escribir algunas notas en su teléfono.

—¿Complementos?

—Pajitas con forma de pene, tiaras parpadeantes, ese tipo de cosas.

Me reí y volvió a llenarme la copa de vino.

—Me vais a despedir con clase, ¿verdad?

—Oh, sí. Vamos a por todas. Esto no va a ser algo delicado, me temo —dijo Alli.

Enarqué las cejas, casi deseando haber optado por la sorpresa.

—Oh, Dios. Espero que no haya strippers masculinos. A Blake le daría un ataque.

Fiona se echó a reír.

—Y qué. No necesitamos su permiso.

—¡He oído eso! Y la respuesta es que: «¡Y una mierda!» —gritó Blake desde la sala de estar.

—¡Blake! ¡Esa boca! —contestó Catherine antes de ponerse los guantes de cocina y sacar la lasaña del horno.

Fiona meneó la cabeza y se inclinó sobre el hombro de Alli para ver lo que estaba escribiendo.

—Esta noche vamos a centrarnos en encontrar una fecha, y déjanos la planificación y los complementos a nosotras. Sólo se hace esto una vez.

—Está bien, sólo quiero que recordéis que me gustaría seguir comprometida al final de la despedida —les dije.

Bien sabía el cielo que no necesitaba que Blake irrumpiera en mitad de nuestra fiesta con un tremendo enfado por culpa de la clase de borrachera libertina en la que nos íbamos a meter. Catherine me puso una mano en el hombro.

—Yo no me preocuparía por eso. No tengo claro que exista algo que pudiera romper el compromiso de ese hombre de casarse contigo. Me sorprende que todavía no te haya arrastrado a Las Vegas. Ya sabes cómo es cuando se le mete una cosa en la cabeza.

—Sí, lo sé —murmuré en voz baja.

Ella me lanzó una mirada de complicidad y agarró unos cuantos platos de la encimera central.

—¡La cena está lista!

Pasamos el resto de la noche hablando de todo, desde el trabajo de Heath con algunas empresas nuevas en la oficina de Blake hasta los detalles de la boda inminente. Hacia el final de la noche, estaba plena, y en lo único que podía pensar era en qué clase de futuro enloquecido me esperaba con aquella gente maravillosa y tan amorosa.

Después de que todos se marcharan, me retiré al dormitorio para empezar a organizar algunos vestidos que me llevaría al viaje. Blake entró y me abrazó por atrás.

—Al fin solos. Pensé que no se iban a ir nunca.

—Creo que la cena de esta noche ha ido muy bien. Deberíamos hacerlo aquí más a menudo. Me he divertido mucho.

El vino había embotado un poco el malestar que había sentido durante el día. Todavía estaba cansada, pero más tranquila de lo que había estado el resto del día.

—Vamos a necesitar más espacio pronto.

Nuestras miradas se cruzaron en el reflejo del espejo.

—¿Ah, sí?

Blake me besó la mejilla.

—Fiona acabará teniendo a alguien en su vida y la familia crecerá. Vamos a necesitar un lugar mejor para hacer de anfitriones.

Dejé que la idea se asentara en mi cabeza durante un minuto.

—Oh —dije en voz baja. De repente, me noté el cuerpo demasiado tibio.

Me soltó y se sentó en la cama.

—¿Has pensado en mudarte?

—La verdad es que no. Este lugar es genial. Desde luego, es mejor de lo que esperaba conseguir en la ciudad.

Una parte de mí se preguntaba cómo sería tener un lugar que fuera de verdad nuestro, no sólo de Blake, pero nuestras vidas se movían a demasiada velocidad como para mirar mucho más allá. Me había dado tanto ya. No estaba en situación de pedirle más, sobre todo si teníamos en cuenta la falta de igualdad financiera que había entre nosotros.

—Tal vez podamos empezar a buscar lugares fuera de la ciudad.

Me volví a mirarlo, confundida por la repentina aparición de aquel tema.

—Pero los dos trabajamos aquí. ¿Por qué deberíamos mudarnos?

Él se encogió de hombros.

—Las cosas cambian. Quizá queramos cambiar de aires finalmente. Nos encanta la zona de Vineyard, pero está claro que se encuentra demasiado lejos de nuestros trabajos.

Me quedé mirándolo, tratando de decidir si aquello era algo que yo realmente quisiese. En mi vida había muchas cosas en proceso de cambio en esos momentos. Tan pronto como una parte comenzaba a parecer segura, por algún motivo todo se ponía patas arriba otra vez.

—Sólo es algo en lo que he estado pensando. Pero no tenemos que hablar de eso ahora mismo.

Se quitó la camiseta y los pantalones vaqueros y se deslizó bajo las sábanas. La vista de aquel hermoso cuerpo sin camiseta eliminó por completo cualquier otro pensamiento de mi cabeza.

—¿Qué tal tu día? Has estado bastante callada.

Se apoyó en un codo, y la misma mirada de preocupación que ya había mostrado en otros momentos le suavizó su expresión.

Solté algo de ropa en la maleta que había colocado en el suelo y dejé que mi mente volviera al desagradable encuentro con Marie.

—He quedado con Marie para comer.

—¿Qué tal ha ido?

—Ha admitido que fue ella quien le habló a Richard sobre Daniel, pero no cree que fuese él quien filtró la información.

—Eso es una mentira de mierda.

—Lo sé. Estoy bastante segura de que está enamorada y no puede aceptar que él le haría algo así. —Suspiré—. La he dejado allí, me he ido sin terminar de comer. Me siento muy mal por ella, pero no podía seguir escuchando cómo lo defendía.

Repasé la conversación otra vez en mi mente, pero me sentí igual de frustrada por su defensa de Richard. Me puse una camiseta sin mangas y me metí en la cama antes de apagar la lámpara de mi lado. Blake me atrajo hacia él.

—Siento que hayas tenido que enfrentarte a eso. Pero al menos ahora lo sabes.

Asentí y apoyé la cabeza en su pecho mientras pasaba delicadamente las manos por las suaves crestas de su cuerpo.

—Con suerte, recuperará la sensatez y se dará cuenta de que no es el hombre que ella cree que es.

Estaba molesta con Marie, pero también lo sentía por ella. Yo sabía lo que era enamorarse perdidamente de un hombre y que eso ofuscara casi todo lo demás. No me lo había pensado dos veces a la hora de defender a Blake contra todos aquellos que habían lanzado acusaciones contra su carácter. Algunos hombres de su pasado, Isaac, Max, Trevor, me habían advertido sobre Blake y habían tratado en vano de mancillar la visión que yo tenía del único hombre al que había amado de verdad. Pero, al final, nadie había logrado convencerme de que no era un buen hombre.

Tal vez sí que era algo difícil y ciertamente no siempre inocente. Su carrera como pirata informático no estaba todavía guardada de forma segura en el pasado, y no tenía claro que alguna vez lo estuviera. El hombre tenía el modo de asegurar la información como fuera, un talento que yo jamás había sido capaz de comprender.

Busqué sus ojos en la casi total oscuridad, con el corazón algo encogido porque sabía que había mucho más allá de sus palabras y de las experiencias que habíamos compartido. No había conseguido reunir el valor necesario para preguntarle de nuevo sobre el club, y no estaba segura de querer hacerlo. Tal vez tenía razón. Tal vez debería dejarlo, pero una pequeña voz en mi cabeza simplemente se negaba a hacerlo.

Blake arrugó la frente.

—¿Qué pasa?

—Nada. Sólo estoy un poco preocupada por el negocio —dije rápidamente, evitando hablar de lo que me preocupaba—. Supongo que también estoy un poco preocupada por Daniel. Cuando todo esto se haga público, que va a afectar a su campaña. Un periodista me ha llamado esta mañana en busca de algo de información.

Me apartó un mechón de pelo de la frente.

—Sabíamos que esto acabaría saliendo.

—Lo sé. Es que querría que ya se hubiera terminado. Mientras siga abierta la investigación sobre la muerte de Mark, tengo que vivir con esta mentira. Estoy aterrada por la posibilidad de que la policía descubra la verdad.

—Deberías haberles contado la verdad cuando tuviste la oportunidad, Erica.

Cerré los ojos, porque sabía en qué terminaría aquello.

—Sabes por qué no pude.

—Quieres creer que es alguien que no es. Que, de alguna manera, este acto, a pesar de que lo realizó para salvar su propia campaña, lo redime de todo lo que no hizo por ti, de todas las cosas que nunca te dio.

Una ola de emoción me invadió, y las lágrimas empezaron a picarme detrás de los párpados. Me negué a ceder a unos sentimientos a los que no quería enfrentarme, así que me aparté de golpe e intenté ponerme de cara a la pared. Él me dio la vuelta con rapidez.

Abrí la boca para protestar, pero colocó sus labios sobre los míos y me calló con un beso lento y dominante. Me tomó de la mejilla con una mano mientras su otro brazo me rodeaba con más fuerza.

Luché por respirar cuando interrumpió el beso. Sus ojos oscuros de mirada intensa quedaron fijos en mí. Trazó mi labio inferior con el pulgar.

—Lo siento. No estoy seguro de que alguna vez sea capaz de perdonar a Daniel por amenazarte y separarnos. Quizás él y yo siempre estaremos en desacuerdo.

Cedí. Su resentimiento procedía del amor que sentía por mí.

—Entiendo que tengas tus razones.

—Por si te sirve de algo, espero que no te defraude otra vez.

Me acarició la mejilla y luego bajó la cabeza para besarme otra vez, pero de forma menos dominante.

—Te quiero, Erica. Sólo quiero lo mejor para ti.

Cerré los ojos.

—Lo sé.

—Basta de hablar de Daniel.

Asentí con un suspiro.

—¿No quieres saber lo que yo he preparado para tu cumpleaños? —me dijo arqueando una ceja.

Una pequeña sonrisa se asomó a mis labios.

—Tal vez.

Bajó las manos por mis costados y comenzó a mover los dedos. Me empecé a reír y a empujarle para escapar.

—No pareces muy emocionada —bromeó.

—Lo estoy. ¡Para!

No pude dejar de reír mientras continuaba haciéndome cosquillas. Me retorcí hasta que, al darme cuenta de que era demasiado fuerte para alejarme de él, recurrí a pellizcarle.

—¡Eh!

Me dio la vuelta de un tirón, me inmovilizó las manos a la espalda, y me dio una fuerte palmada en el culo con la otra mano.

Grité, pero no intenté moverme de nuevo, porque el tormento de las cosquillas ya se había terminado. Me quedé quieta y dejé que el ardor se asentara en mi piel bajo su palma. Me mordí el labio, muy consciente de cómo el vértigo que sentía se estaba transformando en deseo.

—Ni siquiera has preguntado por tus regalos —murmuró con voz ronca mientras deslizaba su cuerpo sobre el mío. Tras soltarme las manos, se dedicó a acariciarme los costados, con su erección presionada contra mi trasero.

—No me has preguntado en ningún momento lo que quiero —le respondí con el mismo tono insinuante cargado en cada palabra.

Dejó escapar una larga exhalación y deslizó las manos hacia la parte delantera de mis bragas. Levanté las caderas para darle espacio y que pudiera tocarme.

—Yo sé lo que quieres, Erica. Siempre lo sé, a veces mejor que tú misma.

Dios, sí que lo sabía. Apreté los puños sobre la almohada por encima de la cabeza, ansiosa por dejarme llevar por mi deseo. Quería desaparecer en aquella oscuridad, en ese momento y lugar entre nosotros. A la mierda el mundo. Se me escapó un grito ahogado cuando sus dedos se deslizaron a través de los pliegues húmedos de mi coño y me acariciaron suavemente el clítoris hinchado.

—¿Y si te doy uno de tus regalos antes de tiempo? ¿Te gustaría?

Asentí, incapaz de hablar sin gemir en voz alta.

—No te oigo. Dilo, di las palabras.

Sus dedos se deslizaron dentro de mí y me recordaron dónde lo quería realmente. Se retiró, dejándome vacía y con ganas. Gimoteé a la vez que levantaba las caderas hacia atrás, hacia él.

—Erica —canturreó con un leve tono de burla en mi oído.

—Por favor, Blake.

Me había esforzado por formar las palabras que quería oír, pero, al no conseguirlo, recurrí a la súplica.

—Por favor, ¿qué?

—Por favor, fóllame. Quiero mi regalo. Por favor…

Levanté las caderas y froté el culo contra él. Soltó una palabrota y me bajó de un tirón las bragas hasta las rodillas. Ni siquiera se molestó en desvestirnos por completo a ninguno de los dos y se limitó a bajarse los calzoncillos lo suficiente. Su polla me ardía sobre la piel. La cabeza blanda bajó paseándose por mi culo hasta apretarse contra la abertura de mi coño.

—Lo que quiera la cumpleañera —dijo con voz ahogada cuando entró de un poderoso empujón.

Apreté las mandíbulas para ahogar el grito sin palabras que casi se me escapa entre los labios cuando estuvo completamente dentro de mí. Me abracé a su cuerpo con fuerza. El alivio y la imperiosa necesidad de más se apoderaron de mí. Sus caderas me empujaron hacia delante y hacia abajo contra el colchón, lo que amortiguaba cada una de sus embestidas. Cada acometida de su polla me provocaba un hormigueo delicioso a lo largo de cada una de mis extremidades y palpitante allí donde nuestros cuerpos chocaban entre sí: mi clítoris, muy dentro de mí, en esos lugares secretos donde sólo él podía darme placer. Mi excitación nos empapó a los dos, haciendo que la entrada fuera suave a medida que su ritmo aumentaba.

La realidad se escapaba por momentos. Se formó una nueva realidad, en la que éramos los únicos jugadores en una carrera hacia el orgasmo. Volví la cabeza hacia un lado en busca de aire, ya que su apasionada manera de follarme me dejaba sin aliento.

Gimoteé mientras nuestros cuerpos cálidos y resbaladizos se deslizaban el uno sobre el otro. Dios, este hombre sí que lograba hacerme sentir cosas. Se retiró de golpe y me dio la vuelta para meterse entre mis piernas. Se inclinó hacia abajo y atrapó mis labios en los suyos. Luego los aspiró al interior de su boca, donde devoró la carne hinchada con lujuriosos lametones de su lengua de terciopelo.

A continuación, me levantó uno de los muslos para que le rodeara la cintura y se metió dentro de mí a los pocos segundos. Profundizó, empujó con más y más fuerza y me llevó hasta el límite. Me quedé sin aire, jadeante, convertida en un puro espasmo a su alrededor, atormentada por un placer abrumador. Ahogó mis gritos con un último beso mientras él terminaba a su vez. Su liberación estalló dentro de mí en una serie de embestidas rítmicas y palpitantes. Compartimos un jadeo y nos derrumbamos juntos en la suave red de nuestra cama.

—Te amo —me susurró.

Su cuerpo se onduló sobre el mío y encontró la parte más profunda de mí una última vez, sacando hasta la última gota de placer de nuestra unión. Me estremecí, sintiéndome despojada, agotada y completamente amada.

4

*M*enos de veinticuatro horas más tarde, Blake y yo estábamos en un coche de alquiler y dejábamos que el GPS nos guiara hacia la casa de Elliot, un lugar que todavía no habíamos visitado. Miré por la ventana y noté los pequeños detalles que diferenciaban las afueras de Chicago de las de Boston, el lugar al que había llamado «hogar» hacía años. Yo había cambiado tremendamente desde que me fui. De repente me pareció imposible que hubiera pasado la mayor parte de mi vida allí.

Miré a Blake, que parecía muy concentrado en llevarnos a nuestro destino. Apartó la mirada de la carretera un segundo, y vio que yo le estaba mirando fijamente. Me tomó de la mano y la sostuvo en mi regazo antes de darme un suave apretón.

—¿Estás nerviosa por ver a Elliot?

Inspiré hondo, con la esperanza de sofocar la creciente sensación de ansiedad que me oprimía el pecho.

A pesar del mucho tiempo que había pasado, aquel lugar todavía albergaba un montón de recuerdos para mí. Se trataba de recuerdos en los que no estaba segura de querer profundizar en ese momento. Me había esforzado por pensar en el viaje sobre todo como si fuera una escapada para nosotros, pero, por alguna razón que no lograba entender, estaba preocupada porque iba a mostrarle a Blake lo que había sido mi antiguo mundo. Mi preocupación tal vez se debía a que mi vida en Chicago, sin mi madre ya, no era más que una sombra de lo que había sido y era muy distinta a la red llena de alegría y apoyo que formaba su propia familia.

Había recorrido un largo camino desde esa época. Había crecido del todo. Seguía siendo vulnerable a veces, pero ya era capaz de marcar mi propio rumbo a través del mundo, con más confianza en mí misma de la que había tenido antes. Me había graduado en una carrera y había creado un negocio que finalmente era estable y próspero. Blake y yo íbamos a casarnos y a comenzar una nueva vida juntos. ¿Cómo podía pensar en el pasado cuando todos aquellos días de antaño eran insignificantes comparados con los días que compartía con Blake? De alguna manera, con todo lo que había pasado, él se había convertido en mi hogar. Yo pertenecía a nuestra vida en común, y la idea de entrar en mi pasado hacía que me tambaleara un poco.

—Estoy a punto de mirar cara a cara a mi vida pasada. Supongo que estoy algo asustada.

Levanté la mirada, con la esperanza de encontrar apoyo. Lo que encontré en la profundidad de sus ojos oscuros fue un destello de reconocimiento.

—Todo va a ir bien, cariño —me dijo en voz baja a la vez que me apretaba la mano con suavidad.

De repente, éramos lo mismo, dos personas que huían de lo que habían sido y se lanzaban de cabeza a una nueva vida y a la oportunidad de estar más juntos.

El GPS anunció que habíamos llegado a nuestro destino cuando estuvimos a la altura de la casa de Elliot. Me arrebujé con más fuerza en la chaqueta de punto, aunque la mano de Blake, que todavía sostenía la mía, me daba un apoyo infinitamente mayor.

Elliot y Beth vivían en una encantadora casa de dos pisos a poca distancia de la ciudad. Unas persianas azules enmarcaban las ventanas de la fachada de la casa. Algunas de las ventanas estaban iluminadas. Las habitaciones eran de colores brillantes, y alcancé a ver a las niñas que corrían en el interior.

Subimos por las escaleras de madera que llevaban a la entrada y abrimos la puerta de rejilla, que chirriaba un poco. Apreté el timbre y di un paso atrás.

Esperé de pie en el porche encalado, retorciéndome los dedos por la ansiedad. Blake me tomó de nuevo la mano y me acercó a su lado. El murmullo de voces en el interior sonó con más fuerza, y la puerta se abrió de golpe.

—¡Erica!

La sonrisa de Elliot no podía haber sido más amplia mientras salía por la puerta y me apartaba de Blake para darme un fuerte abrazo.

Le devolví el abrazo y bastó sólo un instante para que fuera una niña de nuevo, tan feliz de verlo. Tenía el mismo aspecto. Aparte de unas pocas canas en las patillas de color castaño oscuro, era el mismo hombre guapo que siempre había sido. De mediana estatura, era un poco más bajo que Blake, pero, como él, estaba en forma y era delgado. Sus ojos de color azul oscuro chispeaban. A nuestro lado, Blake carraspeó para aclararse la garganta.

—Blake. —Elliot sonrió de oreja a oreja y se apartó de mí lo suficiente para estrecharle la mano a Blake con un fuerte apretón mientras mantenía su brazo alrededor de mis hombros—. Me alegro mucho de conocerte por fin.

—Yo también me alegro de conocerte.

La sonrisa de Blake era diferente. No fui capaz de interpretarla.

—Vamos —dijo Elliot rápidamente.

Nos condujo al vestíbulo, donde apareció Beth. Llevaba puesta ropa informal, y sus ojos se iluminaron cuando entramos. Habíamos coincidido ya en un par de ocasiones, una vez en su boda y otra durante una breve visita de verano. Siempre había sido muy dulce conmigo, y no tenía ninguna razón para que no me cayera bien o tuviera algún resentimiento contra ella. Elliot había amado a mi madre, pero yo quería que él fuera feliz. Verlo sonreír de nuevo después de que mi madre hubiera muerto era todo lo que necesitaba ver para saber que Beth era buena para él.

Beth tenía los ojos de color marrón claro y llevaba el cabello de color oscuro recogido en un moño desordenado. Se pasó las manos por la pernera del pantalón, lo que dejó tras de sí un residuo blanco que aumentó su aspecto desaliñado.

—¡Lo siento! Nos has pillado en medio de un proyecto de cocina importante, así que estoy hecha un desastre. —Se inclinó hacia mí para besarme en la mejilla, pero con cuidado de no tocarme de otra manera—. Es maravilloso verte, Erica. Estoy tan contenta de que hayas podido venir. —Dirigió su mirada a Blake, que estaba a mi lado—. Debes de ser Blake, ¿verdad?

Me invadió una sensación de calidez. Traté de ocultar una pequeña sonrisa mientras la observaba conversar con el hombre que sería mi marido dentro de pocas semanas. Quería que los dos vieran lo feliz que me hacía. Quería que les cayera bien y que vieran la persona tan increíble que era para mí.

Mientras charlaban brevemente, deseé todavía más que Blake y mi madre se hubieran conocido. Aparté ese pensamiento y me centré en las dos niñas de pelo castaño que en ese momento se acurrucaban al lado de las piernas de sus padres, y que nos observaban a Blake y a mí con sus grandes ojos castaños.

Me agaché y comparé sus pequeños rasgos angelicales con el recuerdo que me había formado de ellas a través de las fotos que había visto a lo largo de los años anteriores. Hice contacto visual con la más pequeña.

—Tú debes de ser Clara, ¿verdad?

Ella asintió con timidez, y la punta de su pie desnudo golpeó el suelo de forma rítmica.

—¿Cuántos años tienes? Espera. Déjame adivinarlo. —Fingí estar pensando—. Eres bastante mayor. ¿Tienes tres?

Ella sonrió y asintió.

—Y tú ¿cómo te llamas? —le pregunté a la otra.

La niña, que era sólo un par de años mayor que su hermana, se quedó quieta junto a Elliot, con la mirada fija en mí.

—Marissa —dijo en voz baja.

—Es un nombre precioso. Yo me llamo Erica. He oído hablar mucho de ti. Es maravilloso conocerte por fin.

La niña se alejó de Elliot después de un momento y se paró frente a mí, con las manos cubiertas de harina y colgando a los costados. Luego ladeó la cabeza ligeramente.

—¿Eres mi hermana?

Abrí la boca para hablar mientras buscaba la respuesta correcta.

—Así es —intervino Beth—. Tú y Erica tenéis el mismo papá.

Marissa arrugó la frente, como si intentara darle sentido a aquello, pero sin conseguirlo.

—¿Dónde está tu mamá?

—Ah —dije en voz baja—. Está en el cielo.

—Mi pececito también se fue al cielo. Mami me dijo que sería feliz allí.

Sonreí, hechizada por aquellas dos niñas tan lindas.

—Apuesto a que lo es.

Clara se despegó de Beth y me agarró la mano con sus dedos gorditos.

—Ven…, juega.

Levanté la mirada y vi a los demás sonriendo. Beth habló rápidamente.

—Espera, vamos a dejar que Erica se acomode un poco antes de empezar a jugar. Acaba de llegar de un viaje muy largo.

Me reí.

—No pasa nada. ¿A qué vamos a jugar?

—Hacemos galletas de hermanas —me explicó Clara, y sus ojos brillantes parecían esperar que yo entendiera lo que eso significaba.

—¿Ah?

Ella me tiró del brazo, y las seguí a ella y a Beth hasta la cocina.

—Siento que esté todo hecho un desastre. Empezamos por querer hacer galletas, y luego tenían que tener forma de corazón, y luego tenían que ser de color rosa, así que… —Beth levantó las manos mientras mirábamos la encimera cubierta de restos de galletas de azúcar—. Esto es lo que tenemos.

Clara se puso de puntillas sobre sus dedos regordetes y cogió una galleta con una forma parecida a un corazón y de color rosa y me la puso en la mano.

—Clara las llama «galletas de hermana», porque sabía que las estábamos haciendo especialmente para ti.

—Oh, gracias. —Le di un mordisco y gemí con un placer exagerado—. Qué rica. ¿La has hecho tú?

Las dos niñas asintieron con los ojos brillantes de orgullo.

—¡Oh, Dios mío! ¿Qué es eso?

Abrí los ojos de par en par cuando Beth me tomó la mano y se acercó el anillo de diamantes a la cara.

—Oh, bueno… —Me esforcé por encontrar las palabras adecuadas, y no ayudó tener la boca llena de trozos de galleta de azúcar de color rosa. No había pensado mucho acerca de cómo darle la noticia a Elliot, pero quizá Beth se haría cargo de eso—. Estamos comprometidos.

A Beth se le escapó un pequeño chillido.

—¡Elliot, ven aquí!

Unos segundos más tarde, Elliot y Blake se reunieron con nosotras en la cocina.

—¡Erica y Blake están comprometidos!

—¿Qué? ¿Cuándo ha sido?

Elliot paseó la mirada entre Blake y yo.

—¿Habéis fijado una fecha? —interrumpió Beth antes de que cualquiera de nosotros pudiera responder.

—Vamos a celebrar una pequeña ceremonia junto a la playa dentro de unas pocas semanas —le contestó Blake.

—¿Estás bromeando? —Elliot miró a Beth. Ambos menearon la cabeza—. Bueno, vaya, deberías habérmelo dicho, Erica.

Me encogí de hombros.

—Sé que estáis ocupados. No quería añadir presión a vuestras vidas. Además, todo ha pasado muy deprisa. Apenas he tenido tiempo de hacerme a la idea.

—Bueno, ya se nos ocurrirá algo. Quiero estar presente —dijo Elliot sin dudar.

—De verdad, va a ser una celebración pequeña. Sé que estáis hasta arriba.

No quería que Elliot acudiera porque se sintiera culpable. Tenía su vida allí y una familia que lo necesitaba de verdad. Eso era tan evidente como las dos niñas que correteaban descalzas por la cocina, entre nosotros.

—No seas boba, Erica. Ya se nos ocurrirá algo, de un modo u otro.

Beth se me lanzó encima para darme un abrazo.

—Vale, pero sin ninguna presión, ¿de acuerdo? Sé que los dos estáis muy liados.

Beth me hizo callar y nos pusimos a preparar la cena juntas. Blake y Elliot ya se habían retirado a la otra habitación cuando Beth me asaltó con preguntas sobre cómo nos conocimos Blake y yo. Clara y Marissa se turnaban para darme de comer galletas de hermana y finalmente consiguieron separarme de su madre y arrastrarme a otra habitación. A pesar de todos los intentos de Beth por distraerlas, terminé pasando la siguiente hora en el suelo de su habitación compartida, mientras los «mayores» preparaban la cena y charlaban en la planta baja.

Oí a Blake hablar de nuestros negocios y de algunos de sus contactos en la ciudad. No me sentí demasiado mal por haberlo abandonado con Elliot y Beth, que eran básicamente unos desconocidos para él. Era muy capaz de trabar conversación con casi todo el mundo. En lo que se refería a los programadores, era más sociable que la mayoría.

Justo cuando ya estaba un poco cansada de nuestra fingida merienda, toda la familia se preparó para la cena. Las niñas monopolizaron la comida con sus preguntas, sus risas y su comportamiento en general encantador. No me importó. Su felicidad llenó cualquier posible silencio incómodo que quizás habríamos tenido, y me encariñé rápidamente de las dos.

Cuando ya la cena declinaba, las niñas de Elliot se pusieron insoportables. Comenzaron a reírse, a arrastrarse por debajo de la mesa y a interrumpir las conversaciones de los mayores sin parar. El arrebato de irritación de Elliot se derritió en cuestión de segundos cuando las rodeó a cada una con un brazo. Las agarró con fuerza y amenazó con darles abrazos de oso y besos de princesa.

Sonreí. El amor que había en esa familia era evidente y contagioso.

Beth se levantó de la mesa y tomó a una de las niñas para llevársela agarrada sobre la cadera.

—Creo que ha llegado la hora del baño. Decidles buenas noches a Erica y a Blake.

—¡No! —exclamó Clara antes de frotarse los ojos y apoyar la cabeza en el hombro de Beth.

Beth sonrió.

—Sí, ya toca baño. Elliot, ¿por qué no salís tú y Erica a encender el fuego en el patio trasero? Yo me encargo de acostar a las niñas.

—¿Seguro?

—Sí, venga —insistió ella, alejándole con un gesto de la mano.

Él le sonrió con calidez y dejó que Marissa se apartara de él para acurrucarse en la pierna de Beth. Blake se levantó rápidamente.

—Ya me encargo yo de limpiar la mesa. Vosotros id.

Elliot y yo intercambiamos una mirada. Al parecer, todo el mundo estaba dispuesto a que le sacáramos el mayor partido a nuestra breve reunión. Sonrió, cogió su copa de vino y se puso en pie.

—Creo que nos están diciendo algo. Vamos fuera. Es una noche agradable.

El patio trasero de Elliot estaba cercado, la mayor parte de la superficie la ocupaba un pequeño parque infantil, y el resto estaba cubierto de juguetes de las niñas. Me senté en una silla en medio del patio mientras él encendía un fuego en la pequeña chimenea al aire libre. Se recostó en su silla y el fuego fue creciendo durante los siguientes minutos.

—No puedo creer que te vayas a casar.

Me reí.

—Pues ya somos dos. He tratado de hacerme a la idea desde que Blake me lo pidió.

—Blake parece un gran tipo. Me siento muy feliz por los dos.

Sonreí con una inclinación de cabeza.

—Yo también lo creo.

—¿Es lo bastante bueno para ti?

Me tuve que echar a reír al oír aquello.

—Es asombroso. Totalmente increíble.

—Se ve nada más miraros. Nunca tuve la oportunidad de asustar a ninguno de tus novios. Me parece que tengo que recuperar el tiempo perdido —me dijo, ya la media sonrisa en su rostro me indicó que sólo lo decía medio en serio.

—Ya tendrás tu oportunidad con Clara y Marissa, estoy segura. Cada día están más guapas.

—Ay, no me lo recuerdes.

Se frotó la frente. Me quedé mirando las estrellas y me relajé en la silla. La noche era fresca, pero el fuego era cálido a mis pies.

—Me alegro de que pudiéramos venir —admití—. Es genial veros a todos. No me puedo creer que haya pasado tanto tiempo.

—Lo sé. Ha sido demasiado tiempo, de verdad. —Suspiró y tomó un último sorbo de vino antes de dejar la copa en la mesa junto a él—. Estoy muy orgulloso de ti, Erica.

Nuestras miradas se cruzaron brevemente antes de que yo bajara la vista, sintiéndose tímida de repente.

—Gracias, Elliot.

—Veo a Marissa y a Clara crecer cada día, y te veo en ellas. Por mucho que me aferre a estos momentos con ellas, a sabiendas de que no van a durar, pasar por todo esto de nuevo me trae un montón de recuerdos. También siento un gran pesar por no haber sido algo más para ti.

—No importa.

No supe qué decir. Yo también había querido que fuera algo más, pero había acabado aceptando que no había podido serlo.

—No, sí que importa. —Se inclinó hacia delante apoyando los codos en las rodillas mientras contemplaba el fuego—. Quiero que sepas que nunca había amado a nadie como amé a tu madre. Hasta ese momento, fue realmente la mujer más increíble que jamás había conocido. Y estabas tú, una pequeña extensión perfecta de ella. Preciosa como el cielo y muy inteligente. No pude evitar quererte a ti también. Me sentí muy afortunado de ser tu padre. Luego, cuando ella enfermó… —Negó con la cabeza, y la tristeza le bloqueó la mandíbula—. Nunca nos lo imaginamos. Todo mi mundo se vino abajo. Yo era joven, y Patricia era mi vida.

Y... yo estaba muerto de miedo de hacerlo todo mal contigo. De repente, ser padre parecía la cosa más espantosa en el mundo. Tenía miedo de estropearlo todo. Que no iba a hacerle justicia a la labor de tu madre, ¿sabes?

Quise consolarlo. Quise asegurarle que todo había salido bien. Así era, ¿no? Extendí un brazo y le tomé de la mano. Él la apretó por un momento y luego la soltó para volver a mirar hacia el pequeño fuego que nos calentaba los pies.

—Traté de llamarte muchas veces —dijo en voz baja—. Quise explicártelo con el paso del tiempo, pero es difícil hacerlo por teléfono. También quise ir a verte, pero la vida me lo puso difícil. No es excusa, ya lo sé.

—Estoy aquí ahora. Y te entiendo. No puedo imaginarme por lo que has pasado. Echaba de menos tenerte en mi vida. A los dos. Pero me las arreglé. Soy diferente por ello, eso creo. Más independiente de lo que quizás hubiera sido. —Me reí en voz baja, y él levantó la vista—. Es decir, el pobre Blake es incapaz de conseguir que me quede quieta aunque le vaya la vida en ello.

Sonrió, y la tristeza en sus ojos se disipó un poco más.

—Bueno. Tú procura que se mantenga atento a lo que necesitas, ya sabes.

«Lo hago, y mucho». Más de lo que probablemente debería, aunque Blake nunca se cansaba de recordarme eso mismo.

Miré hacia la luna. A pesar de lo lejos que había viajado ese día, las personas en mi otra vida estarían viendo el mismo cielo en ese momento. No estaba muy lejos de ese mundo, de la vida que me había construido después de tanto tiempo. Elliot no sabía casi nada acerca de ese mundo, de la gente que se había convertido en mi familia, de las experiencias que me habían hecho caer de rodillas y las que habían ayudado a conseguir levantarme de nuevo. ¿Cómo podría saberlo?

—Quería preguntarte algo —dije en voz baja. Me senté más recta en la silla, preparándome para lo que podría venir después—. Alguna vez mamá... ¿te habló de mi padre?

Elliot frunció el ceño, y la duda se asomó a su cara. Se quedó callado, en un silencio incómodo. Reconocí su vacilación. Había visto la misma mirada cuando Marie tuvo la oportunidad de decirme la verdad sobre Daniel pero no lo hizo. En un esfuerzo por respetar los deseos de mi madre, se había mantenido en silencio también.

—Ya sé quién es. Estaba en algunas fotos antiguas de la universidad que Marie me dio, y fui capaz de seguirle la pista. Marie al final me lo confirmó. Sabía que mi madre no quería que lo supiera, pero supongo que mi curiosidad pudo más .

Él asintió lentamente con la cabeza.

—Puedo entenderlo. Sería difícil pasar toda la vida sin saber. Pero a ella le preocupaba qué clase de influencia tendría en tu vida que supieras quién es.

—Si la forma en la que se rompió la relación fue tan horrible, no entiendo por qué su familia no la apoyó más, ¿sabes? A nadie le gusta que una hija llegue embarazada después de la graduación de la universidad, pero nunca mantuvimos una relación estrecha con la familia de ella. Siempre parecían más cercanos a sus hermanos y a los hijos de éstos. Al mirar atrás, era como si yo fuera una paria. Las dos lo éramos.

Elliot cruzó las manos debajo de la barbilla.

—Quizá lo mejor sería que te contara toda la historia ahora que estás aquí. ¿Quién sabe cuándo tendremos otra oportunidad?

Fruncí el ceño.

—¿De qué «toda» me hablas?

Se pasó las manos por el cabello e inspiró hondo por la nariz.

—Según Patty, cuando llegó a casa después de la graduación, esperó para contarles lo del embarazo hasta saber algo de Daniel. Cuando quedó claro que su relación no iba a ninguna parte, les dio la noticia a sus padres. Obviamente, se enfadaron. Pero, cuando se enteraron de quién era el padre, las cosas cambiaron. No se enfadaron tanto por el hecho de que se hubiese quedado embarazada como de que él se negara a casarse con ella. Quisieron que ella lo obligara a hacerlo, que hablara con su familia y les revelara la verdad. Amenazaron con hacerlo, y fue entonces cuando ella se mudó. Necesitaba la ayuda de ellos, pero no estaba dispuesta a chantajearlo para que la convirtiera en una mujer honrada. Ella te quería, y estaba dispuesta a encontrar una manera de tenerte y de tener una vida propia.

El dolor me atenazó el pecho.

—¿Por qué le hicieron eso?

—Tu madre procedía de una buena familia. Profesionalmente, al menos. Profesores, médicos. Que Patty se casara y entrara en la familia de Daniel habría sido un golpe de suerte para ellos. Patty solía decir que por eso la enviaron a Harvard en realidad. No les resultó barato, pero pensaron que al menos encontraría un marido. Un hijo fuera del matrimonio no era precisamente su idea de tener éxito.

Meneé la cabeza. Odié verla de esa manera. Su familia se había mostrado muy fría, y ya sabía por qué. Pensar en todas las decisiones que ella había tomado para mantenerme, a costa de mantenerse cerca de su familia, me repugnó.

—Lo siento. Todo esto suena terrible. Por eso nunca quise contártelo, y Patty no quería que lo supieras. A veces se piensa que uno quiere saber la verdad, pero la gente puede ser cruel. Egoísta y cruel, y no hay manera de contarte la verdad sin hacer daño.

—No hay mucho en lo que he descubierto sobre Daniel que no haya sido doloroso, para ser sincera. Es… Bueno, es muy parecido a lo que probablemente te imaginas.

Se quedó mirándome en silencio por un momento.

—¿Qué clase de hombre es? No hablaba mucho de él.

Inspiré hondo. Daniel tenía más caras de las que quería conocer.

—Poderoso. Astuto. Muy metido en su carrera y en los círculos políticos. Supongo que es de los de «a mi manera o carretera» en su mayor parte.

Elliot me observó con atención.

—No suena como si hubiera cambiado mucho la situación.

—No. Pero, por si te sirve de algo, creo que sí que estaba enamorado de mamá, sólo que creo que no tuvo mucha opción en el asunto. Si hubiera hecho lo correcto, su familia quizá lo hubiera repudiado.

—Y Patty hizo lo que creía que era correcto, y su familia la repudió.

Suspiré, triste por los dos. Si las cosas hubieran sido diferentes, podrían haber estado juntos. Podríamos haber sido una familia, con o sin el apoyo de sus padres. Nada podía sustituir los años que había perdido, pero tal vez eso no importaba ya.

Beth y Blake se unieron a nosotros en el patio. La seriedad de nuestra conversación disminuyó un poco cuando vi a Blake. Me miró fijamente. Sonreí, a pesar de la tristeza que me embargaba.

—¿Las niñas se han dormido sin problemas? —preguntó Elliot.

Beth se dejó caer en una de las sillas, con aspecto agotado y con cara de necesitar una bebida fuerte.

—Ha costado. Pero ya están dormidas.

—Tus hijas son tan preciosas… —le dije—. Lo estás haciendo muy bien con ellas.

Beth consiguió esbozar una sonrisa.

—Gracias. Lo intento, pero por Dios que me agotan.

—Y ¿qué hay de vosotros dos? ¿Tenéis planes de niños? —me preguntó Elliot.

Me quedé con la boca un poco abierta. La pregunta me había pillado completamente por sorpresa. Beth le dio una palmada en el hombro.

—Déjalos. Le vas a provocar un ataque al corazón a Blake.

Blake me miró, con una mirada más pensativa de lo que me esperaba.

—No hemos hablado mucho sobre ello. Pero tenemos tiempo de sobra para decidirlo.

No habíamos hablado de ello en absoluto, de hecho. Por la forma en la que me estaba mirando en ese momento, tuve la sensación de que eso podría cambiar pronto.

5

Salimos de casa de Elliot cerca de la medianoche. Blake y yo volvimos a la ciudad y nos alojamos en un hermoso hotel de cinco estrellas con vistas al lago Michigan. Nos quedamos dormidos pocos segundos después de entrar en la habitación.

Abrí los ojos parpadeando con lentitud. El resplandor previo al alba se filtraba en la habitación del hotel, y a través de las cortinas distinguí el titilar de la luz que brillaba sobre la superficie del lago. Volví a recostar la cabeza en la almohada. Apenas eran las seis de la mañana y a mi lado Blake dormía tranquilamente. El vuelo a última hora de la tarde y luego la cena con la familia de Elliot habían sido agotadores.

Pensé en la noche anterior, en la primera introducción de Blake a mi mundo, dejando aparte la reunión con Marie. Me sentí feliz de que hubiera conocido a Elliot, y también orgullosa de haber vuelto a aquel mundo con Blake a mi lado. Volver a ver a Elliot y a Beth había sido genial, pero lo que él me había contado influiría en la forma en que vería a la familia de mi madre durante el resto de mi vida. Cualquier esperanza que hubiera albergado de tenerlos en mi vida en un futuro se había desvanecido completamente.

Blake se agitó y se desperezó. Mi recuerdo de la conversación con Elliot se desvaneció, y mis pensamientos giraron en torno a Blake. La sábana sólo le cubría hasta las caderas, lo que dejaba a la vista su cuerpo increíble. Deslicé una pierna sobre su muslo y me recosté contra él. Estaba tibio por el sueño.

—Buenos días, dormilón —le dije en voz baja trazando levemente unos círculos sobre su estómago y su pecho.

Él gruñó y se estiró de nuevo, y luego me atrajo más hacia él cuando se relajó.

—Me encanta despertarme a tu lado.

Murmuré un «ajá» y le di un beso en el pecho. Me pasó los dedos por el cabello. Todavía tenía una mirada adormilada, pero el rostro estaba tranquilo y descansado.

—Feliz cumpleaños, cielo.

Sonreí.

—Gracias. Me habría olvidado por completo si no me lo hubieras recordado.

—¿Qué quieres hacer hoy? Podemos hacer lo que quieras.

Enarqué las cejas.

—Supuse que ya lo tendrías todo planeado. No me he molestado en desear nada en concreto.

Se echó a reír.

—Está bien, culpable de todos los cargos. Vamos a ducharnos y a vestirnos. Después desayunamos y luego te llevo de compras.

—¿De compras? ¿Para qué? No me hace falta nada.

—Compras para el vestuario de la luna de miel.

Me reí.

—No me puedo creer que eso sea algo que realmente te apetezca hacer.

Él sonrió con gesto travieso y me apartó de encima de él para ponerse de costado. Se apoyó en el codo y comenzó a acariciarme con suavidad bajo el borde de mi camiseta.

—Es tu cumpleaños, y quiero mimarte. En todos los años que viviste en Chicago, ¿alguna vez fuiste de compras por Michigan Avenue?

Pensé en las muy escasas veces que había caminado por la famosa calle, por supuesto, sin comprar nada.

—No. En realidad, no tenía presupuesto.

—Bueno, pues esta vez hay presupuesto para todo.

Sonreí con aire burlón.

—¿Todo?

Blake levantó una ceja.

—¿Acaso lo dudas? Estoy bastante seguro de que puedo comprarte cualquier cosa que puedas desear.

Yo le planté un beso juguetón en los labios.

—No lo dudo. Pero estoy más interesada en tus otros… —Enganché un dedo debajo de la sábana que apenas le cubría la cadera y la bajé lentamente— …activos.

—Ah… —gimió contra mis labios a la vez que movía las caderas hacia arriba. Ya estaba empalmado, y su erección se deslizó en mi mano ansiosa—. Lo que es mío es tuyo, querida.

—Entonces, voy a ponerme cómoda —murmuré antes de succionarle el labio inferior entre los dientes. Le mordí con suavidad.

Blake gimió de nuevo y apretó los dedos en mi cabello. Dejé que mi lengua se deslizara sobre la carne rolliza y luego le empujé el hombro hacia atrás hasta que estuvo tumbado de nuevo sobre la cama.

La sonrisa de sus labios se relajó a medida que fui bajando por su cuerpo atlético. Paseé la lengua hasta llegar al centro de su estómago antes de meterla levemente en su ombligo. Aspiré su aroma, cada vez con más fuerza cuanto más bajaba, hasta que quedé cara a cara con su rígida polla. Noté el grueso peso en la palma de mi mano, con las venas palpitantes mientras la masajeaba con suavidad. Remataba cada movimiento de la mano con la boca girando la lengua por la punta, chupando el líquido previo y salado. Quería sacarle más. Quería ver cómo se deshacía de placer. Apreté las uñas contra su cadera al mismo tiempo que me llenaba la boca de él.

—¡Joder! —gritó, aunque no tuve claro si era por las uñas o por habérsela chupado hasta la base.

No dejé de hacer ninguna de las dos cosas por si acaso.

—¡Ah! —jadeó—. Ven aquí, cielo.

Gemí cuando mi cuerpo se tensó al imaginarme tenerlo por completo dentro de otro modo. Lo dejé salir de mí lentamente.

—Sólo acabo de empezar. Relájate.

—Por mucho que me encante una mamada por la mañana… —Inspiró de repente cuando lo llevé de nuevo profundamente al fondo de mi garganta—. Fóllame, que es tu cumpleaños. Ponte aquí de una vez. Estás a punto de recibir tu primer regalo.

La cabeza de su polla salió de entre mis labios con un chasquido hueco y húmedo. Se inclinó y me arrastró hacia arriba antes de que pudiera discutir. Yo me senté a horcajadas sobre él.

—Las manos en el cabecero —me dijo, con la voz aún ronca por el sueño.

Puse mis manos sobre la madera dura del cabecero de la cama y vi cómo se deslizaba hacia abajo hasta desaparecer entre mis piernas.

—Ahora siéntate —me ordenó, y noté su aliento soplando en la piel a la vez que pronunciaba aquellas palabras sórdidas.

—Blake…

Me sentí tensa, avergonzada por la posición. No sabía cómo ni por qué, pero Blake todavía tenía la capacidad de escandalizarme. No me dio tiempo a rechazarle. Me puso las manos en el culo y me guio hacia su rostro. Bajé poco a poco hasta que, de pronto, noté su boca caliente y húmeda contra mi sexo. Me agarré al borde de la cabecera y me mordí el labio, ahogando a duras penas un gemido.

Se demoró en mi entrada, jugando con los tejidos sensibles de la zona, y luego le dio un largo lengüetazo al surco de mi coño. Bajé más, persiguiendo los placeres ardientes de su boca. Me abrió los labios con los dedos y le susurró algo a mi piel. El aire vibró contra mi clítoris, lo que hizo que me sintiera desesperada por sus atenciones. Contoneé todo el cuerpo, suplicándole sin palabras. Me besó allí, pero luego trasladó su atención a la entrada del coño. Temblé cuando su lengua se sumergió dentro de mí y luego se retiró.

—Blake.

Cuando dije su nombre, no tuve claro si era una petición de más o de algo más. Me sentía tan abierta, tan vulnerable, mientras me seguía follando con la lengua. Sin embargo, él me había visto por completo. No tenía nada más que ocultar.

Me cosquillearon las manos por la necesidad de tocarlo. Quise pasar los dedos a través de los mechones sedosos de su cabello mientras él me daba placer. Quería guiarlo para que se pusiera encima de mí, pero en el fondo sabía que siempre me daba lo que necesitaba, aunque no fuera lo que quería. La posición me había dejado sumida en una extraña mezcla de vulnerabilidad y dominación. Tal vez era eso lo que me tenía tan inquieta.

—Me encanta tu coño. Quiero que te corras para poder probar más de ti. Nunca tengo bastante.

El movimiento de su cuerpo más allá de mi campo de visión hacía que la cama se moviera, y yo sabía que tenía que estar muy empalmado, tan desesperado por follarme como yo por ser follada.

—Te necesito ya. Por favor, Blake…

Mi voz sonó entrecortada por la impaciencia. Mis pensamientos se volvieron incoherentes por el deseo que me recorría todo el cuerpo. Pero él siguió follándome con su lengua. Cuando traté de escapar, se limitó a ponerme más ansiosa con sus movimientos. Me agarró el culo con tanta fuerza que no tuve manera alguna de escaparme.

Cuando pensaba que ya no podría soportarlo ni un segundo más, volvió a centrarse en mi clítoris palpitante, en el que me propinó una serie de fuertes lengüetazos y chupadas que me llevaron directamente al borde del orgasmo. Lancé un grito. Cerré una mano alrededor del cabecero, y la otra arañó la pared. Quería tocarlo. Quería provocarle también a él aquella sensación enloquecedora. Quería que también la sintiera por completo.

Estaba tan cerca. Las piernas me temblaron cuando deslizó un dedo en mi coño ansioso. Apreté alrededor de aquel solitario dedo, y recordé de nuevo lo mucho que lo quería dentro de mí. Giré sobre las caderas, ávida de más. Me agaché y le pasé los dedos por el pelo. Su boca se apartó bruscamente.

—Las manos en el cabecero. Es el último aviso.

Quité la mano y solté un gemido de frustración. Siguió entrando y saliendo de mí. Me preparé para otra subida lenta y frustrante hasta correrme, pero, en vez de eso, se retiró. La amplia yema de su dedo, resbaladiza por mi excitación, comenzó a masajearme en círculos el agujero apretado de mi ano. Inspiré entre dientes una rápida bocanada de aire a la vez que me elevaba los pocos centímetros que me dejaba su fuerte agarre con la mano.

—Relájate —me dijo en voz baja mientras tiraba de mí hacia abajo, hacia él.

—Blake, no puedo —insistí.

Todas y cada una de las células de mi cuerpo quisieron echar a correr de repente.

—Sí, sí puedes.

Me retorcí en un débil esfuerzo por escapar de sus garras, sin lograrlo, pues logró mantenerme aferrada. Empezó una batalla entre mis ganas de que acabara de darme placer y las ansias de escapar de lo que pudiera derivarse de sus exigencias pervertidas. Me agarré del cabecero, incapaz de apartar la mente lejos de su dedo explorador. Se me formó un nudo en el estómago.

Me soltó y me tumbó en la cama, boca arriba. Se inclinó sobre mí, con los labios brillantes. Los míos temblaron. Estaba claro que no sentía ninguna vergüenza por lo que había hecho, pero yo todavía seguía aferrada a mis inhibiciones como si, de alguna manera, eso me pudiera librar de la total falta de las mismas que mostraba Blake.

Bajó su cuerpo caliente hasta pegarlo al mío.

—Quiero estar dentro de ti, cielo. Toda tú —me susurró.

El corazón se me aceleró. La lujuria y los nervios me dejaron sin habla. «Mierda.»

—Es que estoy… estoy nerviosa, sólo es eso.

La preocupación en sus ojos se desvaneció. Me hizo callar con un beso, cargado de mi propio sabor. Bajó por mi cuerpo y me levantó las piernas hasta ponérselas sobre sus hombros antes colocar la cabeza entre ellas. Me relajé un poco, porque mis defensas se debilitaron ante el sonido de su voz y su cercanía.

Encontró lo que buscaba, y me tensé, luchando contra el impulso de apartarme de nuevo de él. Me hizo callar de nuevo.

—No tienes nada de lo que preocuparte. Amo tu cuerpo. De hecho, casi diría que estoy obsesionado con él. Tú sólo relájate y deja que haga que te corras.

Empezó a darme unos rápidos lengüetazos sobre la piel y luego más abajo, rodeando el punto sensible que quería tensarse y liberarse a la vez. «Joder.»

Aspiré una bocanada de aire entre jadeos y me agarré a la colcha con las dos manos. Siguió con los movimientos y seduciéndome con la puñetera lengua de distintos modos que no sabía que fueran posibles. Cuando se detuvo, me derretí en la cama, lo bastante distraída como para relajarme. Cuando un dedo lubricado se abrió paso por el apretado anillo de mi culo, se me escapó un jadeo.

—Dios.

Apreté los ojos con fuerza tratando por todos los medios de aceptar aquel primer paso hacia un nivel de intimidad que no estaba totalmente preparada para darle a Blake. A pesar de todas las alarmas que sonaban dentro de mi cerebro, un repentino calor me cubrió las mejillas y luego el resto de la piel. Los puntos donde nuestros cuerpos se tocaban se pusieron más calientes, y quedaron tan lubricados como el dedo que investigaba cada vez más hondo dentro de mí.

Levanté las caderas y gemí antes de darme cuenta de lo que estaba haciendo.

—¿Te gusta esto?

¿Que si me gustaba? Dios, no lo sabía. Lo único que sabía era que estaba a punto de disolverme, que mi cuerpo pedía disolverse. Lo sentía todo, en todas partes. Mi cuerpo se rebelaba por las sensaciones que me estaba provocando. Se retiró de mi estrecho agujero sólo para entrar de nuevo un instante después. La repetición del movimiento me llevó de nuevo al límite a una velocidad alarmante. Me apreté con fuerza alrededor de sus dedos. Floté, sin aliento, sobre el precipicio del placer y del dolor, un estado al que Blake ya me había llevado tantas veces antes.

—No creo que... No puedo.

Arqueé la espalda, con los músculos tensándose contra la penetración.

Blake respondió rápido con una segunda invasión. Sus dos dedos me estiraron el músculo, reclamando esa parte de mi cuerpo como suya. Solté un grito ahogado por la incomodidad, y justo entonces su boca me cubrió el coño de nuevo con unos lametones calientes, húmedos y tentadores por encima de toda la piel.

Subí y subí hasta que llegué al cielo. No pude soportarlo más. El orgasmo se estrelló contra mí como una ola gigante. Quizá grité. Quizá perdí el conocimiento. Estaba temblando cuando él se cernió sobre mí de nuevo con sus ojos verdes llenos de lujuria.

Los dos estábamos sin aliento. Apretó la cabeza de su polla contra mi coño y empujó hasta entrar dentro de mí. Deliciosamente llena una vez más, me lancé hacia otro orgasmo que hizo que se me encogieran los dedos de los pies. El tercer asalto fue la gruesa polla de Blake ensanchándome tan maravillosamente que la cabeza me daba vueltas. ¿Me habían follado alguna vez de un modo tan completo? No estaba segura.

Me embistió una y otra vez, y mi cuerpo respondió, apretando su gruesa penetración.

—Me tienes agarrado.

La fricción era fuerte. Me aferré a él. Estaba deshaciéndome otra vez. Estaba volando. Su nombre salió de mis labios convertido en gritos impotentes.

—Me tienes tan tan agarrado. Joder... Córrete conmigo, cielo. Otra vez.

Le recorrí la espalda con las uñas cuando comenzó a entrar más profundamente. Eché la cabeza hacia atrás clavándola en la almohada, y separé la espalda de la cama. Estaba muy muy dentro de mí, y, sin embargo, aproveché todas mis fuerzas para fundirnos con más intensidad todavía. Me sacudieron los espasmos de nuevo, con más fuerza. Estaba temblando. Un grito ronco me surgió de la garganta a la vez que él se corría y derramaba su calidez dentro de mí.

No llegamos a desayunar. Tenía todos los músculos del cuerpo agotados por lo que habíamos hecho, por lo que él me había hecho. Dormimos un poco más, nos duchamos, y finalmente reunimos la energía y la fuerza de voluntad necesarias para salir de la habitación del hotel.

Blake me llevó al restaurante más caro que pudo encontrar en la ciudad para el almuerzo. Bebimos champán y comimos unos platos deliciosos antes de dirigirnos a las tiendas. Durante un rato simplemente anduvimos disfrutando del aire fresco y del hecho de estar juntos, cogidos de la mano. Pasamos por delante de algunas tiendas con escaparates en los que se veían artículos de marcas famosas que jamás había tenido y que jamás había pensado tener.

—Vamos a entrar aquí —me dijo deteniéndose delante de una puerta giratoria vigilada por un individuo enchaquetado.

Lo seguí feliz y un poco achispada. Caminé a lo largo de las estanterías con pocos artículos, con miedo a tocar nada, y con mucho más miedo aún a que algo me gustara. Tal vez el champán me había nublado el sentido, porque mi mente dijo «Oh» cuando llegamos a la altura de un bolso que me llamó la atención. Pasé los dedos sobre el cuero marrón oscuro y suave y luego hacia abajo, hacia el cierre, de donde colgaba una etiqueta gruesa. Le di la vuelta y me quedé mirando pasmada el elevado precio.

«Mierda.»

Blake se inclinó hacia mí y me susurró al oído.

—Cada vez que te pille mirando la etiqueta del precio, te daré una azotaina en el culo cuando volvamos a casa. Sólo para que lo tengas en cuenta.

Fruncí el ceño.

—Y ¿qué pasa si lo veo por casualidad?

—Depende de si decides comprarlo.

Le eché otro vistazo a la etiqueta para asegurarme de que la había leído bien.

—Este bolso cuesta tres mil dólares, Blake.

Se encogió de hombros.

—Bueno, cómpralo.

—Es ridículo gastarse tanto dinero en comprar un bolso —susurré, porque no quería insultar al personal de la tienda o revelar que por desgracia estaba fuera de lugar en aquel sitio.

Se me acercó y también bajó la voz.

—Que te preocupes por el dinero cuando tengo una puta cantidad de millones es algo ridículo. Compra el bolso y sigamos. Tenemos un kilómetro de tiendas por recorrer hoy, y te voy a comprar todo lo que miren tus ojos.

Dejé escapar un suspiro de exasperación. Mi cerebro ni siquiera era capaz de comenzar a procesar la idea de gastarme esa cantidad de dinero en mí misma. Mientras me esforzaba en buscar un modo de convencerle de que aquello era absurdo, Blake cogió el bolso y siguió caminando a través de la tienda sin mí. Corrí para ponerme a su lado.

—Blake, para. En serio, no necesito el bolso.

—Lo vamos a comprar.

—Ni siquiera me gusta —le mentí.

Enarcó una ceja.

—Hay personas que no tienen nada, y quieres que me gaste una tremenda cantidad de dinero en algo que no necesito.

—Quiero gastarme una tremenda cantidad de dinero en ti. Es tu cumpleaños. Quiero mimarte y consentirte. He trabajado mucho para conseguir el dinero que me he ganado, y tengo ese derecho.

Nos quedamos mirándonos durante unos momentos, en un enfrentamiento silencioso. Apretó la mandíbula.

—¿Te convencería si entrego el mismo dinero que cuesta el regalo con una donación a la organización benéfica que tú elijas?

Puse los ojos en blanco y dejé caer los hombros en un gesto de derrota.

—¿Podemos comprar ya el puñetero bolso?

Yo sabía que tenía que elegir mis batallas. Aquello era una guerra, y Blake no me iba a dejar ganarle. Suspiré en señal de rendición.

—Vale.

—Bien, porque ahora vamos a ir a la tienda de Cartier. Voy a obligarte a entrar.

Una nueva inquietud me asaltó los nervios. «Mierda.»

—Puede que necesite más champán para eso.

Blake sonrió.

—Estoy seguro de que eso puede arreglarse.

6

*T*res horas más tarde, estábamos de vuelta en la habitación del hotel. Solté las pocas bolsas que Blake me había dejado llevar y me desplomé sobre la cama. Estaba aturdida por los excesos, mareada por los precios y agotada hasta la médula. A petición de Blake, dejé de mirar las etiquetas de los precios todo lo que pude. La mayoría de las veces era irrelevante, porque el precio no se discutía en ningún momento cuando los vendedores ofrecían sus mejores artículos.

Blake me había consentido y mimado en exceso. Mimado se quedaba corto. Había salido de las tiendas con un nuevo vestuario, ropa interior nueva para cada día de la semana y más bisutería de diseño de la que había visto en nadie.

Echamos una siesta de una hora antes de ducharnos y vestirnos de nuevo para la cena.

Me puse un vestido negro de manga larga que Blake había insistido en que me comprase después de vérmelo puesto en la tienda pocas horas antes. El dobladillo llegaba hasta la mitad del muslo y la espalda quedaba abierta casi hasta la cintura, por lo que era perfecto para una noche de finales de verano.

Me abroché el reloj de gran esfera y tachonado de diamantes que debía de ser increíblemente caro. La tarde, a pesar de lo agotadora, había sido increíble. No pude evitar sentirme especial cuando los vendedores casi bailaron a mi alrededor, compitiendo en cada ocasión por la oportunidad de deslizar la tarjeta de crédito de Blake por la máquina de cobro intentando cautivarme con lo mejor de todo.

Blake se puso unos pantalones de color gris oscuro y una camisa negra con las mangas enrolladas casi hasta el codo. Tenía el cabello despeinado por nuestra siesta. Los ojos le brillaban centelleantes. No pude evitar sonreír mientras su reflejo se me acercaba.

—Gracias.

—¿Por qué?

Puse los ojos en blanco.

—¿Por dónde empiezo?

Se echó a reír y acarició los relucientes diamantes que me colgaban de las orejas.

—De nada. Y gracias. Por haber accedido a hacerme el hombre más feliz de la Tierra. Ya lo soy, pero llegar a compartir el resto de mi vida contigo es el mejor regalo que me podrías hacer jamás.

—Yo siento lo mismo. Y no necesito ni diamantes ni bolsos para ser feliz.

Blake ladeó la cabeza.

—Mimarte me hace feliz. Así que déjame que lo haga un poco.

—¿Qué tal si limitamos las salidas enloquecidas de compras a ocasiones especiales?

—Lo que tú digas, jefa —murmuró al mismo tiempo que me acariciaba el cuello.

No pude ocultar una sonrisa cuando me hizo volverme hacia él y atrapó mis labios con los suyos. Lo que comenzó como una caricia lenta se convirtió a los pocos segundos en un beso profundo y ansioso. Su lengua pasó entre mis labios y se adentró en busca de la mía hasta encontrarla. Gemí y le pasé los dedos entre los mechones de cabello mientras me pegaba a él. Él dio un paso adelante y me apretó con cuidado contra el espejo del armario donde me había estado vistiendo. Levanté la pierna hacia arriba para que me la agarrara. Me apretó suavemente la pierna, la soltó y luego interrumpió el beso.

Su mirada era aviesa, y la prueba de lo mucho que me ansiaba se esforzaba por salir de sus pantalones.

—No me gusta ser la voz de la razón, pero probablemente deberíamos irnos. No me gustaría que te vistieras por completo para que luego yo te quitara toda la ropa, te dejara desnuda y te follara hasta dejarte sin sentido antes de salir del hotel.

La respiración se me aceleró ante aquella amenaza. Su lengua me recorrió el labio inferior como una sensual promesa de lo que llegaría más tarde.

—Pero puedes estar segura de que eso es lo que va a suceder cuando volvamos. No he tenido mi ración diaria y completa de ti todavía.

—¿Estás tratando de romper el récord de la cantidad de veces que me puedo correr en un solo día?

Los labios se le torcieron en una sonrisa irónica.

—¿Qué puedo decir? Me gusta cumplir en los cumpleaños de las chicas.

El día ya había sido el mejor cumpleaños que recordaba. Nada se acercaba ni de lejos al hecho de ser mimada y amada así por el hombre con el que estaba a punto de casarme. Lo empujé hacia atrás para alejarlo un poco más y me apresuré a terminar de arreglarme antes de empezar algo que tendríamos que acabar con toda seguridad.

Blake había elegido un asador de renombre en la ciudad. El camarero nos acomodó en un rincón tranquilo del restaurante. Pedimos, y luego nos sirvieron la botella de vino en las copas. El sol ya se había puesto, dejando un brillo de colores pastel en el horizonte interminable del lago. Apenas oí la voz de Blake de fondo.

—¿En qué estás pensando?

Salí de mi trance y cogí mi copa.

—Vamos a brindar.

—Y ¿por qué vamos a brindar?

«No por el pasado.» Lo contrario del pasado, de hecho.

—Vamos a brindar por el futuro.

Chocó su copa con la mía y ese leve tintineo fue el único sonido que intercambiamos durante los siguientes minutos.

—¿Estás contenta de haber venido?

Pensé en su pregunta, mientras mi mirada se posaba de nuevo en el agua brillante.

—En cierto modo. No lo sé. He tenido que asimilar muchas cosas de golpe.

Se reclinó en su silla mientras yo pensaba en todo aquello.

—Mi familia, la familia de mi madre, tiene una casa en la playa por allí. —Señalé hacia la ventana, hacia un lugar invisible en la otra orilla del lago, donde había vivido otra parte de mi vida—. Al otro lado, en Michigan.

Blake volvió a centrar la mirada a mí después de un momento.

—No lo sabía. ¿Cuándo fue la última vez que estuviste allí?

Tomé un sorbo de mi vino con cuidado. El intenso sabor me invadió la lengua, el aroma me llenó la nariz. Me lo tragué, agradecida por otra experiencia lujosa que había conseguido tan sólo por estar en la vida de Blake. No estaba segura de si alguna vez me acostumbraría a estar tan

completamente malcriada, pero le amaba y no estaba dispuesta a discutir
por las cosas que le hacían feliz. Mis pensamientos volvieron de nuevo a
la casa del lago y a la última vez que había estado allí como parte de una
familia.

—Hace mucho tiempo —dije al fin—, antes de irme al internado,
pasamos nuestras vacaciones anuales allí. Fue el último verano que mi
madre estuvo viva, en realidad. La última vez que recuerdo haberme sentido como una niña. Ella no se encontraba bien y no podía seguir el ritmo. Yo tenía mucha energía. Ver a las chicas de Elliot me ha hecho recordarlo. Mi madre y yo siempre nos divertíamos mucho juntas, pero ese
verano ella no estaba para mucho. Siempre estaba cansada. No sabía que
en ese momento ya estaba enferma. Es una de esas cosas de las que no
terminas de darte cuenta hasta que eres mayor.

Cerré los ojos y empujé hacia el fondo de mi ser las emociones que resur-
gieron con ese recuerdo. Mi madre. La única persona con la que siempre
podía contar para que cuidaran de mí, para ayudarme a sobrellevar los malos
tiempos. Dios, todavía la echaba de menos. Su risa y la forma en la que me
abrazaba con fuerza, entregándome hasta la última gota de su energía men-
guante. Dejé escapar un suspiro, decidida a mantenerme de una pieza.

—Después de cierto tiempo, volví a esos recuerdos y traté de aferrarme a las últimas imágenes que tenía de ella. De repente, un día todo tuvo
sentido. —Negué con la cabeza—. De todos modos, su familia siempre
fue distante. Nunca hubo ocasiones para jugar con mis primos o visitas
de los abuelos como los demás niños. Incluso en esos momentos, a sabiendas de que se estaba muriendo, no cambiaron la forma de relacionar-
se con nosotros. Mis tíos estaban en la ciudad, pero nunca tenían sitio
para nosotros allí. Si los primos discutían y se peleaban, de alguna manera, la culpa siempre la tenía yo. Después de un tiempo, empecé a apartarme, a hacer las cosas por mi cuenta. Siendo hija única, no era tan difícil.
Mamá, Elliot y yo nos íbamos a nadar o conducíamos por la ciudad.
Construimos nuestros propios recuerdos, nosotros tres.

Blake se acercó y me acarició con suavidad el dorso de la mano.

—¿Por qué crees que te trataban de esa manera?

—Solía pensar que era por mí, porque mi madre se había quedado
embarazada y eso los había decepcionado tanto que las cosas ya nunca
fueron lo mismo después. Pero Elliot me dijo algo anoche...

Blake se quedó inmóvil.

—¿Qué te dijo?

—Me dijo que habían querido que mi madre obligara a Daniel a casarse con ella. Querían contárselo a la familia de Daniel y que él hiciera lo más honorable. Creo que, incluso después de que él rompiera con ella, mi madre se negó a obligarlo. Ella me quiso tener, y supongo que lo amaba lo suficiente como para dejarlo vivir la vida que habían planeado para él.

Blake se quedó en silencio un momento.

—Tu madre tomó la decisión correcta. Imagínate lo que hubiese sido tu vida si te hubieras criado en esa familia.

Recorrí la circunferencia de la copa con los dedos, hipnotizada por la luz reflejada en ella.

—No lo sé. A veces pienso en ello, y me pregunto si no habría logrado hacer de él una persona mejor. O si habría acabado siendo como Margo. La esposa perfecta al lado de su marido político, consumido por alcanzar el éxito y cumpliendo su papel.

Blake se rio en voz baja.

—Si te pareces un mínimo a tu madre, me parece que no.

Sonreí a mi vez.

—¿Estás diciendo que no tengo madera para ser una primera dama?

—No, tú tienes madera para ser la señora presidenta.

Me reí otra vez, y pensé en aquella idea ridícula durante unos momentos. Ser emprendedora estaba muy bien, pero no tenía aspiraciones políticas. No pude imaginarme que Blake las tuviera tampoco.

—Y eso ¿en qué te convertiría?

Se echó hacia atrás y levantó las cejas de repente.

—En tu asesor en jefe.

Me reí.

—Suena bien.

Salimos del restaurante y nos recibió el aire fresco de la noche. Unos minutos más tarde, llegamos dando un paseo a la playa, que ya estaba a oscuras a esas horas. El lago Michigan se extendía ante nosotros como un océano. Nos quitamos los zapatos y caminamos por la orilla, a la altura donde las olas rompían suavemente sobre la arena. Paseamos durante mucho tiempo con la única iluminación de la luz de la luna y las farolas del paseo. Me estremecí cuando el fresco de la noche se me metió en la piel.

—¿Tienes frío?

—Estoy bien.

Empecé a sentir el cansancio de todo lo que habíamos hecho a lo largo del día y caminé con más lentitud. Nos sentamos y me apoyé en la calidez de Blake dejando que el ritmo de las olas me acunara. La pequeña luz de una lancha rápida viajó en silencio a través del horizonte.

—¿Dónde vamos ahora?

Me encogí de hombros, contenta de estar allí con Blake, en aquel respiro de tranquilidad tras un día lleno de actividades.

—El mundo es nuestro. Baile, música, más compras.

Me reí.

—Dios. Por favor, no.

—¿Volvemos a la habitación? —Enarcó las cejas de un modo sugerente—. Tengo que hacer más exploraciones.

Me mordí el labio y me removí nerviosa. No podía dejar de pensar en lo que habíamos hecho. No recordaba haberme corrido tanto con su boca en mí en otras ocasiones. La experiencia había sido intensa, pero sabía hacia dónde nos llevaba.

Blake me tomó de la barbilla y me obligó a mirarle a los ojos.

—¿Qué es lo que pasa?

—Nada. Es que estás… estás preocupado por… ¿eso?

—¿Que si lo estoy? Lo que quiero es un acceso completo a tu cuerpo, incluyendo el culo. Te quiero por todas partes de todas las formas imaginables.

Cuanto más trataba de esquivar sus ojos, más intensamente se clavaban en mí.

—Erica… Mark no…

—No —respondí rápido con ganas de zanjar el tema—. No se trata de eso.

—Entonces, ¿de qué se trata? Algo te hace sentir incómoda al respecto. Tu cuerpo se tensa, y eso es algo que no nos pasa a nosotros. Hay algo que no me estás contando.

—¿Quieres hablar de nuestras experiencias sexuales, Blake?

Pensé que quería mantener el pasado en el pasado.

Dejó escapar un profundo suspiro y se quedó mirando hacia el lago.

—Necesito saber tus límites y por qué los tienes. Voy a ser tu marido y...

—Si vas a ser mi marido, deberías hablar conmigo y no callarte algunas cosas.

Se quedó en silencio, y supe que de nuevo estaba pisando una línea muy fina en mi relación con él.

—Blake, este viaje no era por mi cumpleaños. Ha sido maravilloso, pero gran parte de este viaje ha consistido en plantarle cara a aspectos de mi pasado que dejé atrás hace mucho tiempo. Ver a Elliot... Me alegro de haberlo hecho, pero sabía que venir aquí supondría desenterrar viejos recuerdos, cosas que duelen. Y me estoy enfrentando a ellas.

—¿Quieres decir que yo no lo hago?

—¿Crees que lo estás haciendo?

—Si todo esto es por lo que dijo Sophia, no hay nada que merezca la pena hablar al respecto.

—¿Es que fue la única relación seria que tuviste antes de mí?

Soltó una palabrota mientras seguía mirando hacia el lago.

—Estuve tonteando por ahí antes de conocerla. Era joven. Empecé a madurar y pensé que debería tratar de ponerme serio por una vez. Nos conocimos a través de un amigo común. —Trazó unos círculos en la arena blanda—. Creo que se puede decir que encontramos un interés común, y lo intenté con ella.

—¿Y después de ella?

—Tonteé otro poco más por ahí. Pero era diferente.

—¿En qué sentido?

Blake vaciló y movió la cabeza de un modo casi imperceptible.

—Hasta que tú apareciste, no quería empezar otra relación.

El tono definitivo de aquellas palabras me hizo pensar que el tema ya había quedado cerrado de nuevo. Como si alguien hubiera abierto una puerta para dejar entrar un poco de aire y la hubiera vuelto a cerrar rápidamente, dejando el espacio entre nosotros sofocado y tenso de nuevo. Pero, al menos, la había abierto. Por mucho que me resistiera a explicar mis propias reservas, pensé que la mejor manera de conseguir que él se mantuviera abierto sería dar ejemplo.

Jugueteé con mi reloj, con las delicadas articulaciones de la correa.

—Yo era así también.

Me miró, interrogándome con los ojos.

—Antes de Mark... Bueno..., no hubo nada antes de él. Era virgen. Estuve muy mal durante cierto tiempo después de eso. Pero con el paso del tiempo logré superarlo. No podía dejar que la violación dominara mi vida, y decidí que no podía renunciar a los hombres y al sexo para siempre, aunque a veces lo deseara con todas mis fuerzas. Pero todo... carecía de emociones, supongo. Ya era bastante difícil para mí pasar más allá de los temores físicos. No me atrevía a buscar algo más profundo y enamorarme de alguien.

Hice una mueca de dolor. No me gustaban los recuerdos que surgían. Tampoco me gustaba la forma en que sonaba todo cuanto decía en voz alta. Sonaba como una loca herida y de corazón frío.

—No todos eran simples citas de una noche. Es decir, salí con gente, pero nada serio. Nunca le di a nadie la oportunidad de partirme el corazón. Ya me habían hecho mucho daño.

Blake alargó una mano y me puso un mechón suelto detrás de la oreja. El viento arrastró unos cuantos cabellos sobre mis mejillas. Aspiré hondo el aire frío y mientras exhalaba expulsé los recuerdos que se me habían pasado por la cabeza.

—Entonces, dime qué es lo que te molesta tanto sobre el juego anal. ¿Qué pasó?

Suspiré, y de repente me volvió la sensación de ansiedad.

—Estuve saliendo con alguien durante cierto tiempo. Me había tomado un par de cervezas, y había accedido a dejar que... me hiciera más. Joder, quieres oírlo todo, ¿verdad?

Me tomó de la mano y la sostuvo en su regazo mientras trazaba unas suaves caricias sobre mi piel con la punta de los dedos.

—No, pero quiero que me lo cuentes.

Negué con la cabeza, pero con desgana.

—Me hizo daño.

Dejó de acariciarme y me miró fijamente con expresión protectora.

—No creo que quisiera hacérmelo. No fue como con Mark, pero entró antes de que pudiera decirle que parara. La verdad es que no lo culpo. Supongo que simplemente se portó como un idiota, pensando con la... Bueno, da igual. Hubo algo en todo aquello que se parecía un poco a lo que me había pasado. Nunca supo por qué, pero no lo volví a llamar. Y nunca he vuelto a hacer «eso» desde entonces.

—Sabes que nunca te haría daño.

El corazón se me encogió de alegría por aquellas palabras tan dulces pronunciadas en voz baja.

—Sé que no me lo harías. Sólo es que me cuesta imaginar que yo pudiera disfrutar de algo así cuando en realidad no es agradable.

—Podrías llegar a disfrutar de algo así.

Noté que la cara se me enrojecía, y me sentí agradecida por la oscuridad. No quería que por el momento supiera que le permitiría hacerme cualquier cosa, llevarme más allá de cualquier límite, incluido ése. No quería admitir esa noche que a veces las cosas que me daban miedo me ponían tanto como me atemorizaban.

Hicimos el amor esa noche. A pesar de las emociones que habían salido a la superficie entre nosotros, no nos devoramos el uno al otro como habíamos hecho tantas veces antes. No hablamos sobre nuestro pasado. Apenas dijimos nada, tan sólo nuestros nombres en los labios del otro.

Tal vez Blake quiso recordarme que podía ser así entre nosotros. Tal vez no se dio cuenta de que ya confiaba en él de manera implícita con mi cuerpo, y la forma lenta y apasionada con la que me amó fue la prueba de que él podía ser todo lo que yo necesitaba, cada vez que lo necesitara.

Los ojos de Blake no se apartaron en ningún momento de los míos, y, cuando se corrió, la mirada que vi en ellos me destruyó. Fui capaz de ver su alma, y lo que vi me destrozó de arriba abajo.

7

*V*olví a trabajar el lunes por la mañana, extrañamente descansada a pesar de las horas de viaje. Me puse al día con el correo electrónico que se había acumulado durante el fin de semana y noté una sorprendente sensación de paz. El fin de semana había sido emocionalmente intenso, pero a la vez catártico de muchas maneras. No ver a Elliot durante tanto tiempo me había pesado de una manera que no había llegado a entender hasta que nos habíamos vuelto a ver. Emocionalmente me había distanciado de él, apartándolo de mí con el paso del tiempo antes de permitir que emergiera el desagradable sentimiento de ser algo secundario respecto a su nueva familia. Pero, en cuanto entramos en su casa, supe que no podía escapar de esos viejos sentimientos.

Elliot ocupaba un lugar en mi pasado, y, aunque no siempre sería fácil, yo sabía que quería que ocupara un lugar en mi futuro, aunque fuera pequeño. Apartarlo de mí no sería justo para ninguno de los dos.

Nos habíamos despedido con la promesa de vernos de nuevo en la boda.

La boda. Fiona y Alli estaban rematando los últimos detalles, y en mi vientre se desencadenaba una tormenta de mariposas incontrolables cada vez que me imaginaba ese instante. Sonreí para mis adentros. Poco a poco, todo a mi alrededor parecía encajar en su lugar. Después de todo por lo que Blake y yo habíamos pasado, nos merecíamos ese momento.

Estaba disfrutando de aquel pensamiento cuando oí una voz conocida entrar en la oficina. Me levanté de la mesa y me reuní con Alex en la zona principal. Recordé de repente que Alli lo había puesto en mi agenda para esa tarde.

—Erica, me alegro de verte.

Nos dimos la mano.

—Igualmente. ¿Qué te trae por aquí?

—Tengo familia aquí. Mi hermana acaba de tener un bebé, así que pensé en pasarme.

—Vaya, enhorabuena. Me alegro mucho.

—Gracias. Quién sabe cuándo voy a tener hijos, así que supongo que debería disfrutar de la alegría de otra persona. Además, eso también me ahorra el tema de los pañales.

Me reí.

—¿Querías aprovechar simplemente para ponerte al día con los números?

—Sí, pero déjame invitarte a un café y así podemos charlar.

—Claro.

Un par de minutos más tarde ya estábamos sentados en una pequeña mesa del Mocha, la cafetería de abajo.

Simone estaba ocupada, así que uno de sus camareros nos atendió rápidamente y volvió con dos cafés con hielo.

Después de una breve charla sobre el tiempo, Alex se metió una mano en el bolsillo de la chaqueta y sacó un cheque.

—Quería darte esto aprovechando que estoy aquí.

Lo tomé y traté de ocultar mi satisfacción al ver la elevada cifra que estaba escrita en él. La asociación entre nuestras dos empresas se había vuelto cada vez más fructífera, y la estabilidad financiera que nos había ofrecido esta oportunidad ya era una recompensa en sí misma.

—Gracias.

Doblé el cheque y esperé a que continuara. Normalmente teníamos nuestras reuniones sobre los asuntos de rutina por teléfono, así que sentía curiosidad por saber en concreto lo que le había llevado hasta la oficina para hablar conmigo en persona.

—Las cosas han ido bien —me dijo.

—Sin duda. Me siento muy agradecida de que fuéramos capaces de conectar.

Alex tomó un sorbo de café y volvió a poner la taza con cuidado en la mesa.

—Estoy de acuerdo. En realidad, por eso quería venir a verte. Quiero hacerte una propuesta.

—¿De qué se trata?

Frunció un poco los labios.

—Quiero comprarte Clozpin.

Me quedé boquiabierta por la sorpresa, y una sonrisa de satisfacción se asomó a la comisura de sus labios.

—Sé que es muy probable que esto te pille totalmente por sorpresa. Por eso quería hablarlo contigo en persona.

—No puedo negar que me sorprende. ¿Qué es lo que te ha impulsado a ello?

Yo nunca había pensado en serio en la posibilidad de que nos compraran. Habíamos estado en pañales durante mucho tiempo. Hacía muy poco que habíamos comenzado a obtener los números que realmente mostraban que el negocio iba bien.

—Pues simplemente nuestra asociación y el valor que va a traer a mi empresa.

—Esto ha sido muy bueno para nosotros, pero es evidente que tu puesto está mucho más establecido. Supongo que no me he dado cuenta del impacto que eso estaba teniendo en ti.

Se inclinó hacia delante y apoyó los codos sobre la mesa.

—Estoy donde estoy porque veo el potencial en el horizonte antes que la mayoría de la gente. Veo potencial en este negocio y lo veo contigo al mando de este equipo. Tengo capital. Tú tienes a Landon, lo que significa que también tienes acceso a capital. Pero yo tengo la infraestructura necesaria para llevar tu concepto a un nivel superior de forma inmediata. Y, si voy a hacer algo así, quiero ser el propietario.

Asentí.

—Vaya. La verdad es que no sé qué decir. Ni siquiera he pensado en algo así.

Él pareció ponerse más serio, como si la amabilidad diera paso a una actitud de negocios.

—Entiendo. Deberías tomarte algún tiempo para pensártelo. Si es algo sobre lo que le gustaría hablar más, me gustaría ver algunos datos financieros más detallados para que podamos llegar a una valoración. Obviamente, quiero ofrecerte algo más que lo simplemente justo.

—Ah, vale.

Agarré la taza de café con las manos temblorosas. Aquello me había pillado del todo por sorpresa.

—¿Quieres hacerme alguna pregunta o comentario con respecto a todo esto?

La cabeza me dio vueltas mientras trataba de imaginarme lo que aquello podría significar para mí y para el negocio, por no hablar de las personas que ahora dependían de él.

—Creo que mi principal preocupación sería el equipo. ¿Qué pasaría con los puestos de trabajo de todos ellos? Quiero estar segura de que todos lo mantienen.

—Claro, podemos incluir todos esos detalles en el contrato de venta. De hecho, creo que es importante que, en concreto, tú permanezcas en la empresa y continúes al frente del negocio. Lo que quiero básicamente es que sigas haciendo todo lo que estás haciendo. Te estoy dando la oportunidad de sacarle todo el beneficio con antelación, pero de seguir al mando.

Asentí con la cabeza, tratando de asimilar toda aquella nueva información.

—Voy a tener que pensar en ello, ¿de acuerdo?

Me sonrió, y su aspecto de persona de negocios desapareció.

—Estupendo. Habla con Landon al respecto y hazme saber qué preguntas podéis tener. Si quieres enviarme algunos de tus detalles financieros esta semana, podré hacerte una oferta. Eso también podría ayudarte a tomar una decisión.

Dejé escapar una risa sorprendida y me froté la frente.

—Está bien, vale.

Nos dimos la mano y me dejó para que considerara la magnitud de lo que acababa de proponerme.

Aturdida, me quedé mirando a la calle por las ventanas de la cafetería. Alex tenía razón. Tenía que hablar con Blake, porque mi instinto no me decía si aquella era una buena idea o una idea terrible. Simplemente, estaba aturdida.

—¿Quién es el del traje? —me preguntó Simone mientras recogía la taza de café de Alex y me lanzaba una mirada curiosa.

—Alex —le respondí con rapidez a la vez que trataba de ocultar mi estado de ánimo repentinamente descentrado—. Nos asociamos hace ya un tiempo. Sólo quería hablar de negocios.

Tuve cuidado de no mencionar la propuesta de Alex, para evitar que ella se la mencionara a James. Tenía mucho que pensar antes de plantear al equipo la posibilidad de una compra. Aunque estaba ansiosa por saber cuál era su opinión, antes quería hablar con Blake. Él tenía la mayor participación en el negocio, y también tenía más experiencia que yo en todo aquello.

—Espero que no te importe que utilice la cafetería como una oficina. Probablemente debería pagarte un alquiler por todas las conversaciones de trabajo que termino teniendo aquí.

Ella se echó a reír, un sonido gutural que resonó por encima del murmullo constante de la cafetería.

—Sí, claro. Siempre me puedes pagar con copas. Hablando de eso, ¿cuándo vamos a salir otra vez? Me han llegado rumores de una despedida de soltera.

Me reí con nerviosismo.

—¿Alli todavía no te ha reclutado para sus planes?

—Oh, sí.

Me guiñó un ojo y una sonrisa maliciosa le curvó los labios. Casi me atraganté con el café.

—Oh, oh. Por la cara que has puesto, no sé si debo preocuparme...

—Sí que deberías. —Se rio de nuevo.

Meneé la cabeza en un gesto negativo y ella me dio una palmada juguetona en el brazo.

—No te preocupes, Erica. Lo pasaremos bomba.

—No tengo ninguna duda. —Sonreí de nuevo y tomé el bolso para salir. Por preocupantes que fueran sus amenazas lúdicas, tenía cosas más importantes en la cabeza—. Está bien, ya te pondré al día más tarde.

—No hay problema, cariño. Dales duro.

Me sonrió y me dio un rápido abrazo antes de irme.

Salí y titubeé frente a la entrada que me llevaría de vuelta a la oficina. El aroma del café y la promesa del otoño se mezclaban en el aire. No podía volver a trabajar con aquella novedad en la cabeza. Miré arriba y abajo de la calle, sin saber qué camino tomar. El Escalade negro de Clay estaba aparcado en el extremo de la manzana. Caminé hacia allí y me subí a la parte trasera.

—Hola, Clay.

—Señorita Hathaway. ¿Quiere que la lleve a casa?

—No, todavía no. ¿Podrías llevarme hasta Harvard?

—Por supuesto.

El distrito financiero desapareció mientras nos dirigíamos hacia el otro lado de la ciudad. Cruzamos el río y serpenteamos a través de las estrechas calles que rodeaban el campus histórico de la universidad de Harvard.

—Aquí está bien, Clay —le dije, cuando nos detuvimos en el semáforo en una zona que conocía bien.

—¿Dónde le gustaría que la recogiera?

—Te llamaré.

Vaciló.

—Estaré bien, lo prometo. Sólo voy a dar un paseo por el campus. No voy a ir muy lejos.

Le sonreí con una mueca. Clay ya había recibido alguna reprimenda por parte de Blake por dejarme desaparecer durante su turno. Aun así, creo que Clay se compadecía de mí un poco. Su presencia me hacía sentir cómoda, pero tenía que extender mis alas de vez en cuando.

—¿Qué le digo al señor Landon si pregunta por usted?

Suspiré.

—Dile que he ido a dar un paseo, y, si está preocupado, que puede llamarme. Tengo mi teléfono.

Clay asintió y me tomé aquello como un gesto de que me daba permiso para salir del coche. Me moví entre la multitud de la tarde, una mezcla de estudiantes y turistas. Para haber estado fuera sólo unos pocos meses, me sorprendió darme cuenta de que no conocía a nadie. Harvard estaba oficialmente en el pasado, y, vaya, la vida había cambiado bastante.

Atravesé las puertas que conducían al campus. El ambiente cambió, y los recuerdos de mi antigua vida allí se apoderaron de mí. Sonreí, agradecida de haber sido capaz de guardar tantos buenos recuerdos de aquel lugar. Caminé hasta que se me empezaron a cansar las piernas. Encontré un banco vacío bajo un árbol situado en un patio bastante tranquilo.

La gente pasaba caminando y absorta en sus conversaciones. La brisa se filtraba a través de las copas de los viejos árboles que se extendían sobre mí. Los edificios de ladrillo y piedra permanecían silenciosos e imponentes. El leve murmullo de las calles de la ciudad situadas más allá de los límites del campus zumbaba en la lejanía.

Todo parecía diferente. El suelo bajo mis pies, el aire a mi alrededor y también aquel lugar de mi pasado. ¿Acaso se debía a la conversación con Alex? Yo estaba acostumbrada a que mi mundo diera vuelcos desde que Blake estaba en mi vida, pero aquello era diferente. Se trataba de mi empresa.

La perspectiva de venderle mi empresa a Alex me emocionaba. Y me aterrorizaba. Una parte de mí estaba a punto de estallar con la promesa de seguir adelante con la oferta, de ser capaz de decir que lo había conseguido. Después de todos nuestros esfuerzos por tratar de mantenernos a flote, podía marcharme sabiendo que había logrado tener éxito. No tenía ni idea de cuánto ofrecería Alex, pero si me basaba en los jugosos cheques que su negocio nos pagaba, me imaginé que sería una cantidad impresionante. Blake no me dejaría aceptar nada que no superara el precio justo, y Alex había prometido precisamente eso mismo.

La cabeza se me llenó con todas las posibilidades. La libertad de la rutina diaria, el tipo de libertad de la que Blake disfrutaba al ser capaz de escoger y elegir sus proyectos. Por muy elevada que fuera, ninguna cifra que consiguiera con la venta de mi empresa se acercaría a la riqueza de Blake, pero le podría devolver su dinero y tener unos cuantos ahorros de los que podría decir que me los había ganado. Tal vez también sería suficiente para invertir en el proyecto de Geoff por mi cuenta.

Me había preocupado cómo sacaría tiempo para su proyecto, con todo lo que me estaba ocurriendo. Aquél podría ser el momento perfecto para hacer un cambio. Las pequeñas inquietudes de la preocupación amainaron mi emoción. ¿Qué pasaría si la vida me cambiaba más de lo que yo quería que cambiara? La preciosa oficina que Blake había mandado reformar para mí, el equipo con el que al final me sentía tan cerca y la rutina diaria que me hacía seguir adelante. Nada de eso estaría garantizado durante mucho tiempo una vez que dejara de ser la propietaria.

Mi cabeza estaba en un ir y venir, sopesando todas las posibilidades, hasta que mi excitación inicial comenzó a parecerse a un ataque de ansiedad ante la perspectiva de tomar la decisión equivocada. Sonó el móvil. Era Alli.

—Hola.

—Oye, ¿va todo bien? Te has ido un buen rato y no te he visto abajo.

Suspiré, agradecida por oír su voz.

—Estoy bien. Decidí dar un paseo después de reunirme con Alex.

—Pero ¿va todo bien?

Su voz se suavizó con un leve tono de preocupación. Cerré los ojos. Necesitaba su consejo más que nunca.

—Todo va bien. Sólo necesitaba un poco de aire. ¿Tienes algún plan para esta noche? Quiero hablar algunas cosas contigo.

—Ajá. Claro. ¿Es noche de chicas o deberíamos invitar a Heath y a Blake?

Blake tendría sin duda una opinión sobre la proposición de Alex, y yo valoraba su opinión más que la de otro cualquiera. Tenía más experiencia que todos nosotros juntos, y yo tenía la convicción de que nunca me daría un mal consejo.

Que me permitiera tener suficiente espacio como para negociar el acuerdo por mi cuenta era otra cuestión.

—Claro —le respondí vacilante—. Mándame un mensaje para decirme dónde quieres que nos veamos.

—Vale, lo haré.

*A*cabábamos de pedir sushi suficiente como para dar de comer a un regimiento cuando Alli comenzó a interrogarme.

—Entonces, ¿qué ha pasado con Alex?

Sus ojos se centraron en mí, expectante. Blake y Heath siguieron el ejemplo. Tragué para deshacer el nudo que tenía en la garganta. «Ahí va eso.»

—Quiere comprar Clozpin.

Alli casi se atragantó con el *mai tai*, y se le pusieron los ojos como platos.

—¿Qué?

—Quiere llevar el negocio al siguiente nivel, pero no quiere hacer esa inversión sin tener la propiedad.

—¿Qué le has dicho? —me preguntó Heath.

Miré a Blake. Su cara no mostraba ninguna indicación de sorpresa o desaprobación.

—Le dije que me lo pensaría. Me dijo que podría hacerme una oferta si le enviaba algunos datos financieros.

—Pero finalmente estamos empezando a salir adelante —dijo Alli, haciendo un leve puchero con el labio inferior. El torrente de emociones que yo misma había experimentado horas antes comenzó a dibujarse en su cara: asombro, emoción, tristeza y preocupación—. ¿No quieres ver antes hasta dónde podemos llegar?

—Hemos hecho algunos grandes progresos últimamente, pero sobre todo debido a esta asociación con Alex —le expliqué—. Las comisiones de referencia que estamos recibiendo son sustanciosas. Piensa en cómo se traduciría esto en una venta para nosotros.

—Alex ya conoce el potencial de ganancias. Dudo que te haga una oferta insultante —apuntó Blake rompiendo su silencio pensativo—.

Pero la pregunta más importante es si esa venta es algo que tú quieres hacer.

—Sinceramente, no lo sé. Alex me ha dicho que quiere que todos sigamos en la empresa. Para mí, podría significar una mayor flexibilidad a la hora de trabajar en otros proyectos.

Blake arqueó una ceja.

—¿El de Geoff?

—Tal vez. U otros. He pensado que quizá me estoy pasando en mi intento de hacer todo lo que quiero hacer. Al final, algo podría acabar viniéndose abajo.

—Pero ¿y si Alex cambia lo que somos…? Quiero decir, la esencia de la empresa.

Alli había planteado un punto importante. Me di cuenta de que estaba haciendo de abogada del diablo, y tenía buenas razones para ello. Había abandonado su vida en Nueva York para volver y trabajar para mí en Boston. Para ella, para Sid y para mí, la compañía era una gran parte de nuestras vidas. Cambiar cualquier parte de eso podría tener un impacto en todos nosotros.

—Espero que no lo haga. Parece valorar realmente lo que hemos hecho hasta ahora. Pero supongo que es un riesgo que tendríamos que correr.

—Entonces, ¿qué vas a hacer? —me inquirió Heath, empujándome más hacia una decisión que no estaba en condiciones de tomar aquella noche.

Me encogí de hombros.

—He estado pensando en ello todo el día, y no puedo decir que esté más cerca de saber realmente lo que debería hacer, aunque tengo que admitir que es una idea prometedora. Le he enviado los datos financieros esta tarde para que comience el proceso. Si la oferta es justa, creo que deberíamos considerarla muy seriamente.

Alli dejó escapar un suspiro.

—Vaya.

—Bueno, yo creo que es una gran oportunidad. Para los dos. Los dos habéis trabajado muchísimo, y, si el momento es el apropiado, ve a por ello.

Cuando Heath sonrió, la preocupación de Alli pareció derretirse, y su expresión se volvió cálida cuando le miró. Miré a mi lado. A Blake.

Tenía el brazo sobre el respaldo de la silla y me acarició la espalda con suavidad. El gesto fue una pequeña muestra de su apoyo y aprobación. Tuve la sensación de que tenía más opiniones sobre el asunto, y que no estaba dispuesto a comentarlas delante de Alli y Heath, pero al menos, de momento, no me sentí tan desencaminada por considerar la oferta de Alex.

El camarero trajo una enorme bandeja de sushi con forma de barco y la colocó en el centro de la mesa. Procedimos a engullir el contenido y a bebernos otro *mai tai* cada uno. Después de otra hora hablando sobre detalles de la boda y de negocios, Blake y yo nos despedimos de Heath y Alli.

Paseamos de regreso al apartamento, que estaba a sólo unas pocas manzanas de distancia.

—Por lo que parece, has tenido un gran día —dijo Blake mientras entrelazaba los dedos con los míos mientras caminábamos.

Me reí.

—No bromees.

—Puedo hablar con Alex mañana y procurar enterarme de cuál es la oferta —comentó.

Bajé la mirada hacia la acera.

—Con respecto a eso… —Titubeé, preparándome para su respuesta—. Me gustaría negociar esto en persona.

Nos detuvimos lentamente delante del toldo de nuestro edificio.

—Ya hemos pasado por esto, Erica.

Su voz era tranquila, pero noté la tensión que emanaba de su cuerpo. Inspiré hondo y me preparé para resistirme todo lo que pudiera.

—Lo sé. Y también sé que tiene sentido que seas tú quien resuelva esto con Alex. Obviamente, los dos estáis igualados en cierto modo en lo que se refiere a negocios. Yo todavía estoy aprendiendo, y valoro mucho tu consejo. Siempre lo hago. Pero he sido yo quien ha levantado este negocio desde cero. Con Alli y Sid, sí. Con tu inversión para ayudarnos a crecer, sí. Pero, si esto es realmente el final de mi etapa como propietaria, quiero ser capaz de decir que fui yo quien escribió el capítulo final.

Levanté la mirada hacia él, suplicándole en silencio que me diera el control que yo ansiaba tener para dar ese nuevo paso por mi cuenta.

—Supongo que deseas que este capítulo sea bueno, más que nada, ¿verdad?

Suspiré.

—Sí, por supuesto. Pero puedo hacerlo —le dije rápidamente, ya que no quería mostrar ningún indicio de duda—. Y, si comienzo a sentir que todo esto me viene grande, estaré más que encantada de mandarte a Alex para que discutáis vosotros. Después de nuestra reunión en California, es probable que piense que necesito tu permiso incluso para hacer los pedidos de papelería para la oficina.

Me pasó una mano por el pelo.

—Sabes que no es verdad.

Me encogí de hombros.

—No doy por sentado que nadie me respete en este negocio. He tenido que luchar y demostrar mi valía en cada paso del camino. Tenerte pegado, a la espera de saltar cuando vacilo, probablemente no ayuda mucho. Pero lo aprecio. De verdad.

—Esto es a lo que me dedico, Erica —insistió.

Bajé los hombros.

—Lo sé, pero Blake..., es mi criatura.

Maldijo en voz baja antes de volver a mirarme a los ojos, en los que había una expresión implorante.

—Vale. Negocia el acuerdo con Alex, pero prométeme que no te comprometerás a nada sin consultármelo a mí primero, ¿de acuerdo?

—Eso por descontado.

—Y, si al final te decides a vender, mis abogados se encargarán de redactar el contrato.

Puse los ojos en blanco por su persistencia.

—Blake, tengo mis propios abogados. Lo harán bien.

Dio un paso hacia delante, con una determinación evidente en la mirada. Di un paso atrás, pero me encontré atrapada contra la puerta delantera.

—¿Te das cuenta de que eres capaz de volver loco a cualquier hombre?

Me mordisqueé el labio inferior tratando de reprimir una sonrisa. Le puse las manos sobre los hombros para darle un suave masaje.

—Sí —admití.

Apartó la mirada, como si estuviera tratando de seguir en su estado de frustración. Le besé la mandíbula, y noté la aspereza de la barba de un día en los labios.

—Te amo —le susurré.

—Mis abogados —dijo con firmeza y mirada seria—. Y te quiero en el piso desnuda, de rodillas, y esperándome. Subiré dentro de unos minutos.

Fruncí el ceño.

—¿Dónde vas?

—Tengo que hacer una llamada.

—¿A quién vas a llamar?

Traté de apartarlo de un empujón, pero él me mantuvo firmemente atrapada entre la puerta y su cuerpo bien pegado a mí, con las muñecas atrapadas en sus manos por encima de mi cabeza.

—Pregúntame otra vez, y te puedo prometer que lo lamentarás.

Movió las caderas, lo que me sujetó todavía con más firmeza contra él, acentuando aquella promesa ronca.

Me quedé quieta, sopesando la proporción entre la ira y la lujuria en sus palabras, y cuánto más podía presionarlo. Me mordí el labio durante un segundo, pero no pude evitarlo.

—¿Vas a llamar a Alex?

Su mirada se oscureció. Las comisuras de sus labios se levantaron con aire travieso.

—Vaya, veo que me lo voy a pasar bien contigo esta noche. Sube el culo al piso antes de que decida empezar a castigarte en público.

Me dio un sofoco y los pezones se me endurecieron contra la blusa. Era la reacción delatora de mi cuerpo cuando Blake amenazaba con la clase de castigos que probablemente yo estaría encantada de aceptar cualquier día de la semana, ya fueran o no producto de una verdadera infracción. Joder, me ponía. Se retiró poco a poco para permitirme escapar de sus garras.

Me di la vuelta para irme, pero no me moví con la rapidez suficiente, y me dio una tremenda palmada en el culo. Sentí el escozor a través de los pantalones vaqueros y me contuve para no sonreír. Abrí la puerta y corrí hacia el piso.

8

*M*e removí en la silla. El culo todavía me escocía un poco por los azotes que Blake me había propinado la noche anterior. Eso fue después de pasarme un buen rato de rodillas. Dios, a este hombre le encantaba verme de rodillas.

Pero había habido más en juego la noche anterior que las pequeñas perversiones de Blake. La frustración surgió de su boca con cada orden brusca, con cada embestida feroz que nos llevó al límite una y otra vez. Mi sumisión voluntaria había tenido un precio. Yo estaba luchando por el control que una vez le había prometido.

Y estaba dispuesta a seguir luchando por el derecho a tener la última palabra hasta que Alex se hiciera cargo del negocio. Aferrarse a ese nivel de control, cuando todo estaba cambiando de forma tan drástica, valió la pena. A pesar del dolor en las rodillas.

Además, yo había dejado mis propias marcas y había tenido mi propia diversión. Blake nunca me atormentaba sin hacerme disfrutar al mismo nivel de intensidad con una fuerte dosis de satisfacción sexual. La ligera molestia en mi culo era un recordatorio ocasional de otra noche con falta de sueño en los brazos de Blake, a su merced. Crucé las piernas, con la esperanza de aliviar el dolor palpitante que sentía ahí.

Dejé a un lado aquellos pensamientos sórdidos y leí un mensaje de Geoff en el que me recordaba nuestra reunión de esa semana. Me había sentido impaciente por charlar con él y enterarme de los detalles de lo que había planeado, pero, en ese momento, sopesé abandonar el proyecto. No tenía idea de lo que mi propio futuro ofrecía. ¿Cómo iba a prometerle que sería capaz de ayudarlo?

El dinero no era el problema. Si yo no invertía mi dinero, Blake invertiría el «nuestro». Pero, con la venta de la empresa, podría devolverle el préstamo que Blake me había hecho para financiar a Clozpin y posiblemente también podría financiar a mi vez el negocio de Geoff. Una tranquila satisfacción se apoderó de mí cuando me imaginé haciendo que una pequeña semilla creciera de nuevo gracias a mis cuidados, sin la riqueza abrumadora y la seguridad de la cuenta bancaria y de la habilidad empresarial de Blake. Sería capaz de hacerlo, y no podía negar que una parte de mí ansiaba esa nueva oportunidad. Blake me había animado en la sala de juntas a que me centrara en lo que quería y que fuera a por ello. Si tenía sentido en términos financieros, eso era lo que iba a hacer, pero antes tenía que comunicarle la noticia a Sid.

Le envié un mensaje, y un minuto más tarde estaba sentado frente a mi escritorio. Su alta figura abrumó con su peso a la silla cuando se reclinó con los ojos cansados y una lata grande de bebida energética en la mano.

—¿Qué pasa?

Inspiré profundamente.

—Quería hablar contigo acerca de una nueva dirección para la empresa, algo que estoy pensando.

Alzó las cejas y un nuevo estado de alerta le iluminó la mirada.

—Alex Hutchinson quiere comprar Clozpin.

Se quedó callado un momento.

—¿Qué pasará con el equipo?

—Alex me ha asegurado que se mantendrán los puestos de trabajo de todo el mundo. Añadiría una cláusula a tal efecto en cualquier contrato de venta. Obviamente, tú y Alli recibiríais una bonificación, pero podríamos hacer que Clozpin siga funcionando tanto tiempo como queramos estar involucrados. Me dijo que quiere que me quede y que siga haciendo exactamente lo que estoy haciendo aquí.

Un leve fruncimiento le arrugó la frente. Un segundo después, me di cuenta de que estaba imitando su expresión mientras me mantenía a la espera de su reacción. Nunca había sido uno de esos jefes que toma decisiones inapelables por parte del equipo. Alli y Sid siempre añadían algo valioso a las reuniones, y todavía tenía en la cabeza las palabras de Alli de la noche anterior. Eran el eco de mis propios miedos. Los grandes y aterradores interrogantes que debía tener en cuenta si todo salía mal.

—Interesante —dijo finalmente.

—Interesante, ¿pero bien?

—Tal vez. La seguridad financiera a nivel personal sería buena. He conseguido ahorrar algo de dinero porque Blake sigue sin cobrar los cheques por el alquiler del apartamento, pero tengo unas cuantas ideas sobre las que no me importaría trabajar por mi cuenta.

El corazón se me encogió un poco.

—Entonces, ¿no te quedarías?

Se encogió de hombros.

—No debería sorprenderte que no me atraiga tanto la moda. Pero me quedaré todo el tiempo que quieras. Nunca abandonaría este proyecto. Hemos puesto demasiado en esto. Tanto si vendemos como si no, quiero que sea un éxito.

—¿Te preocupa que quizá sea demasiado pronto para vender? Alli cree que quizá dejaríamos de ganar dinero.

Torció de nuevo la boca.

—Supongo que todo depende de lo que esté ofreciendo y de con cuánto nos gustaría marcharnos. En última instancia, es tu decisión, Erica. Te pusimos al frente del proyecto, y, hasta ahora, has hecho un buen trabajo dirigiéndonos por el camino correcto. Si crees que es lo que debemos hacer, yo te apoyo.

Solté un suspiro de alivio.

—Gracias, Sid. Por todo. No creo que hubiéramos llegado tan lejos sin ti y sin Alli. Pase lo que pase, quiero que lo sepas.

Se le enrojecieron las mejillas y bajó la mirada al suelo.

—Gracias. Yo siento lo mismo. Hemos hecho un buen equipo.

La forma en que dijo aquello sonó un poco a despedida.

Con cada momento que pasaba, tenía más miedo ante la posibilidad de vender, aunque todavía no sabía nada de la oferta de Alex. Alli apareció de repente y nos interrumpió.

—Oye, Alex está al teléfono.

—¿Qué?

Sid se levantó.

—Te dejo a ti al cargo. Mantenme informado.

—Por supuesto. Gracias, Sid.

Él y Alli me dejaron a solas. El estómago se me cerró. ¿Había revisado los datos financieros con tanta rapidez? Cogí la línea de la oficina.

—Hola, Alex.

—Hola, ¿cómo estás?

—Estoy bien. ¿Y tú?

—Bien. —Suspiró, y por un momento, no estuve segura de creerle—. Anoche le eché un vistazo a los valores financieros.

Pulsé el botón del bolígrafo en un gesto de ansiedad.

—Vale. ¿Tienes alguna pregunta?

—No, la verdad es que no. Supongo que el hecho de que Blake se pusiera en contacto conmigo significa que estás abierta a ofertas, ¿verdad?

El corazón dejó de latirme de repente. Tuve la esperanza de que mi sorpresa no le resultara demasiado obvia.

—Sí... sí. Pero si tiene sentido económicamente, claro.

Torcí la boca debido a mi tartamudeo.

—Por supuesto. En ese caso, te envío nuestra oferta inicial esta misma mañana. Hay un problema.

—¿De qué se trata?

—En general, no me gusta apresurar las cosas, pero el tiempo es esencial en esta cuestión. Voy a necesitar una respuesta mañana.

La cabeza empezó a darme vueltas. «Mierda.»

—Está bien. ¿Es por algún motivo en concreto?

Había dudado en preguntarlo, pero quería saber lo que estaba provocando aquella urgencia.

—Por la naturaleza del asunto, supongo —dijo rápidamente—. Pero creo que la oferta que te voy a hacer te dejará contenta. No tenemos mucho tiempo para negociar los detalles, así que te voy a enviar un borrador del contrato. Si todo te parece bien, podremos resolver muy rápidamente el asunto.

—Está bien.

No pude ocultar la incertidumbre en mi voz. Me había subido a una atracción de parque temático de aspecto engañosamente suave de la que ya no me podía bajar.

Alex me comentó unos cuantos detalles más de la propuesta antes de colgar, pero no logré sacarme de la cabeza su comentario acerca de Blake. No me molesté en preguntarle a Alex lo que habían discutido para no correr el riesgo de quedar en ridículo por no saberlo. A pesar de haberle pedido que me dejara manejar la negociación por mí misma, Blake se había puesto en contacto con él de todos modos. Lo sabía. Joder si lo sabía. Di una fuerte palmada contra el escritorio y contuve la necesidad de gritar por la tremenda frustración que sentía. Me casaba con el hombre más exasperante y controlador de la Tierra.

Me llevé las manos a la cabeza e inspiré varias veces para recuperar la tranquilidad. Ya me encargaría de Blake más tarde. Era más importante lo que tenía por delante, una posible venta que debía resolver, y Blake estaba loco si pensaba que iba a dejar que sus abogados le metiesen mano de ninguna manera. Consulté el correo electrónico varias veces hasta que apareció la oferta de Alex. Me quedé mirando el mensaje, porque no estaba segura de estar lista para leerlo, pero no podía hacer nada más hasta que supiera lo que contenía. Leí todo el mensaje.

La oferta era de siete millones de dólares, una suma enorme.

Me mordí el labio mientras trataba de contener la emoción. «Dios mío, está pasando de verdad.»

No me había gastado toda la inversión inicial de Blake. De hecho, me había guardado una buena parte en una cuenta de ahorros empresarial para utilizarla en caso de una emergencia. Después de devolverle su dinero y de pagarle a Alli y a Sid su parte de las acciones de la compañía, tendría más que suficiente para el proyecto de Geoff y que me quedara un remanente más que abundante.

Imprimí los términos del contrato y convoqué una reunión con Alli y Sid. Nos encontramos abajo, en el Mocha, que era lo más conveniente tanto por la privacidad como para conseguir una buena dosis de cafeína.

Cada uno de nosotros leyó el contrato y discutimos lo que nos preocupaba hasta que sentimos que todos los detalles importantes estaban cubiertos y asegurados. Nos quedamos mirando los unos a los otros. Lo que yo buscaba desesperadamente era alguna señal de que aquello era lo que había que hacer. Una vidente de pacotilla quizá nos habría bastado, pero me conformé con las muestras de acuerdo de las dos personas que me habían acompañado en aquel viaje demencial desde el primer día.

—¿Estamos seguros? —pregunté mirándolos a ambos.

—Hagámoslo.

La mirada en los grandes ojos castaños de Sid parecía segura. Más que la de Alli, pero fue suficiente para darme el ánimo que estaba buscando.

—Está bien, vamos allá, supongo.

Me quedé hasta tarde hablando con el departamento legal de Alex. Propusimos por correo electrónico el cierre de la venta para el viernes de esa semana. Todavía quedaban días. Era todo tan surrealista.

Alli se reunió conmigo en cuanto la oficina se quedó vacía al final del día.

—¿Te puedo ayudar en algo?

—No, sólo estoy mirando por encima los términos del contrato. —Dudé, y me sentí obligada a buscar su aprobación una vez más—. ¿Estamos seguros de esto?

Ella sonrió levemente y se sentó frente a mi escritorio.

—Es el progreso, supongo. Nada puede permanecer igual para siempre.

—No es una decisión fácil para mí, Alli —admití.

—Lo sé. Hay muchísimo en juego en todo esto, pero, tanto si funciona como queremos como si no, en su día corrimos un riesgo. Nada ni nadie nos puede quitar las experiencias que hemos tenido. Sinceramente, tengo miedo de que esto nos lleve en una dirección para la que no estemos preparados, pero también tengo miedo a rechazar una oportunidad que sería absurdo desestimar.

—Yo me siento igual. Supongo que los cambios nunca son fáciles —le dije.

Por mucho que Alex me asegurara que él quería que yo siguiera haciendo lo que estaba haciendo, sabía que el cambio aparecería en el horizonte de una forma u otra. Uno no realizaba una adquisición de ese tamaño, sin importar lo bien que estuviera, sin querer obtener el máximo provecho de la oportunidad. Tenía que prepararme para esas incógnitas y tener fe en que Alex tendría en la cabeza lo mejor para todos, incluso si eso era secundario respecto a su deseo de sacarle beneficios a la empresa.

—Bueno, la decisión ya está tomada, ¿verdad? Voy a enviar esto a los abogados, y tal vez lo tengamos todo resuelto pronto.

Alli dejó escapar un suspiro y se encogió de hombros.

—Otra razón para organizar una fiesta, supongo.

—Por supuesto, debemos celebrarlo. Salir a beber o algo así.

La sonrisa de Alli se hizo más amplia.

—Quería darte una sorpresa, pero la despedida de soltera es este fin de semana.

Levanté las cejas.

—Oh.

—Así que lo de la celebración está sin duda más que justificado. Vamos a tener que darte unos cuantos chupitos más.

Me eché a reír.

—Está bien, ya veremos cómo acaba.

Se levantó y se acercó a mí. Yo me puse en pie y la abracé.

—Estoy muy orgullosa de todos nosotros.

Su voz quedó ahogada contra mi hombro. De repente, las lágrimas amenazaron con aparecer, y el acantilado emocional que suponía seguir adelante con aquello quedó totalmente a la vista. Aquella semana comenzaba a tener el aspecto de ser bastante complicada.

Allí se marchó, y le mandé un último mensaje a Alex. Me senté en la oficina un rato más, reflexionando sobre la difícil decisión que había tomado. Mi vida había estado centrada en Clozpin durante mucho tiempo, en las experiencias por las que había pasado desde las débiles esperanzas iniciales, pasando por las veces que había estado a punto de fracasar, hasta llegar al verdadero éxito. Alex quería el negocio y me quería a mí en él. Había visto el valor del asunto y estaba dispuesto a arriesgar por ambos. Una oleada de satisfacción me recorrió. Sonreí para mis adentros. Yo también estaba orgullosa de nosotros.

Clay me dejó en casa. Ya se había hecho completamente de noche, y traté de no pensar en todo lo que Blake y yo tendríamos que hablar esa misma noche. Caminé hacia la puerta.

—¿Erica?

La voz de un hombre y su silueta surgieron de entre las sombras. El corazón me dio un vuelco y retrocedí un paso.

—¿Quién es usted?

—Trabajo para las noticias del Channel 5. Esperaba que me permitiera hacerle un par de preguntas sobre sus relaciones con la campaña para gobernador de Daniel Fitzgerald.

—Lo siento, pero no es un buen momento.

Moví nerviosa las llaves y traté de rodearle para llegar a la puerta.

—Sólo nos llevará un momento.

Antes de que pudiera decirle que se marchara, Clay apareció y se situó frente al individuo.

—La señora no quiere hablar con usted. Tiene que marcharse ya.

El joven reportero le soltó un bufido.

—Y tú ¿quién eres? No estoy incumpliendo ninguna ley al estar aquí.

—Soy del equipo de seguridad de la señorita Hathaway y de este edificio. Si no se va, llamaré a la policía.

Clay se mantuvo imperturbable, y su voz y su amplio cuerpo ya intimidaban sin necesidad de tomar esa actitud. Continuó de pie, imponente, entre el periodista y yo, mirando al individuo desde arriba.

Por desgracia para el periodista, Clay probablemente podría partirlo en dos. No tenía ninguna oportunidad.

—Vale. Lo siento. ¿Le importaría que la llamara por teléfono? —dijo asomando la cabeza a un lado de Clay para poder mirarme.

Negué con la cabeza y solté un suspiro. Dios, aquella gente era persistente. Giré la llave en la puerta y le di las gracias a Clay antes de subir corriendo por las escaleras.

Entré en el apartamento, dejé caer el bolso en la encimera, y deseé en silencio poder descargar la maleta de emociones que me había llevado a casa. Blake se levantó del sofá mientras yo llenaba un plato de sobras.

—¿Va todo bien?

—Un periodista me ha acosado ahí fuera.

Frunció el ceño con fuerza.

—¿Quién era?

—Clay se ha encargado de él. No pasa nada.

La tensión de su cuerpo pareció relajarse un poco.

—Vale.

Dio la vuelta a la encimera del centro de la cocina para llegar hasta donde yo estaba y se inclinó para darme un beso, pero me aparté.

—¿Qué pasa?

—¿Tú qué crees? —murmuré.

Iba a hacer que yo lo tuviese que decir. No podía esperar a escuchar sus excusas por ponerse en contacto con Alex antes de que yo tuviera tiempo de hacerlo.

Él levantó las cejas.

—¿Por qué no me lo dices?

Levanté la vista para mirarle.

—Anoche acepté el castigo porque me prometiste que te mantendrías al margen de este acuerdo. Era mi negociación.

—No me dijiste que me mantuviera al margen. Me dijiste que querías negociarlo —me contestó con voz átona.

Solté una risa sorprendida.

—¿Y por eso llamaste directamente a la persona con la que tengo que negociar?

—Sólo quería tener una idea de cómo iba el asunto. Eso es todo.

—¿En serio?

Me trasladé al comedor con mi comida recalentada. Después de un momento, Blake se sentó en el otro extremo de la mesa. Tal vez íbamos a necesitar más espacio. En ese momento, necesitaba al menos dos habitaciones entre nosotros.

—No sé por qué estás tan molesta. Es a ti a quien le ha enviado la oferta, ¿verdad? Lo único que hice fue hacer algunas preguntas. No pretendí representar tus opiniones ni las mías, de ninguna manera. —Se calló un momento—. Querías mis consejos, ¿verdad?

—Sí —dije bruscamente entre dos bocados.

—Vale, está bien, pues no puedo aconsejarte sobre algo de lo que no conozco todos los detalles. Es tu primer contrato de venta. Hay un montón de preguntas que hacer de inmediato para saber cuál va a ser la estructura básica del acuerdo. Yo sabía que Alex tendría algo bastante concreto en mente. Quería esos detalles para poder ayudarte a ir en la dirección correcta cuando llegara el momento.

Negué con la cabeza. Quería gritar que todo aquello no era más que una gilipollez.

—A veces te odio, ¿lo sabes?

Su sonrisa diabólica debilitó mi determinación.

—No te creo.

Bajé la mirada fingiendo que esa sonrisa no me afectaba. No iba a salirse con la suya por ser tremendamente atractivo. Estaba muy enfadada, y lo seguiría estando hasta que se disculpara.

—Cielo…

—No me vengas con eso de «cielo». No voy a recompensarte por entrometerte en mis asuntos una vez más.

—En serio, ¿me la vas a liar por un tecnicismo?

—No es un detalle técnico. Es el principio de la cuestión. Tú lo sabes. Puede que sea bajita y rubia y tenga siete años menos que tú, pero no soy idiota y no me gusta que me traten como tal.

Se estremeció como si lo hubiera abofeteado.

—¿Qué ha dicho? —preguntó tras unos minutos.

—¿Por qué no lo llamas y se lo preguntas tú mismo? —murmuré, con cada palabra cargada de sarcasmo.

Casi sonrió.

—¿Quieres que lo haga? Porque sabes que lo haré.

—Anda y que te jodan —le respondí con sequedad.

Se relajó en su asiento, esperando a que yo hablara.

—Nos ofrece siete millones de dólares. Es más que suficiente para devolverte tu dinero y que Sid, Alli y yo dispongamos de suficiente capital como para hacer nuestro siguiente movimiento.

Frunció los labios y asintió lentamente.

—Eso es bastante. ¿Estás contenta con la oferta?

—Todos hablamos de ello, y estamos satisfechos.

—Ha sido rápido.

—La oferta sólo es válida hasta mañana —le expliqué.

—¿Por qué?

Me encogí de hombros.

—No me lo ha dicho. Parecía un poco estresado. No es lo habitual en él, pero tal vez sólo sea así como negocia. No lo sé. Parece pasar de ser alguien amistoso a estar totalmente inmerso en los negocios con bastante rapidez.

—Es un poco raro.

—Quizá necesite acelerar todo el proceso.

—No es precisamente lo ideal. No tenemos tiempo para revisar todo con calma. Deberías apretar un poco tú también y pedirle más tiempo.

—Pero ¿y si rescinde la oferta?

—Quiere el negocio. Es algo que ha dejado bastante claro. No trates de cuestionar su interés ahora.

—Tal vez haya algo que le impida comprarlo si no nos movemos con rapidez. Se trata de una enorme cantidad de dinero.

—Te estás poniendo muy emotiva con todo esto —dijo con la mayor naturalidad.

Me molestó con su tono.

—¡Claro que me estoy poniendo emotiva! Es de toda mi vida de lo que estamos hablando.

—¿De verdad?

Blake rio débilmente, pero vi el dolor asomarse en sus ojos. Cerré los míos maldiciendo haber elegido mal mis palabras.

—Ya sabes lo que quiero decir.

Nuestros ojos se encontraron, dos miradas pétreas que se debilitaban bajo nuestras emociones.

—De todos modos, da igual —dije al fin—. Todos hemos estado de acuerdo en seguir adelante. Nuestros equipos legales lo han terminado todo hoy.

Meneó la cabeza en un gesto negativo, con una sonrisa resentida tirando de sus labios apretados. Se apartó de la mesa.

—Haz lo que creas que debes hacer, Erica —dijo con un tono de voz seco.

Desapareció en el dormitorio, y me enfurecí. Mantuve la mandíbula apretada mientras pasaban los minutos. Quise lanzar cosas por el aire. Quise saber cómo lograban sus empleados soportar su carácter controlador y compulsivo día tras día. Quise saber cómo demonios iba a ser capaz yo de vivir con eso.

Horas más tarde, incapaz de que mi cerebro se callase, me di por fin por vencida y entré yo también en el dormitorio. La luz de la luna llenaba toda la habitación, aunque sólo ofrecía la iluminación suficiente como para desnudarse y encontrar la cama. Me metí en mi lado con cuidado de mantener la distancia suficiente como para comunicarle que seguía muy cabreada. Sin embargo, el pecho de Blake se movía con un ritmo lento, lo que me indicó que estaba dormido. Yo quería que mi propio cuerpo se relajara. Tenía que dejar a un lado aquel día.

Me acurruqué junto a él con cierta vacilación. Noté que estaba increíblemente tibio cuando mis labios se deslizaron a lo largo de su hombro. Olía a jabón. A veces, amarle era más fácil cuando no estaba hablando ni despierto. No estaba segura de que él mismo pudiera evitarlo. Odiaba que nos peleáramos, e, incluso en un momento como ése, me preguntaba si valía la pena pelearse por nada de todo aquello.

Aquella lucha sin fin entre nosotros. ¿Por qué? Por el poder. ¿Qué importaba en el contexto de dos personas que se amaban de un modo tan increíble como nosotros?

Le había concedido poder en nuestra relación, y él lo había utilizado para ponerse en contacto con Alex sin mi permiso. Él podría haber ido más allá, pero no lo había hecho. «Una pequeña concesión», me recordó una pequeña voz. Una concesión, no obstante.

El largo día fue haciendo mella en mí. Agotada, confortable y satisfecha a su lado, dejé que el sueño se apoderara de mí. Pero el negro de la noche dio paso a unos sueños angustiosos.

«*La voz nerviosa de Alex sonó en el fondo. Estaba recitando los detalles del contrato. Una y otra vez, como un disco rayado. La oscuridad desapareció y él se desvaneció.*

Estábamos en mi oficina, pero estaba vacía. La luz del sol entraba a raudales a través de la gran ventana frontal. La estancia daba una sensación desnuda y fría sin todas las personas que solían estar allí. ¿Dónde estaba todo el mundo?

Me acerqué a mi escritorio y allí estaba Blake, con los pies apoyados en lo alto y una sonrisa atractiva en su rostro. Por un momento me olvidé de que estaba enfadada con él.

—¿Qué haces aquí?

—Trabajo aquí, ¿recuerdas?

¿De verdad? Parecía tan seguro de ello. Caminé hacia él y él tiró de mí hasta hacerme sentar en su regazo.

—No entiendo —le dije mientras le rodeaba el cuello con los brazos.

—Estoy aquí para ti, Erica.

—Está bien.

Eso me parecía lo correcto, pero no estaba segura de cuál era el motivo. Lo quería allí. Llenaba el espacio vacío, y yo no quería estar a solas.

Me incliné para besarlo. La estancia se volvió mucho más cálida. La energía fluyó entre nosotros. Mi cuerpo comenzó a despertarse, y sólo podía pensar en los lugares donde me estaba tocando. Bajé las manos para pasarlas por encima de su pecho y olvidé por completo dónde estábamos. Blake colocó una mano entre mis piernas y frotó allí masajeándome a través de la tela de los vaqueros.

Gemí y cerré los ojos.

Cuando los abrí, un manto de oscuridad había bajado a nuestro alrededor.

Nos había movido hasta tumbarme de espaldas. No sabía dónde estábamos, pero no me importó. Estábamos solos, y él nos estaba desnudando a los dos, poco a poco, pacientemente.

Se arrastró sobre mí y me hizo levantar los brazos por encima de mi cabeza antes de inmovilizarlos. Me miró a los ojos. El ansia que vi en ellos me dejó sin aliento.

—Necesito esto.

Asentí. De alguna manera, lo entendía. Yo también quería aquello. Me mantuvo los brazos inmovilizados mientras se movía sobre mí, provocándome a lo largo de mi cuerpo en todos los modos posibles. Piel contra piel. El roce del pelo de su pecho contra mis pezones. El lento arrastre de su miembro ardiente contra mi muslo. Temblé.

Él tenía el control. Ya habíamos pasado por aquello y había aprendido a no luchar contra eso.

Me dejé llevar por las sensaciones confiando en la iniciativa de Blake. Pero no importó nada de lo que hice, ninguno de mis movimientos: él no se movió con más rapidez. Estábamos perdidos en un círculo sin fin de lujuria insatisfecha.

Lloriqueé su nombre. Le supliqué. Pero nada de lo que hice consiguió que me satisficiera.

Atrapó un pezón en la boca y lo chupó suavemente. Las caricias sin prisas me recorrieron la piel mientras un ardiente núcleo de deseo crecía y crecía dentro de mí.

—¡Por favor! —le supliqué, en los confines nebulosos de mi mente, y luego grité.

¿Es que no podía oírme?»

Abrí los ojos de par en par. Luego parpadeé varias veces hasta acostumbrarme de nuevo a la oscuridad de nuestro dormitorio. Blake dormía a mi lado, con una respiración claramente más lenta que la mía. Me lamí los labios secos y bajé los brazos. Los había mantenido en la misma posición que en el sueño. El clítoris me palpitó con la misma velocidad que el rápido latido de mi corazón.

«Pero ¿qué coño...?»

Cerré los ojos y quise volver al sueño, pero también quería librarme de él. Quería un descanso.

Blake estaba de espaldas, dormido. Le deseaba mucho. Ya estaba despierta, pero la lujuria del sueño todavía me quemaba en la piel, lo que hacía que todo pareciera todavía real. Nosotros éramos reales, y Blake podía aliviar esa agonía.

Me incliné sobre él, con ganas de besarle para despertarlo. Mi enojo anterior entró en guerra con mi lujuria. Dudé, y de repente se me ocurrió algo.

Me bajé de la cama y caminé hacia los pies de la misma. Me puse de rodillas y abrí el cajón ancho en la base. Dentro estaban los juguetes de Blake. Nuestros juguetes. La mayoría de ellos todavía estaban metidos en sus paquetes. «Gracias a Dios». No habíamos utilizado una parte de ellos, y no me importaba. Lo único que me importaba era una cosa. Encontré lo que estaba buscando y cerré el cajón. Volví a la cama y me arrastré desnuda sobre Blake, con el trasero rozándole los muslos.

Se agitó y gimió cuando me coloqué sobre él. Me agaché hasta que nuestros pechos quedaron pegados. Empecé a darle pequeños besos por toda la cara, a lo largo de la mandíbula bajando hasta el cuello. Después de un momento, arqueó la pelvis y gruñó. Sonreí y centré mi atención en sus labios. Los lamí y mordisqueé suavemente en toda su plenitud.

Entonces, sus brazos me rodearon para pegarme más todavía a él mientras me devolvía un beso más profundo. Disfruté de aquello un momento, y luego me liberé para llevar a cabo mi plan. Me incorporé hasta quedar a horcajadas sobre él, le cogí las muñecas y las subí hasta que quedaron por encima de su cabeza, apretadas contra la almohada.

—¿Qué estás haciendo?

La voz ronca de Blake rompió el silencio.

Le mandé callar y busqué a tientas las esposas de cuero que había sacado del cajón. Le cerré una alrededor de una de sus muñecas e hice pasar la otra alrededor del poste en el cabecero y antes de cerrarle rápidamente la otra en la otra muñeca.

—Erica.

Tenía los ojos abiertos de par en par y la voz desprovista de toda somnolencia. Ya parecía estar completamente despierto.

—Estoy jugando. Tú sólo relájate.

Aflojó un poco los músculos y le besé de nuevo, con ganas de calmarlo. No quería pelear. Quería jugar.

Todavía estaba temblando un poco por mi sueño. También estaba tensa y ávida por quedar satisfecha, pero mi frustración con él parecía crecer con mi deseo. Bajé a lo largo de su cuerpo amándolo y queriendo que él también sintiera lo que yo estaba sintiendo. Le chupé la piel, deslicé la punta de la lengua sobre los discos blandos de sus pezones hasta que se pusieron duros. Le mordisqueé las puntas lo mismo que él me lo había hecho tantas veces hasta volverme loca.

El sonido de su respiración llenó el aire.

—Mierda. ¿Qué me estás haciendo?

—Eres mío esta noche —murmuré antes de chuparle la piel del cuello.

La sal de su piel le dio sabor al áspero beso cuando entró en mi boca.

Tracé líneas por sus costados con las uñas. Gimió y se estremeció. No supe con seguridad si de placer o de dolor, pero algo en mí quería marcarlo. Hacerlo mío. El calor se extendió por todo mi cuerpo al ver los suaves arañazos.

—Quítame esto. Ahora mismo, Erica. Te lo digo en serio.

No le hice ningún caso a su exigencia. En vez de eso, le cubrí el torso de besos.

—Yo también voy en serio. ¿Cómo se siente cuando te arrebatan todo tu poder?

Quizás el poder que me daba mi posición en esos momentos se me había subido un poco a la cabeza. Me sentí algo irreflexiva, emborrachada por aquello. Me abrí camino hacia abajo, lamiendo un rastro lujurioso por su abdomen. Luego le mordisqueé la suave piel del vientre.

La cama se sacudió cuando probó la fuerza de sus ataduras. Le metí la lengua en el ombligo y finalmente bajé hasta su miembro, duro como una roca, que se bamboleaba erguido sobre su vientre. Solté un par de gemidos y le toqueteé la punta con la yema de los dedos. Le di un pequeño lametón en el extremo, y noté una pequeña gota provocada por su excitación. Cerré los ojos y contuve el impulso de tomarle por entero.

Esa noche quería provocarle más de lo que quería complacerlo. Se lo merecía.

—Erica.

Mi nombre salió de sus labios con un extraño sonido a medio camino entre la reprimenda y un llamamiento a la piedad.

—¿Sí?

Mi voz sonó alegre y juguetona. El tono con el que me contestó no lo fue, claramente. Inspiró varias veces.

—Tienes hasta tres para quitarme estas cosas.

«Unas palabras muy valientes para un hombre atado a mi cama.» Blake me había cabreado, y quería que lo sintiera. Quería sentir su cuerpo tratando de contener el deseo de la misma forma que yo lo había hecho infinidad de veces. Bajo su mando, bajo su control, bajo su maldito talento.

Me reí en voz baja.

—¿O qué? —le susurré con suavidad contra la piel ardiente de su erección—. Tal vez no me apetezca aceptar órdenes.

Apretó los dientes y cerró los ojos.

—Uno.

La palabra salió con fuerza, como una amenaza forjada en silencio.

Mi deseo aumentó. Noté los pechos pesados cuando se rozaron contra sus muslos. Quería sus manos sobre mí, pero no…

Soltó un siseo cuando lo tomé en la boca. Gemí, encantada con su fuerte sabor y la forma en la que su cuerpo se tensó hacia mí. Se endureció todavía más entre mis labios. Le di unos cuantos lametones con la lengua y lo dejé escapar de mi boca. Retrasé su placer dándole unos intensos besos húmedos calientes sobre la pelvis. Lo quería tan ansioso como yo, que estaba húmeda y también ansiosa, al límite mismo del dolor.

—Dos.

Su voz vaciló un poco cuando mis pechos le rozaron la erección. Sonreí un segundo antes de llevármelo a la boca de nuevo. Dejé que toda su longitud entrara profundamente deslizándose sobre mi lengua, hasta llegar hasta el fondo.

—Joder, Erica.

Concentré toda la atención en darle placer, en provocarlo con leves lengüetazos antes de llevarlo tan lejos como pudiera, tragándome y devorando la lujuriosa punta de su polla.

—Necesito tocarte —me suplicó.

El deseo se enroscó con fuerza en mi vientre. Yo también quería que me tocara. Blake no tenía ni idea de cuánto lo ansiaba. Hice vibrar la garganta y el sonido reverberó contra su miembro mientras lo tomaba profundamente una y otra vez. Sus caderas se alzaron de golpe y lo dejé libre antes de soplar una pequeña bocanada de aire sobre su carne húmeda y palpitante.

—Di «por favor».

Blake apretó todavía más los ojos cerrados.

—No puedo soportar esto.

Su respiración se volvió dificultosa, y cada músculo de su cuerpo se tensó. Me quedé inmóvil, paralizada por las reacciones de su cuerpo. Apenas lo estaba tocando en ese momento, y parecía... como si estuviera a punto de explotar. Agarré su erección y comenzó a acariciarla con un ritmo constante.

Abrió los ojos y me miró fijamente. Incluso en la habitación escasamente iluminada por la luna reconocí la mirada oscura que me indicó que ya había traspasado los límites de su propio control. Pero, en realidad, no tenía el control. La respiración se me escapó jadeante. Estaba sentada a horcajadas sobre él, y tuve que recurrir a toda mi fuerza de voluntad para no bajar el coño y que me la clavara y que eso nos llevará a los dos al límite.

—Tres... Ya —gruñó.

—Relájate —le reprendí con dulzura. Le pasé suavemente una mano sobre el pecho mientras seguía subiendo y bajando la otra.

Tragó saliva con una mueca.

—Límite.

Me miró fijamente con expresión dolorida mientras yo procesaba el significado de lo que había dicho.

«Límite.»

«Oh, mierda.»

La palabra me rodó por la cabeza antes de que me diera cuenta de que tenía que actuar. Trepé por su cuerpo y alargué las manos en busca de sus muñecas. Antes de que pudiera llegar a ellas, sus bíceps se flexionaron hasta formar dos bolas apretadas y luego oí un chasquido. Un instante después, tenía las manos sobre mí, con los dedos clavándose en mis caderas.

Inspiré una rápida bocanada de aire cuando se incorporó y quedamos unidos pecho contra pecho. Me agarró un mechón de pelo y lo utilizó para hacer que arqueara la espalda hacia atrás. Grité. Tal vez por el dolor del tirón. Tal vez por el éxtasis de tener sus manos sobre mí por fin. Tal vez por el rápido giro que suponía tener un control completo y renunciar a él tan de repente.

Me movió y me colocó sin miramiento alguno sobre su polla. Un segundo después, estaba en mi interior, adentrándose hondo, una y otra vez, y, en cada ocasión, todavía más hondo. Yo estaba completamente resbaladiza a su alrededor, y mi coño comenzó a palpitar de forma espasmódica de inmediato.

—¡Blake!

Sollocé de placer, le arañé por el ansia de retenerlo en mi interior, pero no fui capaz de contenerlo. Apreté alrededor de su penetración, la fricción y el frenesí de sus embestidas me llevaron directamente a un orgasmo imparable. Los muslos me temblaron y me agarré a sus hombros mientras el clímax me recorría todo el cuerpo.

Apenas empezaba a recuperarme de la tremenda descarga de placer cuando ya estaba tumbada de espaldas. La fuerte mano de Blake inmovilizó las mías por encima de mi cabeza. Luego me abrió las piernas y me entró de golpe, y los dos subimos a lo largo de la superficie de la cama con una serie de tremendos empujones. Me quedé sin aliento y manoteando, incapaz de liberarme de la embestidas de su pasión.

—¿Qué quieres, Erica? ¿Quieres que te folle de esta manera, o quieres que me tumbe para que puedas jugar a ser la dominante?

Me estaba provocando exactamente con lo mismo que yo había intentado arrebatarle, y, joder, era lo que más quería en el mundo. Me estaba derritiendo a su alrededor. Quería todo lo que pudiera darme. Estaba en todas partes. Me tenía inmovilizada, se pegaba totalmente a mí, me mantenía prisionera, me devastaba el interior una y otra vez.

Y en ese momento sólo quería que tomara lo que era suyo: mi cuerpo, mi corazón, y, Dios, mi sumisión. Si eso era lo que era, quería entregárselo todo en bandeja de plata, porque nunca me había sentido tan dominada y tan tremendamente excitada por su determinación.

—Quiero que me folles —admití, sin ninguna sombra de duda o de vacilación en mis palabras—. Justo así.

Blake se estrelló una vez contra mí, con la mandíbula apretada.

—Este soy yo. Esto somos nosotros —musitó entre dientes.

Grité cada vez que golpeó la parte más profunda de mi cuerpo, con todos mis sentidos lanzados a una sobrecarga.

—Quiero esto. Te quiero a ti —dije entre jadeos entrecortados.

El corazón se me encogió añadiendo fuerza al orgasmo que se apoderó de mí. Eché la cabeza hacia atrás arqueando el cuello por el borde de la cama, hasta donde su violencia al follar nos había empujado. Blake me cogió de la nuca para traerme de vuelta. Me soltó las manos para levantarme las caderas y follarme en un ángulo que me llevó al cielo.

Se me nubló la visión. Me quedé sin respiración. Cuando logré respirar de nuevo, lancé un grito, arañándole con las uñas un hombro mientras su polla golpeaba de forma incesante el punto sensible que había en mi interior.

Un doloroso grito brotó de su garganta y se desplomó sobre mí. Luché por respirar bajo su peso, pero, fuera lo que fuera lo que había sucedido entre nosotros, quería tenerlo cerca de mí. Le rodeé con los brazos y entremetí los dedos por el cabello húmedo. Acaricié perezosamente los puntos donde lo había marcado con fuerza hasta que momentos después salió poco a poco de la cama y desapareció en el cuarto de baño. Para cuando regresó, ya me había quedado dormida, agotada.

9

*L*a cama estaba vacía cuando desperté. Me di una ducha, me vestí y me reuní con Blake en la cocina. Había un pequeño plato de fruta en mi lugar de la encimera central. Blake miró hacia otro lado, cogió una taza y me sirvió un café para ponerlo al lado de mi desayuno.

—Gracias.

Me quedé mirando la fruta y moviéndola por el plato. Si teníamos en cuenta los esfuerzos de la noche anterior, debería haber sido capaz de tomarme el desayuno de un hombre con hambre, pero los nervios me dejaron sin apetito.

—¿De qué iba todo eso de anoche?

Sentí que el rubor me cubría las mejillas. ¿Por qué estaba avergonzada? Blake me había hecho cosas mucho peores, pero, de alguna manera, que yo se las hiciera a él parecía totalmente diferente. La mirada en sus ojos así me lo decía.

—Tuve un sueño —respondí en voz baja, sin saber qué más decir.

—¿Sobre dominarme?

—No. En realidad, sobre todo lo contrario.

—¿En serio?

Su voz sonó muy tranquila, y su rostro era lo único que indicaba que algo no iba bien.

—Todavía estoy molesta contigo.

—Y ¿por eso decidiste atarme mientras estaba durmiendo?

La pregunta sonó casi inocente. Torcí la boca.

—Estabas medio despierto, Blake. Por no hablar de que me doblas en tamaño y partiste las esposas como si fueran un trozo de cordel. Te estás comportando como si te hubiera esposado y torturado.

—¿Eso es lo que debería esperar la próxima vez?

Puse los ojos en blanco y clavé el tenedor en un trozo de fruta. Mastiqué en silencio un momento.

—No se me ocurrió que tuvieras… límites.

Se le contrajo un poco la mandíbula en un gesto nervioso.

—No se me había ocurrido a mí tampoco.

—No conozco las reglas de este juego, Blake. Te niegas a hablar conmigo al respecto.

Se rio con voz ronca.

—¿Esto es por lo del club?

Le respondí con la mirada, esperando que se abriera a mí por fin en aquel sentido.

—¿Por qué no quieres hablar de eso?

Blake apretó los labios.

—¡Ya basta con el club! No necesito una etiqueta entre nosotros para saber que quiero controlar tu placer. Y tampoco necesito una puta palabra de seguridad.

Su ira restalló contra las paredes de la habitación hasta que sólo se oyó el silencio otra vez. Se me acercó y agarró con las manos el reborde de la encimera, cerca de donde yo estaba sentada. Lo había desconcertado e inquietado. Mi juego, que en realidad había sido bastante inocente, le había afectado más de lo que jamás me hubiera imaginado. Estaba jugando a un juego del que no sabía nada.

Se inclinó y me besó en la mejilla. Suspiré, aliviada al sentir que se ablandaba de nuevo conmigo.

—Pero tú sí —me susurró, lo que desencadenó una nueva oleada de emoción—. Porque te voy a empujar más allá de todos los límites. Voy a follarte de todos los modos que se puede follar a una mujer.

Cerré los ojos ante aquella promesa amenazante.

—Lo siento. No me di cuenta de que…

—No te diste cuenta de que alguien como yo no quiere estar atado.

—Tú me lo haces a mí casi siempre —le repliqué con los ojos casi en lágrimas.

—¿Te sentirías mejor si fingiera que soy alguien que no soy en realidad?

Su voz sonó con más suavidad.

Negué con la cabeza, lamentando todo lo que había pasado. Mi pequeña incursión en el asunto de la dominación había sido muy contraproducente. No estaba nada satisfecha. Los dos nos sentíamos dolidos y algo descolocados.

—No.

Me aparté de un empujón de la encimera y me fui a trabajar sin él antes de que me viniera abajo.

Estaba cansada y confusa, y, por una vez, deseé la rutina del trabajo, la familiaridad de la oficina y la gente que la llenaba.

Clay tuvo que defenderme de nuevo cuando me encontré a otro periodista esperándome en la puerta de la oficina.

Estupendo. Justo lo que necesitaba.

De repente, se me ocurrió que, si los periodistas comenzaban a aparecer en el trabajo, sería probablemente una prensa negativa que tampoco querría Alex. Tal vez toda aquella aceleración era buena, porque una vez que Alex supiera que yo podía acabar vinculada con la investigación en torno a Daniel, tal vez querría alejarse de nosotros. Me saqué esa idea de la cabeza y comencé con la rutina habitual de las mañanas en la oficina.

Una hora después, oí que la puerta de la oficina se abría y Alli hablaba con alguien. Unos segundos más tarde, ella se encontraba delante de mi escritorio con una pequeña caja roja en las manos.

—¿Qué es eso?

—No lo sé. Un mensajero acaba de entregármelo.

Lo colocó frente a mí en el centro del escritorio. La caja estaba forrada de terciopelo y atada con un lazo de satén negro. Si era de Blake, me podía imaginar su contenido.

—¿Sin remitente? —le pregunté.

—No se lo pregunté, pero yo apostaría a que es de Blake.

Me lanzó una sonrisa traviesa.

Le respondí con una débil mueca. ¿Acaso estaba arrepentido? La forma en la que me había marchado esa mañana no había sido la más adecuada. No se le había pasado el enfado de la noche anterior, así que no podía imaginarme que hubiese experimentado un cambio drástico de actitud en las pocas horas que habían pasado desde que le había dejado allí, de pie en la cocina.

—Vale, gracias.

Desaté lentamente la cinta. Levanté la tapa, lo que dejó a la vista varios manojos de papel de seda negro y grueso. Me abrí paso con los dedos en el interior hasta que las yemas se encontraron con una textura que reconocí. Era cuero. Y luego algo fresco. Clavos de metal. Me quedé mirando la caja, con el corazón en la boca. Era una mordaza de bola. Un destello de color rojo bajo las correas de cuero me llamó la atención. Empujé la mordaza a un lado y saqué una tarjeta pequeña.

Erica,

Lamento perderme tu boda, pero sería una desconsiderada si no te mandara un regalo para celebrar esta ocasión tan feliz en vuestras vidas. He aquí un pequeño recuerdo de nuestras aventuras en el club. Tal vez podáis continuar la tradición.

Con mis mejores deseos,
Sophia

La letra era femenina, pero irregular, con las eses casi rodeando a las demás letras. Me temblaron las manos y se me cayó la nota. La mordaza siguió dentro de la caja y el estómago se me revolvió. Sólo verla bastó para que mi adrenalina se me disparara fuera de control. Saber que Blake había utilizado esa cosa con Sophia me revolvió el estómago. Quise tirar aquello a la basura, pero, en vez de eso, me quedé sentada y paralizada, mirando atentamente la caja en silencio. El objeto no tenía un aspecto viejo, pero no era nuevo. El cuero estaba algo desgastado en el punto en el que el gancho atravesaba el agujero de la correa. Un montón de imágenes no deseadas y terribles de ellos juntos me inundó la imaginación. Por ejemplo, ella atada y él procurándose placer gracias a su sumisión, lo mismo que había hecho conmigo tantas veces.

Los ojos me escocían y los labios me temblaban fuera de control. Cogí la tarjeta y la aplasté en la palma de la mano. Con hacerlo no logré aliviar la presión que me crecía dentro del pecho. Cerré los ojos y grité mentalmente todos los insultos más soeces que se me ocurrieron.

Sophia había dado en el blanco, y también con un sentido de la coincidencia perfecto después de la noche que habíamos tenido. La cabeza me daba vueltas. Solté la tarjeta y me di cuenta de que tenía algo escrito en la parte posterior. Alisé el grueso papel arrugado y parpadeé para aclararme la vista y poder leer el pequeño texto impreso en la parte posterior.

La Perle, 990 calle North Hampton, Boston, MA

El mundo se paralizó. Al leer aquellas palabras sentí que se me abría una válvula en el pecho. Fui capaz de volver a respirar, aunque todavía me sentía dolida. Sophia me estaba provocando, en más de un sentido. Si el contenido de esa caja era el problema, tal vez esa sugerencia, a pesar de no ser deseada, fuese la respuesta.

En mi mente se libró una batalla durante el resto de la mañana. Si Sophia había querido ponerme de los nervios con recuerdos imaginarios de Blake follándosela, había hecho un gran trabajo. Sin ningún apetito, trabajé durante la hora del almuerzo en un estado casi enloquecido. Me esforcé por mantener la cabeza lejos del paquete, para el que por fin había encontrado un sitio en la papelera al lado de mi escritorio, pero sólo había una cosa que realmente me absorbiera. Busqué el nombre y la dirección del club en el ordenador, pero no encontré nada de interés ni que indicara qué clase de lugar era. Era como si ese sitio ni siquiera existiera, a excepción del pequeño punto rojo que mostraba su ubicación en el mapa.

El reloj dio las tres, y hablé con Alli por Skype, con las venas llenas de una energía nerviosa y palpitante. ¿Qué coño estaba haciendo?

Erica Hathaway: Necesito que me prestes algo de tu armario. ¿Puedes salir antes?

Alli Malloy: Claro. Déjame preguntarle al jefe.

Quise sonreír, pero estaba demasiado lejos de sentirme despreocupada en ese momento. Apagué el equipo, agarré el bolso y me reuní con Alli en el pasillo, desde donde bajamos rápidamente a la calle. Nos subimos al Escalade y le dijimos a Clay dónde tenía que llevarnos. Alli tenía los ojos muy abiertos.

—¿Qué celebramos? Hoy es miércoles.

—Quiero darle una sorpresa a Blake. Y necesito algo que sea… muy atractivo.

La idea no debería haberla sorprendido, y más teniendo en cuenta que todavía creía que la misteriosa caja roja la había enviado él. Soltó un pequeño zumbido pensativo.

—Vale, seguro que te puedo ayudar en eso. ¿De qué estamos hablando, de atractivo en plan Las Vegas o atractivo de no voy a salir de casa?

Tragué saliva con dificultad. La realidad de lo que estaba a punto de hacer me cayó encima de repente como una losa. Me hubiera gustado compartir una mínima parte de la emoción que Alli parecía sentir por lo que podría pasar esa noche. Por desgracia, el sexo no era lo único que me podía esperar allí.

—Atractiva en plan Las Vegas ya va bien —dije rápido, concentrándome en el exterior de la ventana.

Clay nos dejó en el apartamento de Alli y Heath unos minutos más tarde. Alli repasó su amplio fondo de armario y sacó un puñado de vestidos diminutos. Reconocí algunos de nuestro viaje a Las Vegas unos pocos meses antes. En aquel momento, no podía imaginarme caminando en público con aquellos vestidos. La incomodidad habitual que sentiría por ser vista con un minivestido casi inexistente no era nada comparada con la incógnita de no saber cómo me iban a recibir en el club, si es que me dejaban entrar. Todo aquello podía acabar convertido en un desastre humillante, pero Blake seguía sin hablarme, y yo necesitaba respuestas. Esa noche, de un modo u otro, las conseguiría.

—Éste está muy bien.

Pasé con suavidad una mano por un vestido diminuto de color negro confeccionado con satén de algodón elástico que encajaría a la perfección con mis curvas. Me lo puse delante y calculé que me llegaría hasta la mitad del muslo. El escote era muy revelador, lo que me acentuaría el busto. No tenía idea de en qué me iba a meter esa noche, pero estaba decidida a por lo menos tener el aspecto adecuado.

La pura verdad era que no tenía ni puta idea de lo que estaba haciendo.

Jugueteé con los botones de la chaqueta larga que ocultaba el vestido tan poco apropiado para cualquier cita de miércoles por la noche de los viejos tiempos. Clay giró unas cuantas esquinas más y supe que ya estábamos cerca. El estómago me daba vueltas por el nerviosismo. Luché contra el impulso de vomitar, y, en vez de eso, le mandé un mensaje de texto a Blake antes de poner el móvil en modo silencioso. Gracias a Dios, Clay no tenía ni idea de dónde me llevaba, lo que me hizo sentir un poco más tranquila. No había llevado a Blake a ese lugar, ya que lo había contratado para estar pendiente de mis necesidades. Tenía un millón de preguntas en la cabeza, pero la que no hacía más que aparecer una y otra vez era cuándo había estado allí por última vez.

Clay entró en la calle North Hampton, y un millar de posibilidades me recorrieron la cabeza. Tal vez estaría cerrado. Podría volver a casa y sorprender a Blake con aquel vestido y fingir que Sophia no me había enviado un recuerdo de su vida sexual juntos como amo y sumisa. Tal vez me echaría un vistazo y me diría que me largara o que me buscara una esquina de la calle más cercana. Lo cierto era que el vestido que llevaba puesto justificaría semejante reacción.

El coche bajó de velocidad delante de una hilera de casas de piedra. El edificio simplemente estaba marcado con una placa en la que se leía el número, 990, sin ningún otro indicio de que estábamos en un lugar destacado. Clay entrecerró los ojos y me miró con expresión cautelosa.

—¿Es aquí?

—Sí, bueno, creo que sí.

Me regañé por sonar tan nerviosa.

—¿Quiere que la espere?

Dudé. Tal vez debería hacerlo. Dios, Blake iba a despellejarme por aquello. El miedo me recorrió todo el cuerpo de nuevo cuando el teléfono vibró por tercera vez.

—Claro, si quieres, hasta que haya entrado.

Traté de sonar inocente.

—¿Sabe Blake que está aquí?

—Sí, por supuesto. Hemos quedado aquí.

Alargué la mano hacia el tirador de la puerta antes de que tuviera que volver a mentir. Clay me caía bien, y ya me sentía culpable. Seguro que se iba a llevar una tremenda reprimenda verbal por parte de Blake, una a la altura de la que seguramente me iba a soltar a mí.

—Muy bien —dijo después de un momento.

Confiada en que casi me había creído, salí y subí los escalones que llevaban a la amplia puerta de madera. Me estaba quedando sin tiempo para seguir adelante. Localicé el timbre a la derecha, lo apreté y esperé con impaciencia. Pasé el peso del cuerpo de un pie a otro, con cuidado de no perder el equilibrio y caerme. Un minuto más tarde, se abrió la puerta. Una chica con el cabello largo y teñido de rubio apareció ante mí. Iba completamente vestida de negro, con una pequeña camiseta sin mangas y unos pantalones de cuero. También iba muy maquillada, y me empecé a sentir un poco mejor sobre mi atuendo.

Nuestras miradas se cruzaron y se quedó mirándome sin expresión alguna.

—¿Puedo ayudarle?

Me pasé la lengua por los labios, sintiéndome incómoda. No iban a dejarme entrar sin más, estuviera o no vestida de zorra.

—He quedado con alguien aquí —dije, con una voz más vacilante de lo que quería.

Ella jugueteó con el metal brillante que le atravesaba el labio inferior.

—¿Con quién?

«Joder, vamos allá.» Dejé los nervios a un lado.

—Blake Landon.

Su ceja perforada se alzó un momento antes de que apartara de mí su mirada llena de aburrimiento. Dio un paso atrás, levantó la barbilla un poco y la movió con un levísimo gesto para que pasara. Entré lo suficiente como para que pudiera cerrar la pesada puerta detrás de mí. Me dispuse a seguirla, pero levantó una mano.

—Espera aquí.

Asentí con la cabeza rápidamente, como si supiera que era el protocolo. Pero en realidad no tenía ni idea. La situación me superaba totalmente. El tiempo se detuvo. Cada segundo que pasaba me pareció una eternidad mientras esperaba a que la mujer regresara o a que Blake irrumpiera en mi búsqueda.

Entonces oí que alguien se acercaba por el pasillo. Me quedé sin respiración cuando, en lugar de la chica, apareció un hombre que casi le doblaba la edad. Iba bien vestido con un traje negro y una camisa blanca desabrochada de modo informal a la altura del cuello. Incluso en la escasa luz del vestíbulo, distinguí que su piel era oscura, no morena, sino de un tono oliváceo. Me miró con frialdad. Supe al instante que estaba en el lugar correcto, y que, sin lugar a dudas, aquel individuo conocía a Blake.

—Tessa me ha dicho que conoce al señor Landon. ¿Es verdad?

Su voz era suave, culta y teñida con un acento que no pude identificar en parte debido a mi terrible confusión.

—Sí. De hecho, estoy aquí para reunirme con él.

Me resistí a la necesidad de apartar los ojos de la intensidad de su mirada. El humor tranquilo de sus ojos me hizo sentir pequeña y vulnerable ante su presencia, como si poseyera una riqueza de conocimientos que lo situaba por encima de mí. Tenía pocas dudas de que así era. A pesar de todo, sentí que quería creerme, lo que hacía más fácil mentir en cierto modo.

—Debería estar aquí ya —añadí, por si acaso a aquel desconocido extraño oscuro y peligroso se le ocurría encerrarme en la jaula que tenía en su despacho.

Me tendió la mano. Dudé por un momento que me pareció demasiado largo, y luego acepté el gesto. Tensé la mano, esperando que me estrechara la suya. En vez de eso, le dio la vuelta y puso la palma hacia abajo antes de bajar los labios hacia el dorso. El beso fue dulce, pero, si un beso podía tener varias caras, aquél las tenía. Algo en el agarre firme pero suave de la mano, la manera intencionadamente lenta con la que me rozó la piel y la mirada un tanto siniestra en sus ojos cuando los levantó hacia los míos hizo que el corazón se me acelerase por el miedo. Y había algo más, algo más oscuro que no fui capaz de nombrar. Aquel hombre era un dominante. Estaba más que dispuesta a apostar por ello.

Se incorporó con lentitud, paralizándome con aquella mirada de complicidad.

—Me llamo Remy. Bienvenida a La Perle.

—Soy... Erica —respondí con un suspiro tembloroso.

Joder, veinte segundos con aquel hombre y toda mi seguridad fingida se había desmoronado. No duraría mucho tiempo en aquel lugar. Recé en silencio para que Blake estuviera en camino y a toda velocidad, pero, de alguna manera, ya sabía que era así.

—Erica. —Remy se recreó en mi nombre un momento y frunció los labios, como si estuviera dejando que el sonido de la palabra se asentara sobre su lengua como un buen vino—. Encantado. Siempre es un placer conocer a las amistades de Blake.

Esbozó una leve sonrisa, como si supiera de inmediato cómo me inquietarían esas palabras. Se me tensaron los músculos de la cara, pero intenté con todas mis fuerzas mantener una expresión de tranquilidad. ¿Cómo iba a poder ocultar mi disgusto ante aquel recordatorio de que Blake tenía «amistades», y más de una, que eran miembros de aquellos círculos?

Estaba demasiado ocupada en tratar de bloquear mis reacciones físicas, así que apenas me di cuenta de que Remy todavía tenía mi mano en la suya, en una conexión prolongada, pero curiosamente no incómoda.

—Ven con nosotros.

Señaló con un gesto de la barbilla hacia un largo pasillo que había más allá. Bajó nuestras manos cogidas hacia su lado, y con eso consiguió acercarse a mí un poco más.

Ese pequeño gesto hizo que me pusiera en marcha detrás de él. Empecé a recorrer el pasillo con piernas temblorosas. El suelo antiguo crujía bajo el taconeo de mis zapatos, lo que hizo el recorrido por aquel lugar secreto incómodamente ruidoso. Giramos al final del pasillo y llegamos a un rellano. Una gruesa barandilla adornada llevaba abajo, donde los sonidos apagados del club me llegaron a los oídos por primera vez.

Después de otro suave tirón, seguí a Remy por las escaleras, agarrada a la barandilla, y, curiosamente, sentí que su mano era una cuerda salvavidas. Me esforcé por oír lo que estaba pasando detrás de la puerta mientras nos acercábamos. Había música y tonos de voces desiguales. Diferentes voces. Bajas y altas, incluso algunas risas. Un momento después, un fuerte grito, que me pareció de mujer. Apreté la mano.

Él sonrió.

—No tengas miedo, *chérie*. Pero mantente cerca de mí, por si acaso.

10

Se me dispararon todas las alarmas, y sentí oleadas de miedo por las piernas que me hicieron sudar a pesar de la escasa ropa que llevaba debajo de la chaqueta. Ansié la garantía de cierta seguridad. Aunque la presencia en apariencia posesiva de Remy no era exactamente una promesa de protección inocente, yo quería creer que podría serlo. Al menos, mientras esperaba al único hombre cuyos brazos podían apartarme de los terrores del mundo.

Porque en esos momentos yo estaba nada menos que aterrorizada. Tenía los ojos abiertos de par en par, y el corazón me palpitaba fuera de control. Remy giró el pomo de aspecto anticuado con un chirrido, y nos abrió paso a una enorme sala oblonga que se extendía más allá de donde me alcanzaba la vista. El lugar estaba poco iluminado, aunque no del todo a oscuras, pero, antes de que pudiera enfocar todo lo que tenía delante de mí, Remy me apartó lejos de la entrada. Nos acercamos a una vieja barra de madera situada en la pared. Temerosa de mirar a mi alrededor, lo seguí, una rutina que ya casi se había convertido en un instinto a los pocos momentos de conocerlo.

—Déjame que te quite el abrigo.

Dudé. Le eché un rápido vistazo a la gente casi desnuda que había en la sala, entremezclada con más gente en diversos estados dentro de la condición de vestidos. Había gente como yo, personas vestidas con trajes, gente con ropa de calle, y muchos más vestidos como lo estaba Tessa. Encajar en el ambiente ya no me preocupaba, pero lo que yo quería era esconderme entre las sombras, no quedar visible a una exposición pública.

En contra de mi sentido común, me quité el abrigo, que Remy se apresuró a tomar. Con un movimiento de mano apenas perceptible, llamó a una morena alta de ojos azules luminiscentes para que se acercara. Ella tomó mi abrigo y desapareció con la misma rapidez.

—Siéntate. ¿Puedo ofrecerte una bebida mientras esperas?

Me senté en el taburete de madera suave y tiré hacia abajo el dobladillo de mi vestido mientras me acomodaba. Absorbí cada pequeño detalle de mi entorno con toda la rapidez que pude. Las paredes eran de un color rojo oscuro, más oscurecido todavía por la escasa iluminación.

—Erica.

Me volví a Remy con el corazón paralizado por aquel tono de voz, que me resultó familiar. Blake tenía ese tono memorizado cuando quería salirse con la suya.

—¿Qué vas a tomar?

Había una selección escasa pero muy cara de licores a lo largo de la pared.

—Lagavulin —le dije—. Con hielo.

Me observó en silencio.

—Por favor —añadí en voz baja, como si su mirada me obligara a ello.

La cara de Remy registró sólo una ligera diversión por la última parte de mi petición. Le transmitió la orden a la camarera. Ella deslizó mi bebida hacia Remy, mirando el suelo. Él apenas musitó para darle las gracias y luego empujó la copa hacia mi mano. Sus dedos se detuvieron sobre los míos durante sólo un segundo. Resistí el impulso de apartar la mano.

Los nervios me estaban destrozando. No era tan valiente como yo creía que era. Me llevé la copa a los labios y tomé el primer trago abrasador. Aspiré hondo por la nariz, y el aroma fuerte y ahumado del licor me llenó los pulmones. Tomé otro sorbo antes de dejar la copa de nuevo en la barra.

El ritmo bajo e irreconocible de la música quedó interrumpido por el grito de una mujer. Me volví en mi asiento y me quedé inmóvil por lo que vi ante mí. Había una plataforma pequeña pero muy iluminada en el centro de la estancia, y sobre ella, una mujer. Los gritos estrangulados procedían de ella. Estaba inclinada hacia delante, y se aferraba con fuerza a los tobillos con las manos. Sólo llevaba puesto un corsé negro que no le cubría ni los pechos ni la mitad inferior del cuerpo. La decoración de cuero brillante se le mantenía pegada a la piel mientras se estremecía bajo los golpes de un látigo negro largo que le impactaba contra el trasero.

Lanzó otro grito cuando la figura de un hombre desató otro torrente de latigazos. Una mirada de deseo atormentado le retorció el precioso rostro. Se puso roja, desde las mejillas hasta el final de sus pequeños pechos que rebotaban con cada nuevo castigo.

Agarré con fuerza la copa de balón y dejé que las marcas del vidrio se me clavaran en los dedos fríos. El calor me inundó la cara cuando reconocí la dulce agonía de la mujer. La voz de Remy rompió el hechizo al que la tortura sexual de la mujer me había sometido.

—Eres nueva aquí, y me gusta conocer a mis clientes. Háblame más de ti, preciosa Erica.

—No hay mucho de lo que hablar —mentí con voz demasiado despreocupada, algo casi cómico dado el contexto donde nos encontrábamos y lo que estábamos contemplando.

—¿Cuánto tiempo llevas con nuestro señor Landon?

Sus ojos oscuros brillaron mientras me miraba fijamente.

Me pasé la lengua por los labios con ansiedad bajo su mirada penetrante. Él bajó la mirada para fijarse en ese movimiento.

—Desde mayo.

«Desde que me licencié en la universidad y toda mi vida cambió.»

—Así que… ¿eres suya?

El paso fugaz de su dedo índice por la base de mi garganta me inquietó más de lo que dejé ver. Su roce fue ligero como una pluma, pero había un desafío implícito en el gesto. Desde el momento en el que nos habíamos conocido, me había tocado como si tuviera derecho a hacerlo. La audacia me recordó al hombre que sí tenía ese derecho. Cada roce parecía una proclamación silenciosa.

—Soy suya.

Logré recuperar la voz, decidida a no dejar ninguna duda respecto a la veracidad de esas palabras. Quería retroceder para alejarme de él, pero estaba decidida a cumplir mi papel, así que me mantuve inmóvil en mi lugar mientras su mirada me recorría por completo.

—Y ¿te tiene aquí sin collar?

El pecho se me encogió por el pánico. ¿Un collar? ¿Dónde demonios me había metido? Me llevé la mano a la garganta. De repente, me sentí desnuda sin el símbolo que demostraría que pertenecía a Blake, de verdad. Bajé la mirada, y el anillo destelló bajo la escasa luz.

—Estamos comprometidos.

No estaba segura de si debería haber revelado aquel detalle, pero era lo único de lo que disponía para hacerle frente.

—Ah. —Remy sonrió, y miró a otro lado por un momento—. El collar definitivo. Debes de ser muy especial, para ser a la vez su esposa y su esclava.

Cuando volvió a centrar su atención en mí, le miré fijamente aborreciendo la forma en que la palabra fluía de su boca con tanta facilidad.

—No soy esclava de nadie.

Levantó el ala oscura de una de sus cejas, con el brillo de un desafío implícito en sus ojos.

—¿No le sirves para complacerlo?

—Sí..., por supuesto que sí.

¿Cómo me hacía semejante pregunta? Quería complacer a Blake. En todos los sentidos. Con el sexo, por supuesto, pero también quería la felicidad en el resto de su vida. La ansiaba casi tan tanto como la mía. Pero odiaba la forma en la que Remy hablaba de lo que compartíamos. A pesar de todos los progresos que había logrado en el tema de la sumisión, me molestó la facilidad con la que aquel individuo asumía que yo era alguien de menor importancia, una esclava, una sumisa.

Tarareó en voz baja.

—Siento curiosidad por saber qué te trae por aquí. Dime, ¿viniste a jugar? ¿O para aprender?

Miró a la zona principal, donde había comenzado una nueva actividad tras terminar la anterior. La estancia estaba bordeada de pequeñas cabinas, envueltas en la oscuridad. Las sombras. Quise ocultarme en ellas hasta que Blake viniera a por mí, pero temí lo que pudiera haber allí al acecho.

Seguí su mirada y observé con vergüenza los diversos excesos que estaban teniendo lugar ante nosotros. Aun así, no fui capaz de apartar la mirada de la escena que se estaba desarrollando en el extremo más lejano de la estancia. Un joven se había convertido en el centro de atención del espectáculo nocturno de ese momento. Encadenado por las muñecas y los tobillos a la pared de ladrillo mediante unas gruesas argollas de metal, parecía estar angustiado. Tessa caminaba de un lado a otro enfrente de él. Se le acercó, y no pude oír la conversación debido a la distancia, y apenas fui capaz de ver lo que sucedió después. Él soltó un gruñido, como si alguien le hubiese golpeado en el estómago.

Tessa se movió hacia un lado, lo que dejó a la vista el pene que ya sobresalía de los pantalones. Sin previo aviso, ella le golpeó el miembro rígido, lo que provocó más gruñidos de dolor. Su abdomen desnudo se tensó con cada golpe injustificado, y luego se relajó cuando ella cambió los golpes por unas suaves caricias. Unos momentos después, él inspiró entre dientes con un silbido cuando el arma de juego le golpeó de nuevo.

Luego Tessa se le acercó mucho y le pegó la boca al oído. Intenté imaginarme lo que le estaba diciendo. Sin duda, le estaba regañando por alguna falta imaginaria y recordándole las recompensas por su obediencia. Como si estuviera viendo una película, me sorprendí simpatizando con su lucha, con su experiencia. Una vez más, esa expresión de placer mezclada con dolor evidente me provocó una sensación no deseada a través de todo el cuerpo. Ver a Tessa provocarle y burlarse de él también despertó unos deseos inesperados.

—O tal vez viniste a ver.

Las palabras de Remy interrumpieron mi contemplación descarada de la escena que tenía frente a mí. El calor me inundó las mejillas. Había llegado a la conclusión de que yo era una de esa clase de personas. Sus labios se elevaron con una sonrisa de satisfacción, como si estuviera viendo a un niño experimentar una nueva maravilla por primera vez.

—No pasa nada, *chérie*. A la gente que viene aquí le encanta mirar. No es motivo de vergüenza.

Me llevé la copa a los labios con una mano temblorosa y traté de olvidar lo que la dominación podía llegar a hacer sentir. La verdadera dominación. No sólo estar en la cima. Otra oleada de calor me recorrió la piel al recordar el breve momento de poder que había disfrutado la noche anterior y la increíble intensidad que había provocado en Blake. Había cruzado una línea, y todavía no estaba segura de qué conclusión sacar de lo que había sucedido entre nosotros en esos instantes.

Me retorcí incómoda en el vestido. De repente, las diversas capas del tejido me daban demasiado calor, incluso con todo lo que dejaba a la vista a Remy y a los demás. No estábamos solos en la barra, pero, a pesar de las muchas distracciones que había ante nosotros, sentía sus ojos en mí en todo momento. Los suyos y los de otros hombres que había cerca. El número de dominantes per cápita era elevado en aquel lugar.

¿Es que acaso siempre iba a reconocer a esa clase de hombres cuando se cruzaran en mi camino por la forma en la que Blake me hacía sentir? Tal vez, pero había algo diferente en Blake. Todo era diferente.

Empecé a sentir pánico al pensar que hubiera malinterpretado el mensaje que le había mandado. Sólo le había dicho que se reuniera conmigo en el club. Tal vez debería haber sido más clara, haberle enviado una dirección. Joder, ¿y si me quedaba atrapada allí, en aquel lugar dejado de la mano de Dios, a merced de Remy? Recordé de repente lo que había pensado sobre la posibilidad de que tuviera una jaula.

Suspiré hondo para tranquilizarme y me tomé de un trago el resto de la copa. Giré mi muñeca para ver la hora, pero me di cuenta de que había dejado el reloj en casa de Alli. El tiempo seguía pasando, y no estaba más cerca de conseguir mi objetivo.

—¿Estás segura de que va a venir?

—Sí —respondí con rapidez—. ¿Eres el propietario de este lugar? —le pregunté con la esperanza de no hacerle pensar en la ausencia de Blake.

—Sí, soy dueño de La Perle. Lo soy desde hace muchos años.

—¿Ha sido siempre… así?

Traté de sonar despreocupada, pero estaba segura de que Remy no estaba confundiendo mi curiosidad de novata con nada parecido a la confianza.

—Siempre. —Le hizo un gesto a la camarera y empujó la copa vacía hacia ella. Se volvió de nuevo hacia mí—. ¿Sabes lo que significa?

—¿Qué?

—La Perle.

—Es francés y significa «perla», ¿no es así?

—Por supuesto, pero ¿sabes por qué?

Negué con la cabeza y se inclinó hacia mí como si fuera a contarme un secreto. Estaba de pie todavía, pero su cuerpo estaba cerca, demasiado cerca. De repente, me tensé y me volví hacia la barra mientras la camarera colocaba otra copa sobre la madera oscura. La mano de Remy se posó en la parte trasera del taburete. Su susurro fue cálido, una sensación desagradable en mi piel. Traté de disimular un estremecimiento.

—Es muy inteligente por tu parte tener miedo. Si no conociera a Landon, mostraría mucha menos moderación contigo.

Exhalé un jadeo de pánico y me quedé mirando hacia abajo, hacia la barra, sin querer mirarle a los ojos y revelar todo lo demás.

—Porque éste no es un lugar para la moderación —continuó en un tono un poco menos depredador—. Al menos, no para los hombres como yo. Tal vez para ti…, pero sólo para revelar *la perle*, el jugoso tesoro en tu corazón, *chérie*.

Fruncí el ceño. No sabía lo que quería decir, y no quería saberlo.

—La perla, como tu sumisión, Erica, es un objeto de gran belleza. Las perlas más preciosas se encuentran en la naturaleza…, y en lugares inesperados.

Apartó el cabello que había caído entre nosotros ocultando mi rostro y colocó el mechón detrás de mi oreja. Bajó la mano a mi hombro antes de seguir hacia un codo con una intención evidente.

—Sacarlas puede ser, a veces, un poco… violento.

Paseó la punta de la uña por el antebrazo hacia la muñeca, con la presión suficiente como para ponerme nerviosa, pero no la suficiente como para causar dolor.

Me estremecí de nuevo y me aparté de su contacto. Cerré los ojos con fuerza y me obligué a mantener la calma. Pero estaba jadeando en busca de aire, luchando por encontrar alguna clase de tranquilidad en aquel lugar oscuro. Tenía que salir de allí…, y pronto. Tenía que alejarme de aquel hombre. Por Dios, ¿dónde estaba Blake?

Remy pareció leerme el pensamiento y se colocó de frente a la barra, dejando de lado mi cuerpo para concentrarse en la copa que le habían puesto delante.

—*Merde*, ¿dónde está tu hombre?

No tenía ni idea, pero me maldije por haberle mandado el mensaje de texto demasiado tarde. La paciencia de Remy se esfumaba a la vez que la mía, y no parecía que fuera un hombre que se privara de muchos placeres.

—Háblame de las otras mujeres.

Blake no tardaría en llegar. Dios, o eso esperaba. Pero, mientras tanto, quería saber tanto como aquel hombre peligroso y atractivo estuviese dispuesto a contar.

Remy tomó un sorbo de la bebida y suspiró.

—Blake y yo…, bueno, no somos exactamente amigos, pero es un miembro de pago. Nunca traicionaría su confianza. Sus aficiones las debe contar él. Estoy seguro de que te dirá lo que realmente necesitas saber. —Algo apartó su atención de mí, y una sonrisa de pesar apareció en su refinado rostro—. O tal vez te lo mostrará directamente. Ahí viene. Por fin.

Me volví en la silla con los ojos muy abiertos y el corazón en un puño. Blake caminaba hacia nosotros con paso decidido. Mantenía la mirada fija en mí, con la mandíbula apretada, tanto como los puños, que se movían al compás a sus costados.

Remy se inclinó, y su aliento me sopló de nuevo en el oído.

—Si viniste aquí para aprender, yo diría que un castigo podría ser tu primera lección esta noche.

Todo mi cuerpo se tensó ante la cercanía de Remy y la visión de Blake acercándose a nosotros.

—Esa lección ya la he aprendido —le respondí con voz débil.

Remy se rio.

—¿De veras?

Antes de que pudiera explicarme, Blake me cogió de la mano y me hizo bajar de un tirón de la banqueta. Me tambaleé y tuve que agarrarme a él para mantener el equilibrio. Colocó su cuerpo un poco delante del mío. Me volví hacia él de forma instintiva, y apreté el pecho contra su brazo. Yo sabía que estaba enfadado conmigo, pero también sabía que quería protegerme. Y en ese momento sentí una inmensa y muy inmediata necesidad de ser protegida.

—Landon.

Remy se irguió como si se dispusiera a estrecharle la mano a Blake.

—Mantente alejado de ella.

Remy levantó las manos en un gesto de supuesta rendición, y luego se apoyó de espaldas y con despreocupación en la barra.

—No hay necesidad de ser protector.

—¿No? —le replicó Blake—. ¿Desde cuándo ocurre eso por aquí?

—Simplemente mantenía alejados a los buitres. Has sido muy valiente al dejar a una criatura tan hermosa fuera de tu vista. Entró aquí como un gatito perdido.

Sonrió con afecto y me miró de arriba abajo con tanto descaro como lo había hecho antes.

Blake me agarró con más fuerza todavía, y yo suspiré, con todo mi ser aliviado por tenerle cerca, sin importarme lo enfadado que estuviera. La forma en que la que me pegaba a él en ese momento no dejaba duda alguna de que era suya y sólo suya. Me atreví a mirarle a los ojos. Me devolvió una mirada sin emociones. Me dejé caer con suavidad sobre él, disculpándome sin palabras.

—Se escapó —dijo en un tono de voz bajo.

—Ah. Ya veo. —Remy sonrió de nuevo—. Parece muy poco propio de ti tolerar semejante desobediencia. Todo esto es nuevo para ella, ¿verdad?

Suprimí el impulso de poner los ojos en blanco. Tal vez Remy sí que mantenía encerradas a sus mujeres en jaulas, y entre los dos todo aquello tenía sentido. En primer lugar, yo era una esclava, y luego era una fugitiva.

—Ella no es de tu incumbencia, Remy. —Blake se volvió hacia mí—. Vámonos. Ahora mismo.

—No.

Le agarré con más fuerza y tiré de él.

Su mirada se llenó de una tremenda frustración, y la máscara de calma desapareció.

—¿No?

—Quiero quedarme.

—Que se quede, Landon —intervino Remy—. Quizás aprenda algo. Sabes tan bien como yo que a veces tienen que aprender las lecciones por las malas. Esta gatita tiene las garras afiladas. Hay que entrenarla.

Blake se pasó una mano por el pelo y paseó la mirada por el resto del club. Murmuró una sarta de maldiciones en voz baja.

—Hay un pequeño reservado ahí esperándote. Tomaos algo. Disfrutad el espectáculo. Y el uno del otro, por supuesto.

Bebida en mano, Remy se marchó. Cruzó la estancia y se sentó en una silla de terciopelo rojo desocupada pero vigilada por una pequeña muchacha medio desnuda que estaba de rodillas a su lado.

—¿Es aquí donde quieres estar?

Abrí la boca para hablar, buscando las palabras. La verdad. Lo único que quería era saber la verdad.

—¿Te haces una idea de lo estúpido que ha sido venir aquí sola?

—Estoy bien —insistí, aunque mi cuerpo todavía estaba cargado de ansiedad por los últimos minutos que había pasado allí sin él.

—Esto no es un simple bar de copas, Erica. Cuando cruzaste la puerta, entraste en un mundo del que no sabes nada.

—Pues quiero conocerlo —dije en voz baja, avergonzada de repente.

—No, no quieres.

Separé la mano de la suya, pero él se apresuró a pasarme un brazo protector alrededor de la cintura.

—Si lo que quieres es un poco de sado, podemos ir a casa ahora mismo, y estaré más que encantado de ser creativo. Sobra decir que debes sufrir un castigo. —Hizo una pausa, y su cólera pareció desvanecerse un poco—. Éste no es lugar para ti.

Le puse la palma de la mano en el pecho y dejé caer la frente en su hombro. El corazón le latía con rapidez debajo de la camisa. Aspiré su olor. Un olor familiar, que me llevaba de vuelta a lo que conocía, de nuevo a nosotros.

—Dime lo que este lugar significa para ti —le rogué en voz baja.

Blake suspiró y me agarró con más fuerza.

—Más allá de querer sacarte de aquí más que nada en el mundo, no significa nada.

Miré hacia arriba, decidida a escucharle decir la verdad.

—Eso no es cierto. Si no significa nada, ¿por qué Sophia quiso mandarme aquí?

Blake apretó los dientes, y su brazo se tensó alrededor de mi cintura.

—Maldita sea.

—Vinisteis aquí juntos.

No se lo estaba preguntando, pero decidí comenzar con conseguir que admitiera lo obvio.

—Sí, vinimos aquí juntos. ¿Es eso lo que querías saber, o hay más? Tal vez podríamos continuar el interrogatorio en casa, sin todas estas miradas indiscretas —dijo utilizando las palabras como látigos.

Estaba furioso. Yo sabía que tenía derecho a estarlo, pero ya no podía parar.

—Quiero conocerte. —Luché contra las ganas de llorar. Odiaba a Sophia y cada escena que mi imaginación había creado de Blake haciéndole el amor. Me desquiciaba el hecho de que ella hubiera tenido una parte de él que quizá yo nunca podría llegar a conocer. Presioné todo mi cuerpo contra el suyo y mi mejilla contra su pecho—. Quiero saber qué y quién te atrajo aquí durante tanto tiempo. Soy una de las dos relaciones que has tenido a lo largo de una década, y este lugar llenó demasiadas de tus noches entre esas dos.

Interpreté su silencio como que se lo estaba pensando, y eso me dio esperanzas.

—¿No tengo derecho a saber? Todo lo que quiero saber es la verdad —le susurré.

—¿Alguna vez te he mentido?

Levanté la mirada.

—No, pero nunca me has contado nada a menos que tuvieras que hacerlo. Quieres más de mí... Lo exiges todo. Y te lo daré, pero...

Me tomó la cara con la mano y movió el pulgar de forma inquieta sobre mi mejilla. Me incliné hacia esa mano, sin hacer caso de la gente que nos miraba con lujuria, envidia y un interés pasajero.

—Esto es el pasado —dijo lentamente, pero con firmeza.

—Esto es el presente. —Le acaricié la mejilla, haciendo una llamada silenciosa a la oscuridad que siempre ardía como las brasas bajo la superficie del hombre que amaba—. Compláceme.

11

*L*a mandíbula de Blake se abultó por la tensión, y en su rostro se hizo evidente su descontento. Le había presionado, una vez más. Probablemente volvería a pagar por ello, pero, si se abría a mí, merecería la pena.

Comenzó a caminar, tirando de mí hacia él, igual que había hecho antes Remy.

—No me voy —le susurré, negándome a seguir andando.

—No nos vamos, joder. ¿Quieres ver lo que pasa en este sitio? Pues, te guste o no, te lo voy a enseñar. Vas a recibir el castigo y una lección en el mismo puto paquete asqueroso.

No pude. No me pude mover hasta que tiró de mí hacia él una vez más. Esta vez le seguí de buena gana y sin discusión. Arrastrando los pies con cierta inseguridad por los tacones, lo seguí hasta que se paró frente a la cabina a oscuras y vacía que Remy nos había ofrecido.

A sólo unos pasos, a la mujer encorsetada de hacía un rato la estaban forzando en ese momento en otra situación comprometida a manos del hombre que supuse que debía de ser su amo, al menos por esa noche. Era un individuo de constitución fornida, y mostraba su torso desnudo a todo el mundo. La agarró por el pelo y ella jadeó, con los ojos cargados de una mirada de deseo nebuloso y cualquiera que fuera la sustancia que le inundaba el cuerpo en aquellos momentos eróticos impotentes.

Blake se colocó detrás de mí, con las manos apoyadas con ademán posesivo en mis caderas.

—Querías venir aquí y probar esta vida. Tal vez debería seguir el consejo de Remy: romper mis propias reglas y darte una buena lección en público.

Me quedé completamente inmóvil ante aquella amenaza sombría. A pesar de todo el miedo que la presencia de Remy me había provocado, apenas fui capaz de respirar ante la emoción que me generaba lo que Blake sería capaz de hacerme.

Los músculos de los brazos del hombre se flexionaron cuando se quitó con rapidez los pantalones de cuero. Unos segundos más tarde, estaba en la boca de la mujer. Ella, todavía con las manos atadas, aceptó sus embestidas dejando que hiciera un uso vigoroso de su boca como un medio para correrse.

—¿Te gustaría que te hiciera eso, Erica? ¿Te gustaría que diera ejemplo contigo de esa manera?

Negué con la cabeza. No. Yo no quería eso. No era capaz de imaginarme estar así, atada u obligada a dar placer en público. Era horrible, y, sin embargo, no podía apartar la mirada de ellos.

—¿Estás segura? Esa podrías ser tú —me susurró Blake a la vez que bajaba las manos por mi vestido—. Creo que van a terminar pronto. Él no va a durar mucho tiempo llegando tan al fondo de su boca. Después podré mostrarle a la gente que hay aquí lo mala sumisa de mierda que eres.

Di un respingo e inspiré hondo por la nariz tratando de no hacer caso de la palpitación que no deseaba entre las piernas, pero el olor que me llenó las fosas nasales fue el del sexo. La mujer tenía arcadas con cada intento de llevar al hombre hasta el fondo de su garganta. Él la había abierto más de piernas dándole un par de patadas con la gruesa punta de sus botas negras. El cuerpo de la mujer se estremeció, y pareció que la necesidad la recorría por entero mientras se esforzaba por complacerlo. De repente, dio una sacudida cuando el mismo individuo le propinó un golpe en el culo desde arriba. La mujer abrió la boca en busca de aire, gimoteando lo suficientemente alto como para que nosotros la oyéramos cuando su amo le dio otra serie de golpes.

—Tú no me harías eso.

Mi voz estaba cargada de desafío, pero, de repente, no estuve tan segura de lo mucho que podía confiar en Blake en los confines de aquel lugar.

—¿Por qué no? ¿No te lo mereces?

Me estremecí al oír el nuevo tono de su voz. Tal vez me lo merecía. No pude responder, pero tenía muy claro que no iba a admitirlo.

—¿Crees que él la ama, Erica?

Me dolió el pecho cuando dijo esas palabras. Volví la cabeza. No pude mirar más. Entonces oí el gemido de placer del hombre. No podía verlo, pero estaba segura de que se había corrido.

—Tu turno, jefa.

Blake le dio la vuelta a mi cuerpo y me atrapó por las muñecas cuando intenté alejarme. Abrí los ojos.

—No. No puedo.

Él me arrastró contra él y me inmovilizó otra vez por la cintura. La parte de mí que no estaba en completo estado de pánico disfrutó con el contacto de su cuerpo que se apretaba con fuerza contra el mío. Estaba asustada, excitada y completamente confundida. El único aspecto positivo era la certeza de que a nadie de allí le importaba una mierda lo nuestro.

—Creo que sí puedes. Eres valiente. Mira lo valiente que has sido ya esta noche. Por no hablar de ayer por la noche. Pensar en eso hace que quiera castigarte todavía más.

—No —lloriqueé, odiando el tono frío y burlón de su voz.

—El «no» no sirve de mucho aquí, Erica. ¿Lo sabías cuando entraste?

Su voz era suave, casi comprensiva.

Yo quería que se apiadase de mí en ese momento. «Sálvame de este caos, y nunca lo haré de nuevo, lo juro.»

—Vamos —me insistió.

—No puedo hacer eso delante de todos —gimoteé en voz baja—. Por favor, no me lo pidas. Por favor…

No podía respirar. El palpitar de mi corazón, que me latía con furia, era el único sonido que oía. Temblaba en los brazos de Blake, y tenía la palabra de seguridad en la punta de la lengua. Follar en la mesa de la sala de conferencias sin que lo supiera Greta, que estaba a pocos metros, era una cosa. Tener relaciones sexuales y sufrir un castigo en público, sin importar lo mucho que mi mente retorcida hubiera fantaseado con la idea, no era algo que me sintiera capaz de hacer. No esa noche, y muy probablemente nunca.

«Oh, Dios. ¿Y si esto es lo que él quiere, lo que realmente anhela?»

—Ven aquí —me dijo en voz baja.

—No, por favor —le supliqué, pero su intenso abrazo se había ablandado y nos conducía al pequeño reservado.

Sentí un gran alivio al ver que no me iba a forzar a pasar por aquello. ¿De verdad lo habría hecho? No quería creer que habría sido capaz, pero ¿cómo iba a saberlo? No sabía qué clase de hombre podía llegar a ser en aquel lugar. Por eso me había decidido a visitar el sitio.

Me acurruqué contra él, mi enemigo y mi salvador, a la espera de que se me calmaran los nervios. Me chistó para hacerme callar y me pasó las manos por los brazos y los costados, de la forma que siempre lo hacía cuando tenía que sacarme de mis pensamientos y llevarme de vuelta al momento, de nuevo a él. Abrí por fin los ojos y miré a mi alrededor, al club oscuro que nos rodeaba. A través de las pestañas alcancé a ver a Remy, al otro lado de la estancia. Estaba sentado en aquella especie de trono que tenía. Estábamos envueltos por la oscuridad, pero, de alguna manera, fui capaz de sentir los ojos de Remy en mí, con su contacto indeseable marcado como un recuerdo en mi piel.

Blake me apoyó una mano en el muslo. Todavía estaba pegada a él, sin saber de quién o de qué debía sentirme aterrorizada.

Al pobre joven del espectáculo anterior le obligaban en ese momento a recorrer la estancia a cuatro patas, con su pene torturado balanceándose mientras seguía a Tessa. Ella paseó sin hacerle caso la mayor parte del tiempo y se dedicó a entablar conversación con los demás clientes. Aquél era un lugar para las fantasías de la clase más siniestra. Si había aprendido algo, era eso.

Tragué saliva, casi demasiado atemorizada como para hablar después de haber escapado por los pelos.

—¿Tú has hecho… cosas así?

—No —me respondió Blake con rapidez.

Levanté la vista hacia su cara y le pregunté en silencio.

—Siempre he preferido la privacidad de una habitación. —Señaló hacia arriba con el dedo índice—. En los pisos superiores.

Bajé de nuevo la vista a mi regazo, y me maldije con ferocidad por haber preguntado. Me mordí el labio, con ganas de perforarme la piel con los dientes. Los celos me convertirían sin duda en alguien feo.

—¿Cómo te hace sentir eso? —me preguntó Blake mientras con el pulgar me apartaba el labio inferior de la presa tensa de mis dientes.

—Terriblemente mal —admití con amargura.

—Eso es el pasado. Tú…, sólo tú eres mi futuro.

Quería creerle. Pero…

—¿No piensas de vez en cuando en este lugar?

Relajó levemente su abrazo y se apartó separándose un poco de mí. Se lo permití, pero no me gustó.

—A veces. Sobre todo cuando pienso en ti, en las cosas que quiero hacer contigo. No te voy a mentir. Los lugares como este pueden ser… inspiradores. He conducido hasta aquí llevado por una rabia ciega, y no he podido dejar de imaginarme las cosas que podría hacer contigo aquí. —Me levantó la barbilla—. Lo que realmente me asusta es la idea de que alguien más quiera hacer lo mismo.

Quise apartar la mirada, avergonzada e incómoda, pero él no me dejó.

—Eres fuerte y voluntariosa. Lo respeto, y por Dios que te amo por eso, pero no vuelvas… jamás, jamás, a hacer una gilipollez como esta.

Asentí con la cabeza tanto como me permitió su mano. Jamás volvería a pisar aquel lugar. Desde luego, no sin Blake ni, al parecer, sin un collar, aunque sólo fuera para asegurarme de que a hombres como Remy ni se les ocurriera tocarme.

—No lo haré —dije con voz débil.

—No te creo.

Su mirada era dura y sin emociones.

—Te prometo que…

—Ya me has hecho esa promesa antes. Recuerda, en la que te comprometías a no ponerte en peligro con tal de salvarme, o, en este caso, por simple curiosidad. ¿Es que el castigo o la amenaza son las únicas maneras de que prestes atención, Erica?

Me invadió la sensación de que por fin todo encajaba. Que Blake se había quedado conmocionado al verme allí. A pesar de ello, en ese momento parecía casi a gusto. Con todo bajo control. Tranquilo y al mando en su mundo.

—Responde.

—Lo siento. He sido una estúpida al venir aquí sin ti. Yo sólo…

—Sólo tienes que hacer lo que te dé la puñetera gana sea como sea. ¿No es verdad?

Cerré los ojos con fuerza, me enfrenté a sus palabras tanto como a la cadena de remordimientos que me sacudieron el cerebro.

Entonces me dio un beso.

Todos los pensamientos resquebrajados desaparecieron en cuanto nuestros labios se tocaron. Fuerte y reprimido hasta ese momento, el beso lo devoró todo y me perdí en él. Su lengua me atravesó los labios y se enredó con la mía. Nunca jamás había deseado tanto que fuera Blake el hombre que me tocaba.

Nos esforzamos por respirar, e interrumpimos el beso sólo el tiempo suficiente para tomar aire de nuevo antes de volver a lanzarnos el uno a por el otro. Sus manos me recorrían todo el cuerpo, y me inmovilizaron por el cabello. Luego me bajaron por el pecho, y la parte carnosa de la palma de la mano se quedó un momento sobre la punta dura de mis pezones, que presionaban a través del vestido. Los párpados empezaron a pesarme, y los pezones se me ablandaron y pusieron ansiosos hasta el punto de dolerme. El deseo era un ser vivo, que se encendía bajo cada contacto y exigía más. Necesitaba su piel contra la mía. Necesitaba un alivio de todo aquello.

Jadeé contra sus labios cuando su mano se abrió paso entre mis piernas y luego comenzó a subir hacia el centro de mis muslos. Me cerré de piernas. Quería que me tocara, pero no en aquel lugar…

—¿Quieres que te castigue? ¿Por eso nos seguimos encontrando en estas situaciones?

Negué con la cabeza, sin tener de repente muy clara mi respuesta. Deslizó la mano hasta el ápice caliente entre mis piernas y luego la movió a empujones para separarlas. Me retorcí, pero se mantuvo firme. Echó a un lado mi ropa interior y metió los dedos donde yo ya estaba empapada por la excitación. Se me escapó un pequeño grito entre los labios. Presioné mi pecho contra el suyo. Le quería más cerca, quería que de alguna manera su cuerpo protegiera el mundo de la forma en que él estaba desbaratando el mío.

—Joder.

Separó ligeramente los labios y su mirada se oscureció.

Luego se retiró y me levantó hasta que quedé a horcajadas sobre él. El vestido se deslizó hacia arriba y me esforcé por bajarlo de nuevo. Estaba completamente abierta para él. La lujuria y la vergüenza se enfrentaron por la posesión de mi cerebro. ¿Qué me estaba haciendo, y por qué una pequeña parte de mí sin lugar a dudas quería que él lo hiciera?

—Nos van a ver —le susurré con un murmullo de pánico.

—Nadie nos puede ver.

Me besó de nuevo y olvidé por completo mi vulnerabilidad. Su lengua trazó un camino lujurioso desde mi oreja hasta el cuello, donde me chupó con fuerza la clavícula. Me estaba marcando. Yo quería que lo hiciera.

Gemí. Mis manos dejaron de luchar contra sus ataques y se fueron a por su camisa. Le agarré del tejido, me agarré a él, como si de alguna manera él pudiera servirme de ancla a través de aquella tormenta que había creado dentro de mí. Me acarició la carne húmeda, me colocó el pulgar en el clítoris y hundió los dedos profundamente en mi coño. Luché contra el impulso de arquear las caderas hacia sus movimientos, como habría hecho si hubiéramos estado en otro sitio.

—Blake, no deberíamos.

Mi voz parecía muy lejana, perdida en las emociones desenfrenadas que sobrepasaban cualquier palabra.

No me dijo nada, y, en vez de hablar, utilizó la boca para darme un beso que me dejó sin aliento. Todas mis dudas fueron en vano. La necesidad de correrme acalló por completo a las voces de mi cabeza que me gritaban que detuviera esa locura.

Me mordisqueó el labio. Grité ante el súbito dolor. Su mirada era oscura, y en el fondo de sus ojos ardían la lujuria y el fuego de la pasión.

—Tienes razón, no deberíamos hacer esto. Debería castigarte y no follarte. Haces que me salte todas las reglas, Erica. Sólo quiero verte la cara cuando te corras. Quiero abrazarte cuando te deshagas.

Curvó los dedos hacia arriba, rozando el punto sensible dentro de mí que me hacía ver las estrellas. Aspiré una bocanada de aire entre dientes, y todo mi cuerpo se agarrotó.

—Blake, Dios. ¿Qué me estás haciendo?

Me iba a correr. Con un simple movimiento de sus dedos me enviaría más allá del límite otra vez, y ya no podía hacer nada contra eso. Me rendí a la búsqueda de más contacto con Blake, y moví las caderas al compás de cada pequeño empujón. Aquello era una locura, pero lo único que podía hacer era sentirlo.

A la mierda. Quería que el mundo supiera que era mío y que yo era suya. No me importaba a quién estaban azotando o chupando, y no me importaba quién les estaba viendo a ellos o quién nos estaba viendo a nosotros. Remy o Tessa o cualquiera de las otras caras sin nombre. La única persona en mi mundo era Blake.

—Blake. Oh, no, me corro.

—Eso es. Córrete para que pueda llevarte a casa y follarte hasta que grites.

Su pulgar trazó un pequeño círculo mágico sobre mi clítoris y me perdí del todo. Le mordí el hombro, decidida a no gritar. No podía ser una más de esa gente.

Utilizó sus caderas como apoyo y metió los dedos más profundamente. Un grito inevitable y estremecido salió de mis labios cuando el orgasmo me recorrió por entero, despojándome de todo aquello que no importaba.

Yo era una más de esas personas.

*E*l pensamiento racional empezó a volver, muy lentamente. Blake me abrazó y me acarició. Cuando se lamió mi excitación de los dedos, mi cuerpo respondió de inmediato. Una aguda punzada dentro de mí exigió más. Quería complacerlo, y quería con desesperación que a ese orgasmo endiablado le siguieran varios más.

Bajé la mano entre nosotros y me encontré con su polla dura y abultada en sus pantalones vaqueros. Gemí y rocé los senos contra su pecho. Le di un beso febril y me probé a mí misma en sus labios. Estaba tan fuera de mí por el deseo que podría haber hecho cualquier cosa. Los límites parecían un concepto muy lejano.

Blake cerró los ojos y apretó la mandíbula aún más mientras le masajeaba y lo besaba.

—Te quiero —le susurré mordisqueándole a lo largo de la mandíbula.

—Aquí no.

—Por favor.

Me cogió de la muñeca y detuvo mis tormentos.

—Salgamos de aquí.

Inspiré hondo, y eso me calmó. Me bajé poco a poco de él, y, tras un ligero ajuste, Blake se irguió y me llevó con él. Nos dirigimos a la puerta recorriendo el mismo camino que yo había tomado al entrar. Casi tenía que correr detrás de él para mantener el ritmo.

—¡Esperen!

La voz de una mujer resonó por el pasillo. La chica que se había ocupado de mi abrigo al entrar corrió hacia nosotros con la prenda.

—Gracias —le dijo Blake tomando el abrigo.

—De nada, señor Landon.

La muchacha le lanzó una rápida mirada a Blake antes de bajar la cabeza en un gesto recatado, lo que ocultó sus impresionantes ojos azules. Bufé. No me gustó nada lo que vi en aquella situación. Era algo muy familiar, como la adoración.

La chica desapareció por el pasillo, y Blake me tendió el abrigo para que me lo pusiera.

—Vámonos.

Cruzamos al otro lado de la calle, donde estaba aparcado el Tesla de Blake. Me deslicé en el asiento del pasajero, con todas mis ideas convertidas de repente en un revoltijo de proporciones épicas. ¿Qué era lo que acabábamos de hacer? ¿Quién era esa chica? ¿Qué coño iba mal entre nosotros?

Blake puso en marcha el coche y comenzó a conducir de vuelta a casa. Me quedé mirando por la ventana, incapaz de contener la curiosidad.

—¿La conoces?

—¿A quién?

—A esa chica.

Se encogió de hombros.

—No lo sé. Tal vez.

¿Tal vez? Una nueva oleada de celos lanzó una descarga de adrenalina por todo mi cuerpo. ¿Cuántas de esas mujeres habían estado con él? Blake alargó su mano hacia la mía. Me alejé, evitando su contacto.

—No me toques.

Su risa fue como ácido en las venas.

—¿De verdad? ¿Que no te toque? Casi me rogabas que te follara en la cabina hace pocos minutos. ¿Ahora ya no quieres que te toque?

Me quedé callada y mirando por la ventana. «Vete a la mierda.»

—Erica. —Su voz sonó más suave—. Has venido a un club de sexo al que yo solía acudir con frecuencia, ¿y esperas que sea un tipo anónimo? Tú has abierto esa puerta. Sinceramente, ¿qué esperabas que hubiera al otro lado?

—Creo que no lo sabría, ya que nunca me contaste nada.

La emoción me agarrotaba la garganta. Tenía razón, y yo era una estúpida.

—¿Cuántas de esas mujeres has tenido en tus brazos?

La voz se me quebró. No paraba de hacer preguntas para las que realmente no quería respuestas.

Se quedó mirando a la carretera.

—No sabría decírtelo. No iba allí para recordar. Iba allí para olvidar.

El corazón se me encogió.

—¿Para olvidar a Sophia?

Se quedó callado un momento.

—Tal vez al principio.

Me quedé callada. Ya me había torturado lo suficiente. No quería saber nada más que pudiera hacerme daño esa noche.

—Sus necesidades hicieron aflorar una compulsión por el control que yo todavía estaba tratando de asimilar. Cuando terminó nuestra relación, el club era todo lo que quedaba. Un juego. Seguir los movimientos habituales hacia una conclusión inevitable.

—¿Yo también era eso? ¿Una conclusión inevitable?

Se quedó callado mucho tiempo y la tristeza que me invadía no hizo más que aumentar. Aparcamos frente al apartamento y subimos las escaleras en un silencio ininterrumpido. Tiró las llaves en la encimera y luego se apoyó allí con las dos manos, aparentemente perdido en sus pensamientos. Después de un momento, se irguió y me miró.

Me quedé junto a la puerta, esperando a que él hiciera el siguiente movimiento. Aquella noche había sido un completo desastre.

—Esto te va a doler, pero me parece que andas buscando respuestas esta noche, así que te las voy a dar. —Inspiró profundamente antes de hablar—. No eres la primera mujer a la que he seducido, y no eres la primera mujer a la que me he follado. Estoy seguro de que eso ya lo sabías.

Torcí la boca en una mueca. Quería creer que lo que habíamos tenido desde el principio no había sido nada más que amor, pero sabía que no era cierto. Ni siquiera por mi parte. Lujuria, preocupación, obsesión. En algún punto en mitad de todo ese torbellino de sentimientos habíamos encontrado el amor. Aun así, no estaba segura de seguir queriendo saber la verdad. Ya estaba sufriendo demasiado.

Pasé a su lado camino del dormitorio. Oí sus pasos siguiéndome. Me paré frente a la cama y casi me arranqué el ajustado vestido que Alli me había prestado.

—¿No me vas a escuchar?

—No —le contesté con brusquedad. Fui al baño y abrí el grifo de la ducha—. Yo era una conquista más, ya lo pillo. No quiero oír nada más acerca de tus hazañas sexuales, Blake. Creo que ya he tenido una experiencia reveladora más que suficiente para una noche. Es evidente que estaba totalmente fuera de mi ambiente.

Estaba temblando de nuevo, con un nudo en el estómago y las lágrimas a punto de saltárseme.

—Cielo… —La pasión en su voz se desvanecía—. Sea lo que sea lo que estás tratando de averiguar sobre mí está aquí mismo, deseando como nunca que tan sólo nos dejes ser simplemente nosotros. Juntos, ahora. A la mierda el pasado, y a la mierda la gente que solíamos ser, y a la mierda las personas que nos han hecho ser de esta manera.

Los ojos se me llenaron de lágrimas.

—Déjame en paz.

Me metí en la ducha, cerré la puerta y dejé que el agua demasiado caliente me escaldara la piel. Cuando abrí los ojos bajo el chorro, Blake ya se había ido.

12

*N*oté cómo desaparecía la tensión incluso en los músculos que yo creía que tenía relajados. Me enjaboné bien, ansiosa por lavarme todo contacto con el club. Y con Remy. El ambiente del lugar, cargado del olor a sexo y a desconocidos. Dios, lo único que quería era a Blake y la comodidad de sus brazos, y le estaba echando lejos de mí. Yo sólo quería saber la verdad, pero, al saberla, no fui capaz de soportarla. Pero Blake era mi verdad, incluso cuando me dolía. Él era mi casa, la única persona en la vida que me daba una razón para mantenerme firme y que me daba la fe necesaria para creer que los dos juntos podríamos ser más que la suma de nuestros pasados.

Me escondí en la ducha durante unos cuantos minutos más, decidida a estar recuperada para cuando saliera. Me sequé con la toalla, y descubrí que el dormitorio estaba vacío. Me dirigí lentamente hacia la sala de estar. Blake estaba sentado en el sofá, con una expresión cansada y sombría en el rostro. Me senté junto a él remetiendo la toalla en su lugar a la altura del pecho. No se movió para mirarme.

—Lo siento. Por si te sirve de algo, ha sido un día de locos, y una noche todavía más loca. Sophia me mandó algo.

En se momento, sí que se volvió a mirarme.

—Una… mordaza. Dijo que era vuestra. La envió con sus mejores deseos. —Torcí la boca al recordar el tono sarcástico de su nota y hasta qué punto me había hecho daño—. Fue ella quien me dio la dirección de La Perle. Me jodió la cabeza por completo. Todo esto me la ha jodido. Desde que oí tu conversación con ella el otro día, no he podido dejar de pensar en el club y en lo que significa para ti.

—Lo sé —dijo en voz baja.

Suspiré, aliviada al saber que al menos había intuido la lucha en mi fuero interno aunque yo no la hubiera verbalizado en ningún momento.

—Te amo, Blake. Quiero saberlo todo sobre ti. Incluso las cosas que piensas que no quiero saber…

Pasamos varios minutos en silencio.

—Sophia es una cabrona —afirmó con toda naturalidad.

Sonreí.

—En eso creo que los dos estamos de acuerdo.

Blake cerró los ojos y se apretó el puente de la nariz con dos dedos. Al ver que no volvía a hablar, me acerqué más. Le rocé el dorso de la mano con suavidad. Le dio la vuelta y entrelazó nuestros dedos. Apoyé la cabeza contra la parte posterior del sofá.

—Háblame.

Exhaló vacilante.

—Si te soy sincero, no te podría decir lo que quería que pasara entre nosotros al principio. Sé que me atraías increíblemente, y sí, te quería en mi cama. Nada ha cambiado en eso, excepto que ahora te amo, profundamente y más allá de toda razón. Y la persona que era en aquel entonces, en el club, no era capaz de amar a nadie.

Apreté mi mano en la suya.

—Te amo, más de lo que nunca sabrás, Erica. Pero, además de eso, quiero hacerte mía en todos los sentidos. Me empalmo cada vez que pienso en ti y no estamos juntos. Creo que podría vivir el resto de mi vida haciendo el amor contigo. No sé lo que es… Llámalo química. Llámalo que eres la mujer más frustrante que jamás he conocido. Me desafías como si ése fuera tu puto trabajo. Eso me vuelve loco. —Se pasó una mano por el pelo y también apoyó la cabeza hacia atrás contra el sofá—. Lo más retorcido es que creo que eso me pone…, y conseguir someterte a mí después es lo que me excita todavía más.

Cerré los ojos intentando no hacer caso de la forma en que eso también me ponía a mí.

—¿Por qué?

Levantó la cabeza y me miró.

—No tengo ni idea. Es una puta perversión. ¿Por qué te pones increíblemente mojada cuando te doy unos azotes? ¿Por qué tu cuerpo se relaja cuando te domino? Podríamos psicoanalizar la situación todo el puñetero día.

—Pero ella es la razón por la que estamos aquí.

—Ella también me ponía, sí. No lo voy a negar. Pero lo llevó demasiado lejos. Quería que la asfixiara, que la marcara. Luego vinieron las drogas. Era en sí misma un desastre autodestructivo, y la forma en que ella me necesitaba hizo que me lo cuestionara todo. Necesito tener el control, Erica. Me siento muy bien teniéndolo. Está profundamente arraigado en la forma en que vivo ahora. Hace que el mundo tenga un orden para mí. Y durante mucho tiempo, después de Sophia, no fui capaz de imaginarme la posibilidad de atraer a otra mujer a ese tipo de relación y que a la vez fuera alguien mentalmente saludable. Incluso ahora pongo en duda todo lo que nos está haciendo. —Meneó la cabeza—. Aunque conocía tu pasado con Mark, no pude mantenerme lejos de ti. Traté de ser alguien diferente, alguien mejor para ti. Entonces comenzaste a persuadirme para que volviera a ser la persona que sabía ser. He tratado de seguir ese camino, he tratado de ser el hombre que te mereces y darte todo lo que quieres.

—Y lo eres, Blake, y lo eres.

—Sí, pero a veces las cosas van demasiado lejos. A pesar de todas mis ansias de control, a veces lo pierdo. A veces no puedo desconectar. Ojalá siempre pudiera acertar y escoger los buenos momentos para nosotros. Sé cómo es tu cuerpo y sé lo que quiere. Pero a veces no consigo desactivar lo que solía querer, y eso nos aterroriza a los dos.

Mi garganta se esforzó por tragar saliva, cargada de emociones.

—Blake…

—No quiero hacerte daño, Erica, pero sé que a veces te lo he hecho. Te preocupa no ser lo suficientemente buena para mí. Me lo dices a veces, y puedo verlo en tus ojos. Eso me mata, porque no tienes idea de cuántas veces esas palabras han resonado en mi interior. Porque no te mereces que te arrastre hacia toda esa oscuridad. Yo no tengo que preocuparme de no ser lo suficientemente bueno para ti, porque ya sé que no lo soy.

—No —le interrumpí poniéndole un dedo en los labios. Me arrastré hasta colocarme sobre él y colocarme sobre sus fuertes muslos—. No digas eso.

—Es la verdad.

—Para, Blake. Lo que pasó allí… No fue fácil para mí.

Su mirada se apagó un poco.

—Sé que te empujé, y que no debería haberlo hecho.

—Corrí un riesgo al ir allí. Eso lo sé. Pero ver lo que sucede allí, saber que era un lugar que te hacía disfrutar… —Me pasé la lengua por los labios, nerviosa por lo que estaba a punto de pedirle, porque quería ser lo que él necesitaba—. No sé si alguna vez seré como una de esas chicas.

—Nunca vas a ser como una de ellas.

—Pero ¿te vas a molestar conmigo porque no he hecho esas cosas o porque puede que nunca sea capaz de hacerlas?

Torció el gesto en una mueca.

—No. Por supuesto que no. Cielo, entre todos mis desenfrenos no se encuentra querer hacer algo así delante de un grupo de pervertidos.

Me reí, y el alivio tomó al asalto el lugar donde todas mis preocupaciones se habían acomodado a lo largo de la semana anterior.

—Creo que lo que me preocupa es no tener tanta experiencia como tú quieres que tenga. Tal vez por eso no podía permitir que esto continuase.

Me rozó la mejilla con los nudillos.

—Quiero hacerlo todo contigo. Verte la cara cuando te proporciono un nuevo tipo de placer es más de la mitad de la diversión. No tengo ninguna prisa en utilizar toda mi bolsa de trucos contigo y transformarte en una conocedora del sadomaso.

Bajé una mano hacia el borde de su camisa. Luego se la empujé hacia arriba, para acariciar perezosamente la suave piel de su abdomen.

—Tú eres el profesional.

Me sonrió.

—No pienso en ello de esa manera. Pero, si lo soy, piensa en los resultados como una práctica para darte una vida de sexo alucinante.

—No puedo discutir con un argumento como ése.

—Me alegro. Ya hemos tenido suficiente de eso por una noche.

Cerré los ojos y me apoyé en sus suaves caricias.

—No debería haber ido allí sin ti.

—Y yo tendría que haberte hablado del club cuando me preguntaste. No quería pensar en esa parte de mi vida o en la persona que solía ser.

—Sé cómo te sentías, pero yo te he mostrado mi pasado. No siempre ha sido fácil o bonito, pero nunca he confiado en nadie más como he confiado en ti. Nadie ha sido lo bastante fuerte como para aceptarlo sin juzgarme o hacer que todo eso volviera a hacerme daño. Tú eres lo suficientemente fuerte. Y yo también lo soy. Confía en mí en ese sentido.

Me acarició con suavidad a lo largo de la mandíbula y me apartó un mechón húmedo de la cara.

—Confío en ti —murmuró.

—Entonces no te escondas de mí. Estamos compartiendo una vida, Blake. Eres mi hogar. Lo eres todo para mí.

Entreabrió la boca y me abrazó contra él. Sus ojos de color verde brillante se clavaron en mí.

—Tú eres mi alma, Erica. No podría esconderme de ti aunque lo intentara. Sólo…

Fruncí el entrecejo.

—¿Qué?

—Sólo que tengas cuidado mientras lo seas, ¿de acuerdo? Tienes más control del que crees.

Noté que el corazón se me henchía y que el amor surgía palpitante del centro de mi propia alma para subirme por todas y cada una de las extremidades, dejándome tibia y suave en sus brazos. Los labios me temblaron. Toda pesadumbre desapareció. Le recorrí con un dedo las líneas de su rostro, llena de asombro, tan enamorada de aquel hombre.

—Gracias —le dije en voz baja unos segundos antes de que me atrapara los labios con un beso profundo y apasionado.

Inhalé su olor adictivo, y la esencia de su lengua pasó sobre la mía. El beso se fundió con el siguiente. Los suaves lametones se hicieron más profundos, más devoradores.

—Te necesito ahora.

Asentí con la cabeza, y noté el ansia del deseo por el calor de mi piel expuesta. El rizo de la toalla me picaba en los lugares en los que quería que me tocara. Como si me hubiera leído la mente, cogió el nudo grande de la toalla y lo aflojó entre mis pechos. Me desnudó delante de él y dejó escapar un suspiro. Su mirada siguió a sus dedos por mis brazos hasta que éstos me masajearon los pechos.

—Me encantan tus tetas. Son la perfección.

Me pasó los pulgares sobre los sensibles pezones antes de chuparme cada uno con la boca por turnos. Suavemente, y luego con más fuerza, rozando los dientes hasta que di un salto por la presión. La intensa sensación llegó al núcleo de mi ser haciendo que lo deseara de nuevo. Siguió, provocándome y torturándome hasta que ambos pezones quedaron sensibles, inflamados y de color rosa por sus besos y mordiscos suaves. Se inclinó sobre mí y me besó y me lamió el escote.

—Podría lamer cada centímetro de tu cuerpo. Un día quizá lo haga. Pero esta noche no puedo ser tan paciente.

Le pasé los dedos por el cabello tirando con suavidad, haciéndole saber sin palabras que yo también le deseaba con todas mis fuerzas. Él me empujó con las caderas y con un gruñido profundo, pero aparte de eso no se dejó llevar por sus ansias. Siguió subiendo poco a poco con la boca sobre mi piel y las manos inquietas sobre mis curvas. Comencé a jadear suavemente. Estaba a punto de explotar. Había acumulado tanto deseo a lo largo de la noche que no estaba segura de cuánto más podría soportarlo.

Le obligué a detenerse y a mirarme a los ojos. En los suyos, la lujuria y un ansia oscura se entremezclaban.

—Dime lo que quieres, Blake.

Se humedeció el labio inferior. Una punzada de necesidad recorrió todo mi fuero interno. Me contoneé sobre él, rozando su cuerpo todavía vestido, deseando que estuviera dentro de mí ya.

Detuvo mis movimientos con una mano firme.

—Tú eres todo lo que quiero. Sólo ésto, sólo nosotros.

—Entonces tómame —le susurré pegada a sus labios.

Bajé las manos al borde de la camisa y se la saqué de un tirón. Luego fui a por la cremallera, y él alzó las caderas para bajarse a la vez los pantalones y los calzoncillos lo suficiente como para dejar libre su miembro hinchado.

Lo tomé con ansia en la mano. Su piel de terciopelo se deslizó caliente entre mis dedos. Luego lo rodeé con los labios, y me encantó la forma en la que sus ojos se entrecerraban cuando le tocaba de esa manera. Inhaló profundamente entre dientes y alzó la pelvis hacia mi mano. Levanté la vista hacia él a través del velo de mis pestañas.

—Te quiero dentro de mí, Blake. Ya no quiero esperar más.

Mi pecho subía y bajaba acompasado con el suyo. Con mis piernas alrededor de él, se levantó y a mí con él, y se tambaleó hacia delante, hasta tumbarnos en el suelo. La alfombra estaba suave y blanda sobre la madera dura. Se movió sobre mí como un animal que se apoderara de su presa, lo que provocó que mi coño se contrajera, ansioso por ser llenado. Encontró su lugar entre mis muslos y tomó lo que era suyo.

Gemí de satisfacción y con los dedos le bajé los pantalones hasta las pantorrillas. Intenté tocarlo por todas partes. Los músculos de su espalda se tensaron bajo mis manos cuando levanté las caderas para recibir sus embestidas.

Jadeó y aceleró el ritmo. Me agarró del culo y me levantó, así que me rozó con la polla todos los grupos de nervios sensibles de mi interior. Cerré los ojos ante esa sensación tan abrumadora. Le atrapé entre los muslos, y la luz y el color volvieron a aparecer detrás de mis párpados.

—Mírame.

Su voz sonó ronca, ansiosa.

Abrí los ojos. Una mirada de amor suavizaba las arrugas alrededor de sus ojos. Alargué los brazos y mis manos se movieron inquietas sobre los músculos que se estremecían con su esfuerzo.

Quería tocarlo, quería calmarlo y decirle sin palabras lo mucho que significaba para mí. Su corazón latía contra mí, y su cuerpo al rojo vivo me rodeaba a la vez que estaba dentro de mí. Cuando no pude encontrar las palabras, mi cuerpo dijo la verdad.

El amor no era suficiente. Aquello, nuestros cuerpos juntos, era algo más.

Sus caderas golpearon las mías con un fuerte empujón. Grité su nombre, luchando por mantener el contacto visual.

—Blake… Te amo —sollocé llena de placer.

La vulnerabilidad se asomó tras el brillo de sus ojos como respuesta silenciosa a mi proclamación. Me rodeó con fuerza con los brazos y me silenció con un profundo beso. Se tragó mis gritos, cada respiración. Estaba en todas partes. Estábamos todo lo cerca que dos personas podían estar. Le arañé los costados a la vez que arqueaba el cuerpo para entregarme a su fuerte abrazo.

Movió las caderas como pistones y nos llevó al límite.

—Te quiero, Erica. Dios, te amo tanto.

Me deshice de placer con las lágrimas ardiendo detrás de los párpados.

Abrí los párpados hinchados y dejé escapar un gruñido al contemplar la luz matutina que llenaba la habitación. Me dolía el cuerpo debido a la fatiga y a dolores musculares por todo el cuerpo que no era capaz de lo-

calizar con exactitud. Noté que Blake me acariciaba la espalda. Me estremecí cuando me rozó un punto concreto del omóplato.

—Ay.

Apretó los labios contra ese punto.

—Quemadura de alfombra.

Gruñí de nuevo y pegué la cara a la almohada cuando los recuerdos
de la noche anterior me inundaron el cerebro. Joder. Qué noche.

—Mira, por eso necesitamos una casa más grande —me dijo.

Me volví hacia él. Tenía la mata de cabello oscuro hecha un desastre,
con mechones disparados en todas direcciones debido a las horas de sueño y… a otras cosas. Pero parecía más descansado de lo que yo me sentía.
Parecía contento, y eso me hizo sentir bien.

—¿Por qué dices eso?

—Necesito más habitaciones donde follarte. O, por lo menos, más
superficies.

Me eché a reír.

—Estás loco.

Una sonrisa contenida se dibujó en sus labios.

—Sí, bueno, eso es culpa tuya.

Me di la vuelta hasta quedar tumbada de espaldas y me estiré para
desperezarme. La sábana se deslizó y dejó mis pechos al descubierto.

Gimió, y me recorrió ávidamente con la mirada.

—¿Qué tienes pensado hacer hoy? —me preguntó con un tono de
voz sugerente.

Cerré los ojos, y mi siempre llena agenda apareció detrás de mis párpados.

—Un millón de cosas.

Acercó los labios a mi pezón.

—Creo que eso significa que no te puedo mantener como rehén aquí.

Gemí a mi vez y arqueé el cuerpo hacia su boca.

—No creo que Alli lo permitiera. Tengo que probarme un vestido.
Tengo una reunión con Geoff también, para repasar algunas de mis preguntas.

Se incorporó sobre un codo, y me miró con afecto.

—¿Qué vas a decirle?

Me subí la sábana para taparme y me tumbé de lado. Tracé unos diminutos círculos sobre el pecho de Blake recorriendo las hermosas cur-

vas de su cuerpo. No era capaz de imaginarlo en cualquier postura que disminuyera mi asombro total y absoluto por su cuerpo.

—¿Erica?

—¿Sí?

Aún tenía los ojos entrecerrados por el sueño.

—¿Qué le vas a decir a Geoff?

Carraspeé con una sonrisa.

—Lo siento, es que estaba catalogando tus cualidades más hermosas.

Se echó a reír.

—Después de anoche, no estaba seguro de que quisieras volver a hablarme en toda la vida.

—No puedo decir que lo volvería a hacer todo otra vez. —Me dejé caer en la almohada—. Bueno, tal vez algunas cosas sí.

—No hagas más locuras así, ¿de acuerdo? Lo digo en serio.

Respondí a su mirada seria con una expresión titubeante. Ir al club sola había sido una estupidez. Podría haberle dejado que se saliera con la suya y que no me contara nada, pero había algo en el hecho de saber que me iba a casar con ese hombre que hacía que me resultara imposible mantener secretos entre nosotros. No importaba lo lejos que estuvieran en el pasado, no importaba lo mucho que nos hubiéramos alejado de ellos. Yo le había enseñado todo. Cada cicatriz, cada inseguridad. Por fin, le habíamos dado la vuelta a la situación y Blake también me confiaría las sombras de su pasado.

—No lo haré, siempre y cuando me prometas una cosa.

Se quedó callado por un momento.

—No vamos a empezar con otro ultimátum, ¿verdad?

—No soy partidaria de los ultimátums, pero tú querías que te diera mi confianza. Eso es una calle de dos sentidos. No quiero que haya ningún secreto entre nosotros. Si no confías en mí para que no vuelva a hacer algo parecido a lo de anoche, no me des nunca una razón para ni siquiera pensarlo.

Bajé la mirada y pasé el dedo por el borde de la sábana. El recuerdo de las palabras de Sophia hizo que me estremeciera. Era ella la que me había provocado para cometer aquella estupidez, y la que había amenazado la validez de lo que teníamos Blake y yo. La odiaba por eso, porque no creía que sobreviviéramos como pareja si conocía el pasado de Blake. Yo quería demostrarle que estaba equivocada en todos los sentidos.

—No sé qué fue peor, si escuchar las cosas terribles que me dijo o sentir que estaba a oscuras respecto a tu pasado.

Blake jugó con un mechón de mi cabello.

—Ya no habrá más secretos.

Miré hacia arriba, esperanzada.

—Prométemelo.

—Te lo prometo.

13

Los dos días siguientes fueron muy intensos debido a los preparativos de la venta. Les dimos la noticia a James y a Chris, a cuyo asombro le siguió una manifestación de absoluto apoyo. Yo había tomado una decisión con rapidez, y la ejecución de la misma no se hizo esperar. Todo estaba ocurriendo a mucha velocidad, una circunstancia que hacía más fácil aguantar la ansiedad que todos parecíamos sufrir debido a la inminente transición.

Faltaban pocos días para que firmara un pedazo de papel que, a ojos del resto del mundo, significaría que el negocio tal y como lo conocíamos ya no nos pertenecería, sino que sería propiedad de Alex Hutchinson, un empresario con experiencia, un magnate, un hombre con una visión que sólo podíamos esperar que fuera acorde con la nuestra.

Cuando Alex entró en la oficina el viernes por la mañana, el aire estaba cargado de ansiedad impaciente. De él emanaba una energía nerviosa mientras revisaba los papeles que teníamos que firmar. Las últimas dos veces que nos habíamos visto en persona, no había sido capaz de captar muy bien sus emociones. Por otra parte, yo no lo conocía tan bien. Era más colega de Blake que mío, hasta hacía poco tiempo.

Concentrada en la logística de efectuar la transición de la venta, miré por encima los documentos que ya había revisado en numerosas ocasiones. Intercambiamos decenas de documentos. Los firmé todos con mano temblorosa, tratando de hacer caso omiso de la emoción que me hormigueaba en la garganta.

Tal vez se me permitiera ser emotiva en esta ocasión, pero no podía dejarme llevar. Todavía tenía que trabajar con Alex, y quería que creyera que era más fuerte de lo que parecía a veces. Había tomado esa decisión por mi cuenta. Había escrito ese capítulo de mi vida, y no iba a terminar en lágrimas, al menos, no delante de él.

Poco después, ya estaba hecho.

Todo el proceso duró menos de cinco minutos. Solté mi bolígrafo usado y me recosté contra el respaldo. Alex me tendió la mano, y me pareció que la tensión que le rodeaba desaparecía, y que el colega de trabajo que estaba acostumbrada a ver aparecía de nuevo.

—Enhorabuena, Erica.

Le estreché la mano con firmeza.

—Gracias.

—El dinero se ha transferido esta mañana, así que debería llegarte a la cuenta en algún momento de esta tarde.

—Gracias. Lo miraré. Oye, ¿quieres tomar algo de almuerzo o alguna cosa?

Miró el reloj.

—Me encantaría, pero tengo otra reunión esta tarde, aunque podemos vernos el martes. Te llamaré. Tengo algunas ideas de las que quiero que te encargues.

Él recogió sus copias y se levantó para irse.

—Está bien —respondí fingiendo entusiasmo, pero ya estaba preocupada por cualquier cambio inminente que estuviera más allá de mi control a partir de ese momento. Me puse en pie y le acompañé a la salida.

La puerta se cerró detrás de él, y me quedé mirando el logotipo de Clozpin grabado en el cristal. Un torrente de emociones me asaltó de golpe. Alivio, emoción, terror. Me esforcé por asimilar la magnitud de lo que había sucedido en tan corto espacio de tiempo. Todo mi mundo había cambiado. Había depositado mi confianza en las manos de un hombre al que apenas conocía. Me había dejado llevar por la fe y la esperanza, creyendo junto a Alli y Sid que había sido la decisión correcta, a pesar de lo difícil que hubiera podido ser. Cerré los ojos. Quizás en algún lugar del torbellino de emociones que me habían invadido la cabeza y el corazón estaba el arrepentimiento, pero no dejé que saliera.

*H*abía vuelto a casa temprano para echar una siesta antes de la gran noche con las chicas. Estaba ansiosa por celebrarlo. Tenía demasiadas cosas en la cabeza, y eso podría hacer que el champán fluyera con más libertad, pero me había ganado un respiro después de la tremenda semana que había tenido. Vivir la intensidad de Blake, la venta de mi negocio y esquivar a la prensa gracias a Richard. Necesitaba a mis chicas. Algunas risas, unas cuantas copas y algunos recuerdos para no perder de vista que tenía veintidós años.

Me di una ducha y me vestí para estar cómoda. Revisé la ropa del armario y metí unas cuantas opciones en una bolsa. Habíamos acordado reunirnos en casa de Simone, así que tendría que consultarle a Alli y vestirnos allí. Además, todavía no quería que Blake me viera arreglada para salir. Quería darle una sorpresa. Tampoco quería que se pusiera sobreprotector conmigo antes de que pudiera salir de la casa.

Oí la puerta abrirse y cerrarse. Salí de la cocina y me encontré con Blake.

—¿Qué haces en casa tan temprano?

—Tenía algunas compras que hacer. —Dejó una bolsa de papel marrón liso en la encimera con un gesto engañosamente inocente en la cara—. Quería verte antes de que te fueras.

Levanté la barbilla tratando de mirar dentro de la bolsa.

—¿Qué tienes ahí?

—De eso nos ocuparemos dentro de un momento. —Movió la bolsa, que quedó fuera de mi vista—. ¿Cómo han ido las cosas con Alex?

Me senté en uno de los taburetes.

—Creo que bien.

Enarcó una ceja.

—¿Crees? ¿Qué significa eso?

Me encogí de hombros.

—Está hecho. Supongo que pensé que iba a ser algo más emocionante, pero se acabó en cuestión de minutos. Así de rápido. —Chasqueé los dedos.

—Así es por lo general como suele ir.

—Es bueno saber que no me he perdido nada.

Todavía no podía creer que lo hubiera hecho. Los ceros adicionales en el saldo de mi banco habían hecho que fuera un poco más real, pero toda aquella semana me parecía todavía un sueño. Tal vez al día siguiente sabría qué pensar de todo aquello.

Los ojos de Blake me recorrieron con una mirada hambrienta y eso me distrajo de esos pensamientos.

—¿Es eso lo que vas a llevar puesto?

Bajé la vista a mi ropa y fruncí los labios fingiendo que me había ofendido.

—¿Es que no te gusta?

Enganchó un dedo en la banda elástica de los pantalones, tiró y dejó que volviera a su sitio con un chasquido.

—¿Pantalones de yoga y una camiseta ajustada? Tienes un aspecto muy atractivo, pero dudo mucho que esto entre en el código de vestido de fiesta de la de despedida de soltera de Alli. Debería sentirme afortunado. ¿Qué es lo que te vas a poner en realidad?

Chasqueé la lengua.

—¿De verdad crees que iba a dejar la aprobación final de mi vestimenta en tus manos?

—Siempre podría exigírtelo —dijo antes de hacer una mueca metiéndose el labio inferior entre los dientes.

Negué con el dedo.

—No, no. Vas a tener que esperar para verlo.

Blake miró hacia la bolsa.

—En realidad, es que tenía la esperanza de hacer un pequeño añadido a tu vestimenta.

Enarqué una ceja. La curiosidad me recorrió. Me gustaban las sorpresas de Blake.

—¿Ah, sí?

—Incluso podría considerarse un regalo.

—¿Brilla? —bromeé.

Sonrió ampliamente, revelando sus dientes.

—Es curioso que lo menciones.

Metió la mano en la bolsa y sacó un paquete de plástico. Me acerqué para ver mejor. Lo abrió y dejó a la vista un juguete de plástico transparente, con un reluciente diamante de imitación en el extremo.

Arrugué la nariz.

—Me has comprado un tapón anal. Qué romántico.

Se echó a reír ante mi comentario.

—Eso pensé. Puedes llevarlo puesto esta noche. De ese modo, no importa lo bien que te lo estés pasando sin mí, seguirás pensando de mí.

—Como si fuera un grano en el culo. Qué apropiado.

Entrecerró los ojos. Me agarró de la nuca y me atrajo hacia su pecho. Sus labios se fundieron sobre los míos. Gemí hasta que me chupó un labio en su boca y me lo mordió.

Grité y retrocedí. Me pasó el pulgar sobre el punto dolorido.

—Cuidado con lo que dices.

Le miré fijamente, pero él se limitó a sonreír.

—Ven aquí.

Me llevó a la habitación, se sentó en el borde de la cama y se dio unas palmadas en el regazo.

Tenía las palabras «de ninguna manera» metidas en algún lugar de la garganta, pero no fui capaz de hacerlas salir de entre mis labios ligeramente hinchados. En lugar de eso, mis piernas me llevaron hacia él. Me detuve cuando quedé entre las suyas.

—¿Vas en serio con todo esto?

Me acarició la parte exterior de los muslos masajeándome la piel.

—Vas a salir por la ciudad sin mí. Muy probablemente acabarás borracha y vestida para matar. No quiero que te olvides por completo de que existo.

—¿Cómo voy a olvidarme de ti? Eres todo lo que tengo en la cabeza.

El dolor de la herida anterior quedó olvidado, abrumado por aquella indiscutible verdad.

La satisfacción le inundó los ojos.

—Esto me lo garantizará.

Me dio unos golpecitos en la rodilla, un recordatorio de que tenía una orden que cumplir.

Me puse rígida.

—No creo que pueda hacerlo. Blake.

—Sí que puedes. Es fácil. Aunque podría ser más fácil si te atara. ¿Te gustaría eso?

«Tal vez.»

En lugar de poner a prueba su determinación, me tumbé sobre su regazo. Una mano subió poco a poco deslizándose por mi muslo y luego recorrió el trazado de la banda elástica de la cintura de los pantalones. Los bajó rápidamente a la vez que las bragas, lo que me dejó al descubierto el culo y la parte superior de los muslos. Traté de respirar con normalidad. No quería darle la satisfacción de que notara mi vergüenza, pero me resultó casi imposible controlarme. Oí el nada romántico sonido del chorro de lubricante. Me armé de valor, y me estremecí cuando su mano chocó contra mi culo con una leve cachetada.

—Tienes un culo muy bonito. Estoy tan enamorado de tus tetas que quizá lo he tenido un poco abandonado.

Cerré los ojos.

—Tengo la sensación de que eso no va a ser un problema inmediato.

—Tengo la sensación de que tienes razón —dijo sin humor mientras me abría las nalgas.

Cerré los dientes sobre el labio dolorido cuando un dedo bien lubricado me penetró. Seguía sin poder creerme que le estuviera permitiendo hacerme eso. Inspiré hondo y traté de pensar en otra cosa.

En un tiovivo. En el mago de Oz.

En cualquier cosa menos en la presión del frío tapón que se abría poco a poco camino hacia el interior de mi cuerpo. Me tensé y retorcí para alejarme cuando entró un poco más.

—Quédate quieta.

Me agarré al edredón. Cuando Blake me mostró el juguete, parecía pequeño. Brillante e inofensivo. Casi bonito, muy al estilo del accesorio de moda que fingía ser. En ese momento, lo sentía enorme en el estrecho hueco donde trataba de acomodarlo.

Inspiré entre dientes.

—Es demasiado, no puedo.

—Ya casi está, cielo.

Noté la cara enrojecida, y casi grité cuando la parte más ancha entró por fin y me invadió una sensación de alivio. Me relajé y la tensión me abandonó el cuerpo. Gracias a Dios que se había terminado.

—¿Cómo te sientes?

Tensé esa parte del cuerpo alrededor del artefacto, y noté la presión contra mi coño.

—Me siento llena.

—Perfecto.

Me acarició el culo de nuevo y deslizó los pantalones hacia arriba. Me puse de pie con torpeza mientras trataba de aceptar aquel nuevo accesorio. Suspiré, resignada a mi destino.

—¿Tienes algún otro regalo para mí antes de que me vaya?

Mis palabras fueron una mezcla de sarcasmo y de leve esperanza. Tal vez podría conseguir un orgasmo para el camino.

Pareció leerme aquel pensamiento perverso. Un gruñido le surgió del pecho y tiró de nosotros hasta que quedamos tumbados en la cama. Yo quedé sobre su pecho y lo besé suavemente. Me apartó el pelo de los ojos.

—Ten cuidado esta noche. No cometas ninguna locura.

—Sé que piensas que soy impredecible, pero no soy la loca de esta pareja.

—Lo sé. No te emborraches demasiado, porque te necesito consciente para lo que tengo planeado para esta noche.

Sus ojos brillaron con aquellos pensamientos no expresados.

Me mordí el labio y giré las caderas tratando de poner en contacto el clítoris contra su muslo. Él ya la tenía dura debajo de mí.

—¿No puedes darme un adelanto?

—Nada me gustaría más que hacer que te quedaras y jugar un rato, pero Alli tiene sus propios planes. Entrará en tromba si no te entrego.

En ese preciso momento, en mi teléfono sonó un mensaje de texto. Era Alli, que me pedía los zapatos que me había prestado para ir al club la noche anterior. Me levanté y los busqué en el armario, muy consciente del tapón con cada movimiento.

—No me puedo creer que me obligues a llevar esto toda la noche.

El deseo ya comenzaba a acumulárseme en el vientre. No estaba ni de lejos borracha o ansiosa, y la piel ya me picaba de un modo consciente.

—Ni se te ocurra quitártelo.

Arrojé los zapatos de tacón negro al interior de la bolsa.

—No, ni se me ocurriría. De todas maneras, me tengo que ir ya.

Blake se puso de pie y cogió la bolsa.

—Yo te llevo.

—No tienes por qué hacerlo.

—Quiero hacerlo. Además, quiero asegurarme de que mi servicio de atención está allí.

—¿Servicio de atención?

Blake sonrió.

—Ya lo verás.

Blake y sus sorpresas. Puse los ojos en blanco y lo seguí escaleras abajo hasta el Tesla.

Unos minutos más tarde subíamos al apartamento de Simone. Ella ya llevaba puesto un vestido sin espalda que se ceñía a todas y cada una de sus amplias curvas. Fiona, que era siempre la imagen de lo que era tener clase, se había puesto unos vaqueros negros ajustados y una camiseta de tirantes que dejaba a la vista su delicado cuerpo.

—¡Erica! —La reacción inicial de Alli fue una mezcla de disgusto y reproche—. No vas a llevar puesto eso.

Me reí y dejé caer la bolsa al suelo.

—No jodas. ¿Crees que iba a salir de noche por la ciudad y no hacer que me vistieras?

Ella sacudió la cabeza y me sirvió una copa de champán.

—Toma. Bebe. Yo te arreglaré.

Cuando desapareció en el dormitorio con mi bolsa, James salió vestido sólo con una toalla alrededor de la cintura. Simone le silbó y le plantó un lujurioso beso en los labios.

Me di la vuelta y miré de reojo a Blake. No pareció afectado. De hecho, en sus labios apareció una sonrisa de suficiencia.

—¿Qué? —Señaló con un gesto de la barbilla a James—. Parece ser que el servicio de atención ya está aquí.

Fruncí el ceño.

James se acercó cuando Simone lo liberó de sus garras.

—Lo siento. Las chicas han acaparado el baño.

Blake le estrechó la mano.

—Mantén la polla dentro de los pantalones y todo irá bien.

James puso los ojos en blanco.

—Vale. ¿Hay algo más que deba saber antes de que salgamos?

—Simplemente no la pierdas de vista, y, cuando quieran volver a casa, llámame. Iré a recogerla.

—Allí ha contratado una limusina.

—No me importa. La recogeré en persona.

Agité las manos entre ellos.

—A ver, perdonad. ¿Cuándo se organizó todo esto? Se trata de una despedida de soltera. De mi despedida de soltera. No se permite la asistencia de ningún tío.

Me volví y encontré a Simone apoyada en el sofá escuchando cómo discutíamos. Se encogió de hombros antes de beberse de un trago lo que quedaba de champán en su copa.

—Habla con Blake. Ya hemos intentado negociarlo con él.

Me volví para mirar fijamente a Blake.

—De ninguna de las maneras voy a dejar que estas chicas se lancen a la aventura contigo sin que alguien esté cerca para mantenerse sobrio y asegurarse de que nadie se haga daño.

—Vamos a beber demasiado y bailar hasta que nos desmayemos. Nadie va a hacerse daño. No necesito un puñetero guardaespaldas.

—No te vas a desmayar, tal y como lo hemos hablado ya. Y sí que necesitas un guardaespaldas. ¿Debo recordarte la propensión que tienes a meterte en situaciones peligrosas?

Gruñí.

—Lo que tú digas.

—Un momento, espera.

Me tomó de la mano antes de que me pudiera marchar, y me colocó un pequeño fajo de billetes en la palma.

—¿Qué es esto?

—Dinero para divertirse.

Incliné la cabeza y traté de apartar la mano, pero no me soltó.

—Ahora mismo tengo pasta a porrillo, Blake, ¿recuerdas?

Me sonrió y me acarició la muñeca con el pulgar.

—Insisto.

—Lo que tú digas —repetí con un resoplido.

—Y nada de *strippers* —dijo con firmeza.

Me eché a reír.

—De verdad, tienes que dejar de establecer reglas y es mejor que te largues ya.

—Te estoy hablando en serio, Erica.

Me soltó y me di la vuelta haciendo un gesto de despedida con la mano.

—Yo también. Adiós.

Desaparecí en el dormitorio para reunirme con Alli. Oí a James y Blake charlar durante unos cuantos minutos más antes de que se cerrara la puerta.

Dejé escapar un suspiro de alivio. Quería soltarme esa noche. Yo quería ser libre y divertirme. Estaba bastante segura de que James no estaba interesado en estropearnos la diversión, pero las intromisiones de Blake siempre me destrozaban los nervios. Fiona y Simone se unieron a nosotras, y hablamos sobre qué discoteca debíamos visitar en primer lugar.

Para cuando terminé mi segunda copa de champán, ya casi me había olvidado de James y de Blake. Alli me peinó el cabello hasta dejarlo recogido de un modo desordenado pero atractivo, y luego me maquilló profusamente los ojos y las mejillas, dejando los labios al natural pero brillantes. Me puse un vestido sencillo, una envoltura de color rosa sin tirantes cubierta de encajes negros. El diminuto vestido mostraba todo mi atractivo, y me sentí otra vez agradecida de que Blake no me viera con aquello puesto.

Por supuesto, estaba deseando volver a casa con él. Ese pensamiento me recordó el tapón anal. Me esforcé por contener el calor que se me deslizó por las mejillas.

—¿Estás bien? —me preguntó Fiona con unos ojos demasiado inocentes como para saber la verdad sobre lo que estaba haciendo que me sonrojara.

Me abaniqué mientras intentaba recuperar el control de mi cuerpo.

—Sí, creo que es el champán. Hace calor aquí.

Simone abrió una ventana, zanjando el tema, por suerte.

Se hizo de noche antes de que al fin saliéramos, pero no sin que antes Fiona nos decorara a todas con fajas en las que se veían nuestros títulos como futura novia y damas de honor. Luego me colocó en el pelo una tiara de plástico que no podía haber costado más de dos dólares.

—Perfecto. Oh, espera. —Trasteó con la tiara unos momentos hasta que se encendió y empezó a brillar con luces rojas y blancas—. Ahora estás perfecta.

Nos echamos a reír y James nos sacó unas cuantas fotos. Luego, bajamos y los cinco nos amontonamos en la limusina. Una burbuja de felicidad creció en mi interior al verme rodeada de mis amigas. Incluso James, que se había convertido en un amigo fiel a pesar de nuestros altibajos. Simone puso algo de música, y no tardamos mucho en estar riéndonos y gritándonos los unos a los otros.

—James, te vas a divertir mucho siendo nuestra niñera —bromeé, empujándolo con el codo.

Sonrió y miró por la ventana de cristales tintados.

—Tengo pocas dudas al respecto.

La limusina siguió hasta parar delante de la discoteca. Alli nos llevó a un reservado que había encargado para nuestro grupo. Pedimos una ronda de bebidas y contemplamos la discoteca llena de gente.

Un atractivo camarero rubio surgió de la masa de gente y se nos acercó de nuevo con una bandeja de chupitos, uno para cada una de nosotras. Su mirada se detuvo en Fiona. Ella se ruborizó y jugueteó con sus pendientes de aro de diamante.

—¿Qué es esto? —preguntó Simone mientras cogía uno de los chupitos.

—Una señora que está allí arriba los ha pedido para ustedes —respondió señalando con un gesto hacia el nivel superior.

La discoteca estaba llena de humo y no pude identificar a quién se refería. Alli se inclinó sobre la bandeja, con la nariz fruncida.

—¿Qué son?

Simone se bebió el suyo de golpe y lo dejó de nuevo en la bandeja con elegancia.

—Está muy rico.

El camarero carraspeó.

—Bueno, se llama «mierda en la hierba».

Simone torció la boca.

—¿Qué? —Alli observó bien los chupitos, cuyo contenido verde estaba acertadamente cubierto por algo marrón.

—¿Quién los manda?

Miré por encima del camarero entrecerrando los ojos hasta que, a través de la iluminación y la multitud de la gente, logré distinguir una cara familiar. La puta Sophia. Estaba sentada en una mesa del nivel superior, en una plataforma con vistas a nuestro sofá VIP. Nuestras miradas se encontraron y me dirigió un pequeño saludo, con expresión presumida en la cara. Miré fijamente al camarero, odiando por un momento a cualquiera que tuviera algo que ver con ella.

—Sophia —dije.

—La muy perra —soltó Alli.

Simone frunció el labio.

—¿Me estás diciendo que acabo de beber mierda en el césped?

Fiona se echó a reír. El camarero le dirigió una sonrisa antes de volver a centrar su atención en mí.

—Ella quería que le dijera que enhorabuena —me comentó con la boca tensa en una sonrisa incómoda.

—Devuélveselos —le dije agitando la mano para que se fuera.

—Ya están pagados.

El camarero hizo un último intento de descargar las bebidas y escapar de aquella evidente pelea de gatas a larga distancia.

—No me importa. No acepto bebidas de gente en la que no confío.

Vaciló.

—¿Qué quiere que haga con ellos?

Me mordí el interior del labio y se me ocurrió una idea.

—Llévaselos de nuevo a ella y dale un mensaje. Dile que la mordaza de bola que me ha enviado esta semana encaja a la perfección. Que Blake y yo le damos las gracias.

Abrió los ojos como platos, y supe que sería un encargo difícil de cumplir. Metí la mano en el bolso y saqué un puñado de billetes. Dejé caer en la bandeja algunos de los billetes de cien que Blake me había dado.

—Por tus esfuerzos. Asegúrate de que recibe el mensaje.

Apenas ocultó su sonrisa burlona y se dio la vuelta para marcharse. Me recosté en el sofá, con la misma sensación de suficiencia que había visto en la cara de Sophia. Miré a Alli, que me miraba con los ojos abiertos.

—¿Mordaza de bola?

«Ups.»

Tomé mi copa y bebí un poco más de líquido dañino para el hígado a través de la pajita.

—No tiene importancia. Ya te lo contaré más tarde.

«¡O no!»

Simone sacudió la cabeza, con una expresión turbia en los ojos a causa de la borrachera.

—Ya sabía yo que erais unos bichos.

La risa salvaje de Alli hizo que yo también empezara a reírme, y antes de que me diera cuenta estaba doblada en dos, con las lágrimas amenazando con correrme el rímel. El de Alli todavía estaba en perfecto estado, pero yo tenía la sensación de que el mío probablemente lo tenía esparcido por toda la cara en ese punto de la noche. Al final, nos calmamos.

—¿Quieres bailar? Me siento como si me estuviera golpeando contra una pared —me dijo Fiona.

—Claro.

Nos pusimos en pie de un salto y nos metimos entre la multitud. James nos siguió obediente, saliendo de algún lugar de las sombras desde donde estaba respetando nuestra privacidad. Fueran cuales fueran las órdenes que Blake le había dado, parecía obligado a seguirlas. Tenía la esperanza de que aquello tuviera más que ver con el interés en nuestro bienestar que por complacer las tendencias autoritarias de Blake.

Bailamos varias canciones. Atrajimos muchas miradas debido a las fajas de fiesta a juego y a mi diadema parpadeante y desagradable. Toda aquella atención sólo provocó que nos moviéramos más bailando a medida que las cuatro pasábamos de ser unas fiesteras lindas y achispadas a convertirnos en unos desastres borrachos y sudorosos. Simone frotó el culo contra James, al que, aunque todavía estaba de servicio, no le importó aquella pequeña distracción en la tarea de mantenerme «a salvo» aquella noche. Alli y yo nos mantuvimos juntas, riendo y gritando y disfrutando de lo maravillosas que éramos en general.

Una canción siguió a otra, y la presión persistente en mi culo combinada con la visión de Simone devorando a James me recordó que podía estar disfrutando de otra clase de diversión. La noche había sido la bomba, pero en esos momentos ya estaba totalmente cachonda. Necesitaba a mi hombre y necesitaba estar en condiciones para disfrutar de la noche salvaje que me había prometido. Me apoyé en Alli.

—Quiero irme a casa y ver a Blake.

Ella se echó a reír.

—Me estoy bebiendo lo que tú te estás dejando, nena, así que vamos a salir de aquí antes de que me desmaye.

14

Inspiré hondo cuando salimos de la discoteca. El aire de la noche era frío y me refrescó la piel húmeda. Fiona y yo seguimos con los brazos entrelazados mientras mirábamos a nuestro alrededor en busca del coche.

—Por aquí, señoras. Su carruaje las espera.

James nos condujo hacia la limusina de color negro brillante que estaba aparcada junto a la acera.

—Erica.

Me paré en seco, lo que casi hizo caer a Fiona. James la sostuvo y la ayudó a entrar en la limusina. Simone y Alli se estaban tomando fotos a pocos metros de distancia, y no dejaban de criticar en voz alta cada instantánea diciendo que no salían del todo bien.

Un cálido brazo me rodeó la cintura y me levantó hasta dejarme apoyada en la punta de los dedos de los pies. Blake me apretó con fuerza contra su pecho.

—¡Blake!

Le di un beso torpe y poco apropiado en los labios. Le sentí sonreír bajo los míos.

Oí a Alli gritar en voz alta detrás de nosotros.

—Oh, Dios mío, me encanta veros juntos. ¿No son los más lindos? —Le dio un codazo a Simone, que estaba concentrada en su teléfono—. Blake, te quiero. ¿Te lo he dicho ya? De verdad que te quiero.

Él se rio.

—Gracias, Alli. Yo también te quiero.

Los ojos se le iluminaron.

—¿Me quieres? Vaya, vamos a casarnos todos y a tener niños. Quiero tener niños. No se lo digas a Heath, pero quiero hijos suyos.

—Tal vez puedas decírselo tú misma.

Hizo un gesto hacia la limusina, de donde salió Heath. La incómoda sonrisa en su cara me indicó que la había oído. Alli llevaba tres horas hablando a gritos, así que no se sorprendió.

—¡Heath! —gritó Alli y le saltó a los brazos.

La levantó dejando que le rodeara la cintura con las piernas. Ella le cogió la cara entre las manos y le besó con tanta pasión como yo acababa de besar a Blake.

—Vaya, sí que van a pasar un buen rato esta noche.

Blake deslizó una mano por mi espalda y me agarró del culo.

—Estoy más interesado en la diversión que vamos a tener nosotros. ¿Todavía te apetece?

Froté todo el cuerpo contra él con un gemido indefenso. Estaba dispuesta a hacerlo en la misma calle. Deslicé las manos alrededor de su nuca y fui a por su boca de nuevo.

Se rio en voz baja, rompiendo el beso.

—Está bien, me voy a tomar eso como un sí. Vamos a llevarte a casa.

Me tomó de la mano y nos dirigimos hacia el coche.

A pesar de mis esfuerzos para pasar por encima del salpicadero para asaltarlo a lo largo de todo el camino a casa, Blake mantuvo la calma hasta que llegamos arriba, al apartamento.

Pero, tan pronto como la puerta se cerró detrás de nosotros, me inmovilizó contra ella. Gemí, porque cada caricia suya me provocaba un incendio en la piel. Me arqueé hacia él levantando una pierna para rodearle el muslo, lo que movió el tapón en mi interior.

—Joder, te necesito. Pero ahora mismo.

Comprobó el pulso atronador de mi cuello con un pulgar, y me besó con fuerza ahí.

—Más despacio, cielo.

—No puedo ir más despacio. Esta noche no.

—Más despacio, o voy a tener que atarte.

—No me importa. Átame. Hazme lo que quieras.

«Pero fóllame ya de una vez, por el amor de Dios.»

—Quizá lo haga. Tengo cosas pensadas para hacer contigo. Y con tu culo.

Deslizó una mano bajo mi vestido y empujó la punta brillante del tapón, recordándome una vez más lo que había estado sintiendo toda la noche. Fricción. Plenitud.

—Estoy lista ya.

Quería que me sacara el tapón. Quería que me aliviara. Le saqué la camisa a tirones y la arrojé a toda prisa al suelo. Él se echó a reír.

—Confía en mí, lo sé. Pero quiero jugar un poco antes.

Extendí mis manos sobre los magníficos músculos de su pecho y bajé hasta la cremallera de los vaqueros de cintura baja. Los quería fuera ya.

—¿A qué vamos a jugar? —le pregunté, aunque sólo vagamente interesada.

—Pronto lo verás. En primer lugar, quiero que te desnudes para mí.

Le lancé una sonrisa juguetona y me agaché para quitarme los tacones.

—No, no. —Me cogió la mano para ayudarme a recuperar el equilibrio—. Déjatelos puestos. Quítate todo lo demás.

—El pervertido de mi Blake —murmuré mientras salía de mi vestido ajustado.

Me desabroché el sujetador y me bajé las bragas hasta los tobillos para luego sacar los pies de ellas uno a uno. Me quedé de pie delante de él desnuda y felizmente achispada.

—¿Dónde le gustaría que me pusiera, amo?

Me quedé con un pie apoyado en la punta del zapato, dejando que un poco de timidez se filtrara en mi atrevimiento etílico.

Blake me señaló con un gesto de la cabeza hacia la sala de estar.

—Sobre el respaldo del sofá. Con el culo al aire.

Obedecí caminando de forma provocativa hacia la otra habitación. Me incliné sobre la tela de color crema manteniendo el equilibrio sobre las puntas de los zapatos de tacón alto. Esperé que se me acercara, pero le oí salir de la habitación y volver un par de minutos más tarde. El retraso no hizo más que aumentar mi sensación de vulnerabilidad. Cerré los ojos y escuché cómo sus pasos se detenían detrás de mí.

—¿Te has portado mal esta noche?

Su timbre de voz era bajo, cálido y un poco amenazante. Un escalofrío me recorrió la espina dorsal.

—Sí —respondí con un suspiro.

La noche ya se había convertido en un borrón, pero si él quería que fuera mala, estaría encantada de cumplir ese papel.

—¿Ah, sí? Eso no está bien.

Un objeto plano y de superficie fresca me rozó las nalgas, sobre las curvas del culo, y luego por los muslos. Estaba sin aliento, pero de la manera más maravillosa. Quería gemir y arquear la espalda hacia él, hacia lo que él quisiera darme.

—Has bebido demasiado, ¿verdad?

—Ajá.

Me removí inquieta y meneé el culo con impaciencia. Sentí el calor que irradiaba de mi vientre y que hacía que mi coño palpitara a la espera. Quería saber hasta dónde llevaría Blake todo aquello. Sin embargo, una parte de mí no quería saberlo. Era no saberlo lo que me volvía loca cada vez.

—¿Has dejado que alguien te toque?

Se me aceleró el corazón. No estaba lo suficientemente sobria como para resistirme a la tentación de provocarle celos.

—Tal vez.

—¿Ah, sí? ¿De verdad?

Separó la mano izquierda de mi culo y lo que la sustituyó rápidamente fue el golpe seco de lo que sólo podía ser una palmeta.

—¡Mierda!

«Sí, todavía notaba el dolor.»

Blake había bromeado sobre la palmeta, pero jamás me esperé que realmente llegara a utilizarla. Lo había pasado en grande con la palma de su mano. Por fortuna, el alcohol ya me estaba haciendo efecto. El escozor del golpe quedó anestesiado enseguida.

—Estaba lleno de gente. No es que yo lo buscara —le dije ansiosa de repente por calmarle los celos.

Me golpeó de nuevo y el dolor se desvaneció con un poco más de rapidez.

—Lo siento, Blake.

—Me alegro. Pero todavía tenemos un largo camino por recorrer.

Gimoteé para mostrarle mi desacuerdo, aunque una pequeña voz en el fondo de mi mente le suplicaba que siguiera.

Se inclinó sobre mí, con la palmeta todavía apoyada contra mi culo escocido. Me puse tensa, incómoda, sin saber qué era lo que tenía planeado.

—¿Crees que te mereces un castigo?

«Sí.»

Negué con la cabeza.

—¿No? Tienes una lista de mal comportamiento bastante larga. Atarme e intentar portarte de forma perversa conmigo, escaparte a un club de sexo sin vigilancia… Ahora dime: ¿crees que te mereces un castigo?

—Sí —respondí en voz baja, una admisión que sólo el sofá oyó.

—No te oigo —dijo con brusquedad.

—Sí, me lo merezco.

Agitó la palmeta por encima de mi culo, haciendo que mi estómago se encogiera anticipando el golpe. La neblina del alcohol se estaba disipando con cada momento que pasaba.

—Eso creo. Esta noche vas a conocer bien la palmeta, y, pase lo que pase, Erica, no quiero que te corras. Acepta todo lo que te voy a hacer, y luego tendrás tu recompensa.

Me encantaba una buena zurra tanto como a cualquier chica, pero la palmeta se mostró implacable. La amenaza de que me corriera en contra de sus deseos no tenía fuerza alguna. Tendría mi recompensa, sin duda, pero no sin antes hacerme sentir el escozor del arrepentimiento.

Me mordí el labio y me preparé para la lección.

La palmeta bajó con un golpe firme contra mi piel. Se me escapó un gemido y tuve que esforzarme para no apartarme retorciéndome. Me propinó un azote tras otro, poco a poco, a lo largo y ancho del culo y de los muslos. Algunos de los fuertes golpes cayeron muy cerca de mi sexo. El miedo se mezcló con el deseo mientras rezaba para que no se equivocara, y que no me golpease allí y me hiciera daño. Sin embargo, fantaseé con la idea de cualquier clase de contacto en ese punto. Sus dedos, su boca, su polla. Cualquier cosa. La intensidad de los golpes me iba directa a la cabeza. Ansiosa de forma insoportable, me fui poniendo cada vez más húmeda, algo que no podía ocultar con el culo completamente a la vista y con las piernas tan separadas como él las había querido.

Me propinó otro golpe, más fuerte que los demás, y eso me hizo gritar en voz bien alta, y el sonido tuvo su eco en las paredes.

Todo mi cuerpo se tensó, y mi instinto de defensa resonó sobre todo donde tenía el tapón metido dentro de mí. La presión en ese punto era tremendamente concentrada. El deseo persistente que su presencia había provocado toda la noche se había transformado en un poderoso recordatorio de lo que Blake quería de mí esa noche.

Me froté el pecho contra la superficie áspera de la cubierta del sofá. Cada una de las células de mi cuerpo estaba al límite. Quería más. Lo quería todo esa noche.

Blake hizo una pausa con tiempo para hacer girar el tapón. El recordatorio de la presión, la fricción, fueron demasiado. Podía sentirlo en mi coño, una sensación lo suficientemente intensa que casi… me corrí.

Cerré los puños. No, se suponía que no debía.

Cuando ya pensaba que no podía soportar otra tanda de castigos, se detuvo. Me estremecí cuando pasó la palma de las manos por la carne caliente para calmarla. Dejé escapar la respiración y me di cuenta de que la había estado conteniendo. Me pareció el cielo, un maravilloso y tierno regalo. El agua en el puto desierto. La sangre me retumbaba en las venas transmitiendo la excitación por todo mi cuerpo. El deseo surgió imparable y me lanzó al borde del orgasmo. Temblé por el esfuerzo de no correrme.

—¡Blake! —le supliqué. Si tenía que soportar una sensación más, iba a perder el control.

Dijo chitón para hacerme callar, y luego me acarició la espalda y la piel ardiente del culo. Se inclinó sobre mi espalda y me dio un beso en el hombro.

—Te has portado muy bien. Voy a follarte ahora, cielo. ¿Estás lista?

Sacó poco a poco el tapón, pero yo no sentí nada más que alivio.

Luché por poder respirar, porque, de repente, la presión de mi propio cuerpo contra mi pecho era demasiado. Asentí a la vez que trataba de no pensar en cómo podría soportar más dolor. Ya estaba debilitada, y apenas era capaz de mantenerme en pie.

Blake tiró de mí hasta ponerme en posición vertical.

—Siéntate, y luego quiero que te pongas a horcajadas.

Me quedé quieta, asimilando lo que me había dicho, pero sin saber cómo iba a funcionar aquello. Dejó caer los pantalones al suelo. Su gruesa polla ya estaba dispuesta, erecta sin vergüenza alguna surgiendo de su cuerpo. ¿Acaso todavía planeaba...?

—Creí que íbamos a...

En la comisura de sus labios se formó una sonrisa maliciosa.

—Tu culo va a ser mío esta noche. Pero quiero que estés lo más cómoda posible en esta ocasión.

Rodeamos el sofá. Procuré mantener el equilibrio y me instalé cómodamente sobre sus piernas abiertas. El ansia en sus ojos fue suficiente como para dejarme sin aliento. Yo sabía muy bien lo que quería esa noche, pero mi cuerpo lo quería en otros lugares, en lugares en los que sabía que me iba a dar un placer indescriptible.

Me había prometido darme placer, pero todavía no estaba convencida de que fuera posible para mí de esa manera.

—Esto me va a doler —le dije con un gesto que rayaba el puchero.

Alargó la mano para coger la botella de lubricante que había sobre la mesa y que yo no había visto antes. Se puso una dosis generosa en la palma de la mano y luego la extendió arriba y abajo por su polla en toda su longitud. La tenía grande. Se hacía todavía más grande cuando estaba a punto de entrar en mí. Que estuviera tan bien dotado era una característica que nunca dejaba de complacerme durante el sexo. Lograr que todo eso encajara cómodamente en mi culo era otra cuestión muy distinta.

Me quedé un poco con la boca abierta, y se me aceleró el corazón mientras se extendía más lubricante sobre la punta de la polla.

Levantó una ceja, consciente al parecer de mi reacción.

—¿Ves algo que te gusta?

Tragué saliva.

Su expresión se suavizó.

—¿Alguna vez te he hecho daño? ¿De una manera que no acabaras pidiendo más al final?

Volví la mirada hacia su erección resbaladiza. Era imposible pasar por alto la distracción que suponía el ruido de sus manos al acariciarse.

—No —admití.

Esa noche era la prueba de ello. Me habían azotado como si fuera una niña pequeña, y hubiera soportado el doble de ese castigo si él lo hubiera querido. Nunca nos llevaba por mal camino. Sin embargo, las dudas me asaltaron.

—Esto no va a ser una excepción. Va a ser intenso, pero lo vas a disfrutar. Iremos poco a poco, y te hablaré mientras lo hacemos.

No podía discutirle eso. Estaba preparada, totalmente lista para correrme, y su promesa de charla sucia podría ser la guinda del pastel, si era capaz de manejar la situación. Noté el calor de mis manos contra mis muslos. Las froté arriba y abajo con ansiedad, sin saber de repente qué hacer con ellas.

—Acércate más. —Se deslizó un poco más abajo en el sofá mientras yo me acomodaba hasta que su polla quedó alineada en un ángulo mejor—. Esto te dará más control.

Solté un bufido.

—Ése no es su estilo.

—Procura no recordármelo —me respondió, y su mirada se oscureció.

Me mordí el labio, porque no quería alimentar su sed de venganza cuando lo que realmente necesitaba era que fuera amable y paciente conmigo.

—Vamos a ir poco a poco. Incluso podemos parar. Pero, para cuando termine la noche, estaré metido en tu culo. Así que vete haciendo a la idea. Lo mejor que puedes hacer es tratar de relajarte.

Asentí y me consolé con el pequeño detalle de que al menos ya tenía oficialmente una palabra de seguridad, aunque nunca hubiera tenido que usarla.

Blake despejó todas mis preocupaciones silenciosas con un beso suave.

—Cuando hayamos terminado, me preguntarás por qué no lo hicimos antes, te lo prometo.

Suspiré.

—Está claro que sabes cómo no dejar fría a una chica.

Me exploró con los dedos y nos alineó.

—No te preocupes. Dentro de pocos minutos no tendrás nada de frío. —Frotó la punta del capullo entre mis nalgas y presionó con firmeza buscando entrar—. Ábrete para mí —me ordenó con voz suave.

Contra todo instinto, aflojé los músculos, lo que le facilitó el paso a mi interior. Primero un dedo resbaladizo seguido de otros dos me abrieron, con la misma sensación lujuriosa que ya conocía. Cerré los ojos, recordando lo excitada que me había puesto cuando él estaba dentro de mí de esa manera. ¿Podría ser así? Antes de que pudiera preguntarlo, empujó la cabeza roma de su polla y la metió un par de centímetros.

—Ahora baja hacia mi polla, poco a poco y con suavidad.

Me temblaron los muslos. Luché por mantenerme firme mientras dejaba entrar un poco más de él. Me sentí como si me moviera a milímetro por minuto. Estaba petrificada, pero no había prisa en los ojos de Blake o en su lenguaje corporal, nada que me hiciera sentir obligada a darme prisa. Después de unos minutos de cuidadoso avance, me sentí de alguna manera más preparada para él. Después de todo, el tapón anal se había hecho hueco en mi interior durante las horas anteriores.

Mis pensamientos desvariados cayeron en la cuenta de eso, lo que me hizo sentirme más audaz. Me dejé caer un poco más, pero abrí los ojos de golpe cuando el primer dardo de dolor lo detuvo todo. Gimoteé por el malestar y retrocedí todo el avance que ya habíamos logrado.

—Respira, Erica. Dale a tu cuerpo la oportunidad de aceptarme.

Me mantuvo inmóvil, con las manos firmemente apoyadas en mis caderas. Todavía estábamos unidos. El dolor había desaparecido, y él me hizo volver a bajar recuperando el terreno perdido. Contuve el aliento a la expectativa, y me sentí sorprendida cuando el dolor no fue tan intenso como lo había sido momentos antes. El alivio fue reemplazado enseguida con la intensidad de sentirme llena, impresionantemente abierta. El dolor apareció y desapareció, y nos detuvimos hasta que pasó por completo, hasta que pude recuperar el aliento y el valor.

Blake cerró los ojos un momento, y la contención le tensó todos los músculos de la cara. Los abrió, y su mirada lujuriosa me recorrió por completo.

—No puedo esperar a estar del todo dentro de ti, Erica. No puedo esperar a que te corras de esta manera.

Los pulmones se me llenaron de aire, y todo mi cuerpo se relajó ante sus promesas guarras. Hizo que me apretara a su alrededor con una facilidad suave pero llena de decisión, del mismo modo que había apretado el tapón mientras me azotaba. Excepto que era más intensa y más íntima.

Me cogió de la barbilla para que le mirara a la cara.

—Mírame. Siénteme. —La lujuria y la tensión le invadían el rostro. Me miró muy fijamente—. Poco a poco, me estás entregando una parte de ti misma. Estoy dentro de ti, de la misma manera que tú estás dentro de mí.

Me hizo bajar hasta que ya no creí que fuera posible que pudiera llenarme más. Me lamí los labios secos, sin poder evitar que me temblaran. Una oleada de calor me salió del corazón y se extendió hasta cubrirme la piel con una necesidad insoportable. Las manos me temblaban sobre el pecho, que subía y bajaba con una respiración dificultosa.

Mi corazón se hinchó, y cualquier posible resistencia cedió cuando me relajé en torno a él. Pensé que ya había entrado hasta el fondo cuando de repente empujó hacia arriba, y metió el resto.

«Oh, joder.»

—Ya está. —Blake soltó un suspiro estremecido. Se inclinó hacia delante y me dio un beso. Un beso lento, apasionado y penetrante—. Siempre estás dentro de mí, Erica.

Otra oleada de calor se apoderó de mí, lo que me volvió más resbaladiza por el sudor en los puntos donde nuestros cuerpos estaban en contacto, que era en casi todas partes. Quería moverme. Quería que cumpliera esa promesa de placer que ya bullía en mi interior.

Las manos de Blake me recorrieron sin descanso y tiraron de mí para pegarme a él con fuerza. Sus dientes me rozaron la piel del cuello con besos intensos y ardorosos. Me estremecí encima de él.

—Joder —gruñó.

Comenzó a respirar con mayor rapidez, pero no se movió.

—¿Va todo bien? —le pregunté con un susurro—. ¿Qué quieres que haga?

—No tienes que hacer nada. Sólo estoy tratando por todos los medios de no correrme ahora mismo. Es tan bueno de cojones…

Me abrazó por un momento. Traté de relajarme, pero estaba demasiado excitada. Demasiado nerviosa. Demasiado desesperada de que por fin me hiciera correr. Cerré los ojos, muy consciente de aquella nueva posesión.

Él se quedó quieto y contuvo el aliento.

—Voy a moverme ahora, pero no voy a durar mucho tiempo de esta manera. Ahora que estoy dentro de ti, va a ser rápido y un poco duro.

Asentí, ya borracha sólo por la lujuria y el amor embriagador y la confianza que sentía por Blake. Me podía llevar a cualquier parte, hacerme cualquier cosa. Ya no sabía lo que era un límite, porque todo se había convertido en un paso más para estar más cerca de él.

Metió los dedos entre los pliegues de la entrepierna y aprovechó la humedad que se había acumulado entre mis piernas para subirla hasta el clítoris. Empezó a acariciarme lentamente la dura protuberancia. Sus caricias eran suaves, pero la sensación era aguda. Mi cuerpo se tensó con fuerza alrededor de él, lo que aumentó la intensidad de todo. Me agarré al sofá detrás él, porque necesitaba clavar las uñas en algo.

Blake soltó una maldición y luego sacó la polla lo suficiente como para volver a clavarla con fuerza. Se hundió en mí con empujones cuidadosos que crecían en fuerza y velocidad a medida que pasaban los segundos. La sensación fue completamente nueva y abrumadora del modo que siempre lo era la intimidad con Blake.

Me mordí el labio, tratando de concentrarme en el placer que notaba por encima de la irritación.

—¿Estás bien, cielo?

Blake tenía las mejillas enrojecidas, y su voz sonaba entrecortada.

—Sí —le susurré.

Me miró a los ojos, y pareció notar la vacilación en la voz. Bajó de ritmo y me levantó lo suficiente como para deslizar los dedos por mi palpitante clítoris, bajarlos hasta la entrada de mi coño hasta que presionó hondo en los tejidos sensibles.

Inspiré entre dientes. De repente, sumamente llena, exhalé un pequeño grito. Mis caderas se lanzaron hacia delante buscando más. Un fuego líquido me recorrió por completo deslizándose en mis venas, creciente y exigiendo oxígeno.

Me sentía tan… tomada.

—¿Mejor?

El ruido sordo de su voz vibró a través de mí.

Gemí, temblorosa, húmeda y apretada alrededor de él hasta más no poder. Blake tenía razón. Ninguno de los dos iba a durar mucho tiempo de esa manera.

Nuestro ritmo, unos momentos antes tremendamente lento, se aceleró hasta llegar a una velocidad brutal a medida que me follaba con más y más rapidez. Eché la cabeza hacia atrás con un gemido. La fricción era intensa, y la quemadura que sentía cuando entraba persistía, lo que proporcionaba un placer inesperado. Estaba perdiendo la cabeza. Tenía el cerebro disperso, y cada pensamiento desaparecía en un mar de gritos y oraciones y de «oh, joder» cada vez que me clavaba su polla una y otra vez. Metió más los dedos, y la palma de la mano me rozó ampliamente el clítoris hasta que vi las estrellas.

No hubo ninguna clase de ascenso lento hacia el clímax. El orgasmo surgió de una fuente que no fui capaz de situar y que reventó en mi interior. Poseída y llena y estimulada de más modos de los que mi mente cansada era capaz de comprender, grité. Me corrí con una tremenda intensidad, y la descarga de placer se disparó a través de todas y cada una de mis extremidades, hasta llegar a los dedos de los pies y a la punta de los dedos que desgarraron la tela del sofá detrás de la cabeza de Blake.

—Oh, Dios, cielo. Qué rico —gruñó él.

Me tambaleé, con las piernas flojas y los sentidos abrumados. Blake apartó los dedos, y se apoderó de mis caderas para hacerme bajar sobre su resbaladiza polla tal y como él quería. Utilizó las dos manos y la fuerza de sus caderas para empalarme. El rostro se le crispó de la tensión.

—Jamás la había tenido tan apretada. Tan apretada de cojones —dijo con voz salvaje, desenfrenada.

Sus abdominales endurecidos se contrajeron, lo que reveló su impresionante definición. Era hermoso. Era mío. Yo era suya, suya sin lugar a dudas, en todos los sentidos.

Tiró de mí hacia él, me propinó una serie de fuertes empujones y explotó dentro mí con un grito ronco.

Nos quedamos así, acoplados firmemente, temblando los dos por los tremendos orgasmos. Debieron de pasar horas antes de que mi cerebro comenzase a funcionar de nuevo de cualquier modo razonable.

—Oh, Dios mío —suspiré.

Abrí los ojos al mundo como si acabara de despertarme de un coma. Un coma inducido por el sexo que había arrasado con cualquier capacidad de pensamiento.

Se echó a reír, y noté su aliento como algo fresco en mi piel húmeda.

—¿Ha sido bueno?

—Ajá —musité con una afirmación perezosa, y le miré con ojos somnolientos—. Deberíamos haber hecho esto antes.

Me dio un beso, y una sonrisa de satisfacción le curvó los labios contra los míos.

—Te lo dije.

A la mañana siguiente me quedé en la cama, mientras Blake se dedicaba a trabajar en la sala de estar para que yo pudiera descansar. Estaba dispuesta a volver a dormirme cuando mi teléfono sonó. Era Daniel. No habíamos hablado desde hacía semanas, pero sabía que se pondría en contacto conmigo otra vez.

—Hola —le contesté.

—Erica.

—¿Cómo van las cosas?

Traté de sonar alegre, pero todavía tenía la voz ronca por una larga noche de fiesta y los orgasmos.

Se quedó callado y el estómago se me encogió por la ansiedad.

—Necesito saber quién está filtrando toda esa información. Tengo a la prensa pegada al culo. Están empezando a preguntar acerca de Patricia.

Aquellas palabras iban cargadas de frustración y de determinación, lo que me preocupó todavía más.

Tragué saliva a pesar de la sequedad de mi garganta.

—A mí también me han estado acosando. Pero ya te lo dije antes, no lo sé.

—¿Qué dice Blake?

Me puse tensa, porque no me gustaba que el nombre de mi novio apareciera en ninguna de mis conversaciones con Daniel.

—Él no lo sabe tampoco.

Se quedó callado de nuevo.

—Ya ha salido a la luz, Daniel. ¿No tienes bastante de lo que encargarte como para andar preocupado por vengarte? ¿Qué sentido tiene perseguir a nadie ahora?

—Porque me gustaría saber quién es el que se está cargando mi campaña. Me gustaría tener la oportunidad de mirarle a los ojos.

Lo que en realidad quería era tener la oportunidad de meterle una bala entre los ojos, más probablemente. Empecé a sentirme repugnada, porque sabía que podía ser muy bien lo que realmente buscaba.

—Dime.

—Ya te lo dije, no lo sé.

Me esforcé por mantener la voz firme. Necesitaba de forma desesperada que me creyera.

—Entonces, sólo puede ser Blake.

La firmeza de su voz me despertó a un nivel totalmente nuevo. Me erguí en la cama, con el corazón acelerado por el miedo.

—¡No! —casi grité—. Blake no tiene nada que ver con todo esto.

Dios, cualquier cosa menos que tuviera a Blake de nuevo en su punto de mira.

—Entonces, ¿quién? —me respondió a gritos.

Salté agarrando con más fuerza todavía el teléfono.

—No lo sé —insistí.

No podía decírselo. ¿Cómo podría? No podía fiarme de que Daniel no hiciera algo drástico. Odiaba lo que Richard nos había hecho a Marie y a mí, pero ¿y si eso le costaba la vida?

—Estoy perdiendo la paciencia, Erica. Tengo muchas formas de obtener información. La opción más fácil para ti es que me lo digas.

Se hizo el silencio entre nosotros, y no pude pasar por alto el temor de que no iba a dejar pasar aquello por alto, posiblemente nunca. Me froté la frente, deseando que desapareciese el dolor de cabeza que había vuelto de repente.

—Tengo miedo —admití—. Tengo miedo de que hagas algo terrible de nuevo, y de verme atrapada en mitad de ello. Ya no quiero mentir más para protegerte.

La verdad, por fin. Unas palabras que quería decir desde hacía mucho tiempo.

—¿La policía ha hablado contigo otra vez?

Su voz sonó más tranquila y teñida de un tipo diferente de preocupación.

—No, pero es sólo cuestión de tiempo que lo haga.

Se calló de nuevo.

—¿Y si yo te asegurara que no va a correr peligro la vida de nadie?

«No te creería.»

—No lo sé.

Parecían ser las únicas palabras que conocía. Si seguía diciéndolas, no tendría que darle una verdadera respuesta.

—Nunca te librarás de mí hasta que me des un puto nombre. O es Blake o es otra persona. Tú decides.

«No, no, no.» Los ojos se me llenaron de lágrimas. ¿Por qué me estaba haciendo eso? ¿Por qué estaba tan decidido a vengarse?

—¡Erica!

Ahogué un gemido.

—Richard Craven.

—¿Quién?

—Se llama Richard Craven. Es un periodista del *The Globe*.

Exhaló de forma audible.

—¿Se lo has contado a un periodista de mierda?

—No —le repliqué, irritada de que pensara algo así de mí.

—Entonces, ¿cómo coño lo ha sabido?

—¡Deja de gritarme! —le grité a mi vez, incapaz de aceptar más tiempo aquella forma agresiva de interrogarme.

Le oí respirar en el otro extremo del teléfono.

—Explícamelo, por favor. Explícame cómo el periodista Richard Craven sabe que soy tu padre biológico —dijo con más calma, pero con una tensión evidente.

Me limpié una lágrima con rabia y yo también respiré hondo para calmarme. No tenía ni idea de cómo explicarle todo aquello sin arrojar a Marie al peligro también. Eso sí que no lo haría. Quería creer que nunca le haría daño a alguien cercano a mí, pero nunca podría estar segura con él. Su brújula moral había demostrado estar calibrada de una manera muy diferente a la mía. Sin embargo, sabía que no cejaría hasta conseguir algunas respuestas, y no quería que creyera que había sido yo quien había filtrado la información. Por mucho que no confiara en Daniel, sabía que él tampoco confiaba en mí del todo.

—Ha estado saliendo con una vieja amiga de mamá. Ella... —Cerré los ojos, rezando por que estuviera haciendo lo correcto—. Ha sido como una madre para mí desde que mamá murió. Ella sabe quién eres. Y no tenía intención de hacernos daño a ninguno de los dos. Él la ha manipulado para conseguir información acerca de mí para hacerte daño.

—¿Quién es ella?

—Ye te he dado lo que me has pedido, y espero que mantengas tu promesa. No estoy de acuerdo ni con lo que Richard ha hecho ni con lo que has hecho tú, pero no quiero más sangre en mis manos. Daniel, prométemelo. Prométeme que nadie va a sufrir daño.

Un segundo más tarde, se cortó la comunicación. Me quedé mirando el teléfono, aturdida por lo que acababa de suceder. Repetí la conversación en mi cabeza, calculando todo lo que había dicho. Al final, él había colgado sin prometerme nada.

En algún lugar en mitad de aquel torbellino de emociones, sentí alivio al saber que había salvado a Blake de la ira de Daniel. El alivio se disipó rápidamente cuando me di cuenta de que era posible que hubiera puesto en grave peligro la vida de otro hombre.

15

*I*ncluso después de la perturbadora llamada de Daniel, me las arreglé para dormir sin problemas la mayor parte del fin de semana. El lunes por la mañana no tardó en llegar, y traté de hacer caso omiso de la persistente preocupación que sentía por haber puesto a Richard en peligro. Estuve dándole vueltas a la idea de reunirme con él. Había muchas cosas que quería decirle, pero tal vez pudiera convencerlo de algún modo para que abandonase su interés por el mundo de Daniel. De algún modo...

Me escabullí hasta el Mocha para esquivar a un periodista y conseguir mi combustible de cada mañana. Simone me dejó colarme por detrás y llegar hasta mi lado del edificio sin ser vista. Me quedé de piedra nada más abrir la puerta de mi oficina.

El corazón me comenzó a latir frenético, y las manos me empezaron a sudar al ver lo que tenía frente a mí. Sophia estaba sentada en nuestra mesa de conferencias y junto a ella estaba el hombre que había estado metiendo las narices en mi negocio durante meses, Isaac Perry. Alli estaba sentada frente a ellos, tensa y en silencio.

—¿Qué está pasando aquí?

El semblante de Alli se llenó de alivio cuando nuestras miradas se encontraron, pero fue rápidamente sustituido de nuevo por la preocupación. Se levantó y caminó hasta mí.

—Llevan aquí desde que abrí esta mañana. No han querido explicarme por qué han venido. Han dicho que tenían asuntos que tratar y que tú tenías que estar presente.

Rodeé a Alli y les miré fijamente con actitud desafiante.

—¿Qué estáis haciendo aquí? Marchaos.

Isaac se puso en pie, con una actitud mucho más cordial que Sophia.

—Erica, siéntate para que podamos charlar.

Permanecí en pie junto a la mesa, sin hacer caso de su petición.

—Fuera.

Señalé en dirección a la puerta mirando fijamente a Sophia.

Ella se recostó con actitud relajada en la silla que había ocupado junto a Isaac. Llevaba puesto un vestido negro ajustado de patrón tableado, y tenía sus largas piernas cruzadas mientras presionaba un lápiz contra sus voluptuosos labios.

—Siéntate —contestó taxativa.

«Está bien.»

Me dejé caer en la silla de la cabecera de la mesa.

—Hablad. Sed breves.

Isaac tomó aire.

—En primer lugar, enhorabuena por la venta de la empresa.

Permanecí un instante en silencio.

—¿Cómo sabes eso? —respondí con calma.

—Alex Hutchinson y yo hemos estado trabajando en nuestro propio trato desde hace bastante tiempo. Vinimos a la ciudad la semana pasada para acabar de cerrarlo todo.

Apartó la mirada, pero yo continué observándolo fijamente, tratando de taladrarlo con una mirada asesina.

—¿Qué trato?

Sophia se inclinó y extendió la manicura de sus dedos sobre la mesa.

—El trato con el que Perry Media Group adquiere Clozpin, junto con otras entidades que están bajo el dominio de Alex.

Se me cayó el alma a los pies. Una sensación de náusea me desgarró por dentro.

Alli dejó escapar un sonido de pura estupefacción.

—¿Por qué ibas hacer algo semejante?

Isaac se aclaró la garganta.

—Sé que esto cae como una bomba, pero este acuerdo lleva en la agenda de Alex desde hace ya mucho tiempo. La idea de adquirir Clozpin surgió hace poco, pero a nosotros nos pareció que tenía sentido.

—¿Quién es «nosotros»? —quise saber.

—Mi compañía, y Sophia. Ella estaba interesada en Clozpin y tomará un papel activo en la empresa. Será de forma remota, por supuesto, pero estaremos aquí a menudo para que puedas reunirte con nosotros con tanta frecuencia como necesites.

Dejé escapar una carcajada cáustica. Isaac estaba hablando igual que Alex. Como si todo aquello fuera un negocio más, como siempre. Salvo por el hecho de que yo no quería tener ninguna relación profesional con

Isaac. Blake lo había querido así, y, finalmente yo había secundado su postura. Y, por supuesto, tan cierto como que hay que morir, yo no iba a hacer negocios con Sophia.

—Vamos a hacer algunos cambios durante las próximas semanas. —La mirada arrogante de Sophia buscó el semblante aún estupefacto de Alli—. Alli, sintiéndolo mucho, no podremos mantenerte con nosotros en esta transición. En circunstancias normales te daríamos dos semanas, pero, dada la naturaleza de esta adquisición, creemos que es mejor que abandones la compañía hoy mismo.

Los ojos de Alli se abrieron de par en par, y se quedó completamente boquiabierta.

—¿Cómo?

—Isaac ya posee un equipo de marketing al completo. Ya no necesitamos tus servicios.

Me puse en pie, aplastando las manos contra la mesa.

—No puedes hacer eso. Tenemos un trato. Los empleados se quedan.

La mirada de Sophia se clavó ahora en la mía.

—Lo siento —dijo sarcástica, sin dar muestra alguna de remordimiento—. Esa cláusula no es válida en caso de una adquisición por una tercera parte. Perry Media Group, en este caso, es la tercera parte. ¿Has leído el contrato con atención, Erica?

Sus palabras me cortaron la respiración como un puñetazo. Me dirigía a una guerra con los temblores de la rabia recorriéndome el cuerpo.

Sophia me había jodido. Ella, Alex e Isaac. Todos ellos me habían jodido a lo grande. Traté de recomponerme, traté de recoger del suelo mi dignidad y mi orgullo, a pesar de que estaba segura de que ella se había dado cuenta de mi reacción.

Si Alli se iba, yo sería probablemente la segunda en salir. Nadie me odiaba más que Sophia, y era evidente que era Sophia, no Isaac, quien estaba dirigiendo aquel espectáculo.

—Entonces supongo que eso significa que soy la siguiente —le dije, con la esperanza de adelantarme a su pulla.

Ella sonrió de medio lado y comenzó a dar golpecitos sobre la mesa con las uñas.

—Oh, no, queremos que te quedes. Tenemos planes y tú eres justamente quien queremos que los lleve a cabo.

Volví a sentarme de nuevo. No por la derrota, sino porque en aquel momento no era capaz de mantenerme en pie.

—Tienes que estar de broma.

La tensión cortaba el aire entre las dos. Yo no quería mostrar debilidad, pero le supliqué a Isaac sin palabras. Me devolvió una mirada casi afligida, como si Sophia estuviese literalmente retorciéndole el brazo tras la espalda, forzándole a meterse en una situación que era grata sólo para ella. En aquel momento no estaba del todo convencida de que Sophia no fuese una sádica con todas las letras. A pesar de su deseo por ser la «sumisa» de Blake, en realidad parecía encantarle herir a los demás.

—Vamos a traer nuevo personal, por supuesto. Gente de mi agencia y del equipo de Isaac. Tú trabajarás bajo sus órdenes para llevar a cabo la nueva visión de este sitio —añadió Sophia con una voz que rezumaba arrogancia.

Trabajar para ellos. Para ella.

La miré con furia, pero me estaba quedando paralizada. El aire se había vuelto pesado y el silencio en la habitación era ensordecedor. El pulso me provocaba un zumbido en los oídos. Vagamente me percaté de que James y Chris estaban pendientes de nuestra conversación, expectantes. Todos estaban mirándome, esperando ver cuál sería mi próximo movimiento.

—No puedes hacer esto.

Mi voz era débil, como si no fuese mía.

No podían obligarme a hacer aquello.

—Ya no eres la dueña de la compañía, así que aquí se hace lo que nosotros digamos.

Algo había estallado. No se trataba de un puñetazo en el vientre, ni siquiera de una bofetada en la cara. Estaba allí sentada destripada, vaciada. El dolor y la estupefacción provocados por lo que ella estaba diciendo dieron paso a algo más. La realidad, las decisiones que ya había tomado y la decisión a la que estaba enfrentándome en ese momento.

Sophia quería arrastrarme por el suelo. No había podido tener a Blake, así que, en lugar de eso, se había concentrado en el singular placer de arruinar aquello por lo que yo había trabajado tan duro y de forzarme a ayudarla a conseguirlo.

—No vas a mandar sobre mí, Sophia.

Su mirada se ensombreció al sentirse expuesta.

—Bueno, alguien tiene que hacerlo. Por desgracia, Blake me dejó en una situación un tanto precaria cuando se marchó de la agencia. Me vi obligada a diversificar. Isaac y yo nos sorprendimos cuando Alex nos contó que estabas muy interesada en vender. Pero no te preocupes, el negocio está ahora en buenas manos. Lo vas a comprobar en primera persona.

«Ni de coña.»

Aparté la silla de la mesa de una patada y me puse en pie.

—No voy a formar parte de esto. No voy a quedarme a ver cómo arruinas lo que me ha costado tantos años construir.

Por primera vez desde que entró en la oficina, Sophia mostró un atisbo de disgusto, y entrecerró levemente los ojos.

—Lo vas a perder todo si te marchas ahora.

—Puede que sí. Puede que ésta sea la mejor mano con la que puedas jugar, Sophia, pero deberías haber sabido que yo no iba a jugar esta partida contigo. No de este modo.

Ella soltó una brusca carcajada.

—¿Vas a renunciar a todo? ¿Tal cual?

—Tal cual —respondí serenamente mientras me volvía en dirección a mi despacho.

Luché por llenarme de aire los pulmones, pero todo lo que logré fue jadear de manera atropellada hasta sentirme mareada. No podía creer que aquello estuviese ocurriendo. Pero así era. En cuestión de minutos, de días, todo había cambiado de manera irrevocable. De todos los posibles resultados que me preocupaban, éste se llevaba la palma.

Fui a mi pequeño cubículo y permanecí allí en silencio durante unos momentos, revisando lo que había sobre mi mesa. Nada de aquello me pertenecía. Ya no. Por primera vez desde que era capaz de recordar, nada de aquello importaba. El papeleo, las listas, la planificación que había fijado para mi jornada. Joder, las notas adhesivas de mi escritorio sin las cuales no podía vivir. Nada de aquello importaba si Clozpin no era mío. A mí no me estaban despidiendo de un trabajo de nueve a cinco. Yo estaba dejando atrás una época de mi vida a la que nunca jamás podría regresar.

Pero ¿qué otra opción me quedaba?

Cerré mi portátil y lo metí dentro de mi bolso junto con el marco de la foto en la que estábamos Blake y yo.

—Erica, no lo hagas. Queremos que te quedes.

Lancé una mirada furiosa como un relámpago a Isaac, quien se me había acercado.

—Claro que lo queréis. Así podréis obligarme a ver cómo Sophia lo arruina todo.

—No vamos a arruinarlo todo. No me he gastado todo este dinero para tirarlo por la borda.

Apreté fuerte los párpados, tratando de borrar las emociones.

—¿Cómo has podido hacerme esto? ¿Qué he podido llegar a hacerte para merecer esto? ¿Es por aquella noche… con Blake?

Meneé la cabeza, sin poder creer que el hecho de que Blake me defendiese del terrible comportamiento de Isaac pudiese haber sembrado la semilla de una venganza como aquella en él.

—Ya estaba en tratos con Alex incluso antes de conocerte. Yo estaba interesado en el negocio, y ésa era una de las razones por las que quería reunirme contigo. Cuando me di cuenta de que él estaba trabajando como tu socio, sopesamos añadirte a la adquisición. Sabía que nunca me lo venderías directamente a mí, y, por cómo fue nuestro último encuentro, ni siquiera estaba seguro de que fueses a continuar siendo socia sabiendo que yo estaba involucrado.

—Estás en lo cierto, no lo hubiera hecho.

Él dejó caer los hombros.

—Ya está hecho. Vamos a sacar el mejor partido de la situación y a buscar el modo de trabajar juntos.

Por un segundo, me pareció que podía resultar posible. Hasta que el detestable rostro de Sophia me pasó por la cabeza. Metí el resto de mis objetos personales, baratijas sin valor, en mi bolso.

Me estaba precipitando, tal vez incluso estaba siendo irracional. No tenía noción de lo que era normal, lógico o incluso cuerdo. Todo mi mundo se había inclinado sobre su eje. Me habían arrancado de debajo de los pies el negocio que me había mantenido arraigada durante tanto tiempo. Por mucho que quisiera recuperarlo, no podía ni imaginarme permitiendo que el juego se desarrollase de acuerdo a las intromisiones de Sophia. Tampoco creía que Blake quisiera que yo permitiese eso. Su voz silenciosa en mi cabeza me ofreció una mínima noción de reafirmación acerca de que lo que estaba a punto de hacer era lo correcto.

—No es posible, Isaac. Te dije hace semanas que no quería trabajar contigo, y lo decía de verdad. Las cosas no van a cambiar tan sólo porque me hayas obligado a abandonar el cargo que tiene el control. No me fiaba de ti entonces, y ahora estoy tan segura como de que me voy a morir que no eres de fiar.

—Puedo hablar con Sophia sobre no despedir a Alli. Tan sólo ve a casa y tranquilízate, mañana lo retomaremos con más calma. Ha sido mucho a lo que hacerle frente.

Salí rodeando el escritorio, odiando que las lágrimas me llenaran a rebosar los ojos. Me gustara o no, estaba expuesta. Ella me había herido allí donde más daño me podría hacer, y lo había hecho a plena vista de todos.

—No sé cómo te tiene cogido, Isaac, pero debe de ser algo bastante gordo para que ella esté aquí. Se ha metido en tus negocios, y ahora se ha metido en el mío. Me has jodido con este trato. Tú y Alex. Y ella es la siguiente de la lista. Pero no voy a darle la oportunidad.

Se quedó mirándome fijamente un momento.

—¿Te vas a marchar de verdad? Sé que debes de estar molesta, pero no puedes abandonar esto sin más. Alex quiere que te quedes, y yo también. Te necesitamos.

Por un segundo, quise ceder ante esa petición. Quise sentirme necesaria en el negocio que había impulsado mi vida durante tanto tiempo. Era como un niño, un bebé que había cuidado desde el nacimiento, cuando ninguno de nosotros éramos nadie en absoluto. No significaba sólo abandonar a Isaac, Sophia y toda aquella situación de mierda. Estaba abandonando algo precioso que yo había creado.

Me tragué todas las emociones que amenazaban con derramarse de mis ojos.

—Buena suerte, Isaac. La vais a necesitar.

Me sequé una lágrima furtiva antes de salir al área principal. Salí deprisa, con Alli pisándome los talones, sin dedicarle a Sophia ni siquiera una última mirada.

Tenía que salir de allí. No podía andar más deprisa. Tenía que irme antes de que cambiara de opinión, antes de darle a Sophia la satisfacción de saber que había ganado.

No iba a jugar a aquello con ella.

Salí a la calle. El aire parecía distinto. El ruido del tráfico me resultaba ajeno. Me molestó el olor a café cuando un cliente salió del Mocha.

Nada de aquello me pertenecía ya. Aquél ya no era mi sitio, y jamás volvería a tener cabida en aquella parte de mi vida.

—¿Qué hacemos ahora?

La voz apenada de Alli se abrió paso a través de mi parálisis.

El Escalade estaba aparcado al otro lado de la calle, y Clay esperaba en el asiento del conductor mientras revisaba su teléfono. Miré la calle arriba y abajo, sin tener ni idea de adónde ir, qué dirección tomar.

Necesitaba caminar. Necesitaba aire fresco. Un bebida bien fuerte. Un abrazo. Todo lo anterior a la vez.

—No lo sé —le contesté por fin.

—¿Tenías idea alguna de que Sophia estaba involucrada en el negocio?

¿Cómo coño podría haberlo visto venir? Recorrí con mi mente cada momento, buscando alguna pista que pudiera haberme indicado que aquello ocurriría.

—Alex no me mostró ningún indicio. Todo parecía ser de color de rosa. Un acuerdo que nos vendría bien a los dos. Le ha venido bien a todo el mundo salvo a mí, supongo.

—Ni a mí, no te olvides. No es que quiera quedarme aunque no estés tú, Erica, pero ¿qué he hecho yo para merecer esto? Sé que ella te odia, pero Sophia y yo nos hemos cruzado por el camino antes y nunca me había mostrado esa clase de maldad. Me ha pillado totalmente por sorpresa.

Le lancé una mirada vacía.

—Heath.

Ella meneó la cabeza.

—Pero Heath y ella son amigos.

—Fue él quien le dio la noticia de que Blake se marchaba y se llevaba las inversiones en su compañía con él.

—¿Me ha despedido porque Heath fue quien le dio la mala noticia?

—No.

Apreté la mandíbula, porque no quería contarle más. Ella y Heath ya tenían bastantes asuntos que solucionar sin necesidad de que yo arrojara un cadáver del pasado al foco de atención.

Ella se acercó a mí, enfrentando su pequeño cuerpo al mío.

—Cuéntame.

—Pregúntale a Heath sobre ella. Estoy segura de que él puede contarte más que yo.

—Erica, estoy aquí de pie en mitad la calle, despedida de una empresa en la que he puesto toda mi alma codo con codo contigo. No me digas que tengo que ir a preguntarle a Heath sobre esto. Si sabes algo sobre ella que yo deba saber, cuéntamelo.

«Joder.» No quería meterme en aquello en ese momento. Tenía un millón de cosas pasándome por la cabeza, y sacar a la luz una supuesta relación entre Heath y Sophia años atrás no era algo que me apeteciese compartir con mi mejor amiga.

—Erica, por favor.

Alli tenía los ojos abiertos de par en par, y el modo en que le temblaba la voz cuando pronunció mi nombre me indicó que estaba a punto de echarse a llorar. Las dos lo estábamos.

—Hubo algo entre ellos, Alli.

Emitió un leve sonido de estupefacción.

—¿Co... cómo?

—Blake estuvo cuidando de Heath durante un tiempo, cuando pasaba por una mala racha. Eso ya lo sabías. Sophia también estaba metida en las drogas. Ellos salían de fiesta juntos, y Blake no puede darlo por cierto porque ninguno de los dos llegó a admitirlo, pero cree que es posible que se acostaran antes de que él los mandase a los dos a rehabilitación. Cuando Sophia salió, Blake la dejó. Puede que a causa de aquello, pero también tenía otros muchos motivos. Ella siguió siendo amiga íntima de Heath y, obviamente, los dos invirtieron en la empresa de Sophia para sacarla del hoyo. Ése fue el premio de consolación que le dio Blake por partirle el corazón, supongo. Pero estoy empezando a creer que se quedó al lado de Heath tan sólo para seguir teniendo una conexión con Blake. Él haría lo que fuera por Heath, y ella interpreta muy bien el papel de víctima cuando le interesa.

Alli entrecerró los ojos, al borde de las lágrimas.

—Si estuvieron juntos en algún momento, ¿por qué no me lo dijo? Él me la presentó cuando estábamos en Nueva York como una vieja amiga.

—Y lo eran. Sinceramente, no sé qué es lo que pasó entre ellos. Sólo ellos lo saben. Y, si fue algo más que una simple amistad, estoy segura de que Heath no te lo contó para no hacerte daño.

Cerré los ojos. Blake había hecho lo mismo conmigo. Se ahorró detalles del pasado para no herir mis sentimientos. Como una idiota, los averigüé de todos modos. ¿Es que no había aprendido lo suficiente acerca de lo que conllevaba desenterrar su pasado? Tal vez no. Tal vez se conseguía un beneficio mayor sacando a la luz los detalles escabrosos.

—Pues parece que me han herido de todas formas. Sophia no podía haberme despedido con más rapidez.

Alli se abrazó a sí misma.

Yo quise hacer lo mismo. Quise hacerme un ovillo y desaparecer bajo el cemento. No quería sentir nada, ni un atisbo de aquello por lo que esa mujer vengativa nos estaba haciendo pasar.

—No me puedo creer que te hayas ido —dijo Alli serena, llevándome de vuelta al momento en el que dimití.

Me encogí de hombros recordando todo lo que había ocurrido durante la hora anterior.

—No tenía más opción.

Me quedé con la vista fija en mis pies.

Alli se me acercó y me abrazó con fuerza.

—Vamos a salir de ésta. Ahora no lo parece, pero necesito creer que mañana nos resultará un poco menos horrible.

Le devolví con fuerza el abrazo y luché por no llorar. No quería derrumbarme allí donde Sophia aún podía vernos. Lo íbamos a superar. ¿Verdad?

Alli se apartó y se secó las lágrimas.

—Vale, de acuerdo. Tengo que recomponerme. Ya hablaremos mañana. Pero llámame esta noche si necesitas lo que sea, ¿entendido? Necesito llegar a casa y tratar de averiguar cómo salir de ésta.

—Lo haré. Y lo siento, por si te sirve de algo. Aunque, por desgracia, probablemente no sirva de mucho ahora mismo.

Me quedé con la mirada fija en el suelo, deseando que me tragase la tierra y conmigo toda aquella situación.

—No tienes por qué disculparte, Erica. Por favor, no te culpes por esto. Ve a casa y háblalo con Blake. Tal vez podamos encontrar un modo de solucionarlo.

Me lanzó una sonrisa triste, se dio la vuelta y comenzó a caminar hacia su casa.

Aparentemente bloqueada por todo lo ocurrido aquella tarde, rebusqué en mi bolso hasta dar con mi teléfono. Marqué el número de Alex y comencé a bajar por la calle. Su recepcionista contestó y pregunté por él.

—El señor Hutchinson no está disponible en este momento.

—Dígale que soy Erica Hathaway y que voy a estar llamando todo el puto día si es necesario. Que se ponga al teléfono.

—Un momento, por favor —masculló con desasosiego.

Un minuto más tarde contestaron al teléfono.

—Erica.

Alex tuvo la decencia de sonar algo preocupado al saludar.

—Has vendido mi empresa a Isaac Perry, ¿no es así?

Suspiró.

—Sí. Me reuní con él después de nuestra reunión del viernes.

—Bien, pues él y su colega, Sophia Deveraux, han despedido a mi directora de marketing en el acto.

Se quedó en silencio durante un momento.

—No sabía que eso entraba en sus planes. Dejé claro que tú querías que el equipo se quedara.

—Esto no tiene nada que ver con lo que yo quiero. Esto es por venganza.

—No por mi parte, no ha sido así.

—Entonces, ¿de qué va todo esto?

Tuve que recurrir a toda mi fuerza de voluntad para no gritarle por teléfono.

Hizo una pausa.

—Son negocios, Erica. Se trata de crear oportunidades y sacar beneficios. Las compañías cambian de manos todos los días. Me imagino que está siendo un proceso delicado para ti...

—Que te den por culo, Alex.

No pude contenerme más. Ese tono condescendiente. Como si la única razón por la cual yo trataba de desentrañar la situación en ese momento fuese que soy una mujer demasiado sensible, que se debate en un mundo de hombres.

—Son sólo negocios —insistió con un tono de voz monótono.

—Negocios, ¿eh? ¿Qué hay de la moral, de la ética?

—Yo no hice nada inmoral. Negocié un trato justo.

—Me has engañado. Me has ocultado información crucial que ha provocado que mi mejor amiga y yo nos veamos sin trabajo en este momento.

—¿Lo has dejado?

—Sí, lo he dejado. ¿Qué otra opción me quedaba, sentarme allí a recibir órdenes de la diabólica antigua novia de mi prometido? Por nada del mundo.

Soltó un sonoro suspiro.

—No hay nada que yo pueda hacer, Erica. Siento que las cosas hayan resultado así para ti. Es lo que hay, supongo.

—Genial, Alex. Un placer hacer negocios contigo.

Le colgué. Sabía que, cuanto más tiempo permaneciese al teléfono con él, más iba a perder los nervios. En ese mismo momento ya me arrepentía de la mitad de las cosas que había dicho. Mi desesperación por encontrar una salida a aquella pesadilla me había hecho parecer vulnerable y demasiado sensible. El problema era que a él, sencillamente, no le importaba. No del modo en el que a Blake y a la gente de la que me había rodeado le importaría.

Caminé unas cuantas manzanas más sin saber a dónde me dirigía, sin ningún propósito en mente. Marqué el número de Blake con manos temblorosas. Lo cogió al primer tono.

—¿Hola?

Me temblaron los labios, y busqué las palabras para explicar lo que había ocurrido. Entonces las lágrimas empezaron a rodar. Todo lo que el orgullo había retenido dentro de mí empezó a escapar. Estaba en caída libre, y necesitaba un sitio mullido donde aterrizar.

—Erica, ¿estás bien? Dime algo.

Reprimí un sollozo. Quise derrumbarme al oír su voz.

—Te necesito.

16

*D*espués de dos horas de tremendo llanto y de un vaso y medio del whisky más caro de Blake, la rabia se había embotado hasta convertirse en una especie de desesperanza entumecida. Blake me había sostenido la mano y me había prometido que lo superaríamos. Pero, cuanto más intentaba creerle, menos convencido parecía él. Se puso a caminar arriba y abajo por la sala de estar, mirando en repetidas ocasiones su teléfono, como si estuviera conteniéndose para no lanzarse a la carga en cualquier momento.

—Voy a arruinar a ese cabrón —murmuró.

En cualquier otra circunstancia, quizá me habría compadecido de la persona a la que Blake quería arruinar, pero no ese día. «Arruínalo.» Pero, en el fondo, sabía que no había nada que hacer. Incluso en mitad de la bruma cansada de mi mente, sabía que Isaac no habría metido todo ese dinero en un negocio sólo para que sus abogados dejaran un resquicio conveniente para que yo recuperara aunque sólo fuera una parte. No, tendría cubiertas todas las posibilidades. De la forma en que los hombres como Blake siempre lo hacían.

—¿Para qué molestarse? Ya nos ha hecho perder bastante tiempo.

Me encogí de hombros, pero el movimiento fue casi imperceptible desde mi posición encorvada en el sofá.

—Porque se lo merece.

—Son sólo negocios —canturreé en voz baja imitando las palabras de Alex, excepto que no había nada gracioso o bonito en la situación que me había dejado. Y lo odiaba por ello. Me llevé la copa a los labios, muy consciente de lo mucho menos que lo odiaba cuanto más bebía.

Blake se inclinó y me quitó la copa.

—Ya has bebido suficiente.

Golpeé con la mano vacía en el sofá.

—Tengo una lista negra muy larga ahora mismo. No hagas que te incluya en ella.

—Vas a estar en tu propia lista negra mañana si no paras un poco. Te traeré un vaso de agua.

Me hundí de nuevo en el sofá, derrotada. Completamente derrotada. Lo que quería era beber y beber hasta no poder pensar más en ese día. Si no era capaz de borrar de forma permanente la cara de Sophia de mi mente, quería difuminarla a fondo durante las siguientes horas.

Blake volvió con un vaso de agua. Arrugué la nariz al verlo, pero lo mantuve obediente en mi regazo. Se sentó en la mesa de café frente a mí colocando mis piernas entre las suyas.

—Puedo comprarlo para recuperarlo —dijo con la mayor naturalidad.

Yo le devolví la mirada, confundida.

—¿Por qué?

—Porque esa empresa debería ser tuya.

—Pero la vendí.

—Por eso la compraremos de nuevo. Le voy a hacer a Isaac una oferta que no podrá rechazar.

Abrí los ojos de par en par.

—No me gusta cómo suena eso.

Eso disminuyó un poco la mueca que había tenido en el rostro durante la mayor parte de la noche. Me acarició la rodilla con el pulgar.

—No te preocupes, yo no utilizo los métodos de Daniel.

Negué con la cabeza. No quería pensar en eso después de todo lo demás que había salido terriblemente mal en los últimos tiempos.

—No vale la pena, Blake. La vendí. Me dijo que de verdad la quería. Así que… ahora la tiene. —Suspiré. De repente, la realidad de que mi propiedad sobre el negocio estaba oficialmente en el pasado se apoderó de mí—. Al menos, he conseguido mucho dinero. Puedo devolverte tu parte. Quería conseguir un poco de libertad para hacer cosas nuevas, así que ahora sólo tengo que averiguar qué hacer con todo esa libertad. Irónico, ¿eh?

Blake lanzó un gruñido de frustración.

—Por enésima vez, no tienes que devolverme el dinero. Es una discusión sin sentido. No tardaremos en compartir activos. Esto no es por el dinero, y lo sabes.

—El negocio siempre me importó más que el dinero. Pero… —Me mordí el labio, cerrando los ojos. Se había acabado, todo se había acabado—. Tengo que aprender a dejarlo estar. Tengo que encontrar la manera de empezar de nuevo.

Abrí los ojos llenos de lágrimas y vi el resentimiento que ambos compartíamos en ese momento por lo mismo. Me atravesó por completo, y la emoción de Blake le dio la razón a la mía. Nada dolía tanto como la traición, o verte en el suelo debido a que has estado demasiado ciego como para verla venir.

No pude evitar la sensación de que Sophia había ganado de alguna manera, pero era impotente para cambiar lo que había sucedido.

*L*os días siguientes transcurrieron sin incidentes. Blake se había tomado algún tiempo libre para estar conmigo, para asegurarse de que no me quedaba catatónica, aunque eso era precisamente lo que yo quería. Pero al final el trabajo le obligó a volver a la oficina. Tenía responsabilidades. Un propósito. Dos cosas de las que yo ya carecía.

Alli me llamó. Muchas personas me llamaron. Incluso Marie, pero las llamadas de Alli fueron las únicas que contesté. No podía soportar contarle a la gente la misma historia una y otra vez. Escuchar sus reacciones de lástima. Que me preguntaran qué haría a partir de ese momento. Alli era la única que realmente entendía por lo que estaba pasando.

—¿Te has enterado de algo? —le pregunté.

—Hablé con James anoche. Creo que Sid ha dejado el trabajo.

—Bien —dije jugueteando con un desgarrón de mis pantalones vaqueros.

—James se queda porque necesita el trabajo en este momento, así que se va a mantener a la espera.

Asentí.

—No le puedo culpar. Es una situación realmente complicada.

—No me digas. La verdad es que no creo que se esperaran que te fueras, Erica.

Nadie estaba más sorprendido que yo.

—¿Has hablado con Heath? —pregunté con cautela.

—Sí.

Esperé a que me dijera más. No quería presionarla si no quería hablar al respecto. Era asunto de ellos.

—¿Estáis bien?

—Estamos bien. Hablamos mucho. Ya te contaré más tarde. En realidad, ya no importa.

—Vale —dije, contenta de dejar las cosas así.

—Marie me llamó. Se preocupó cuando no respondiste a sus llamadas y le dijeron que ya no trabajabas en tu oficina.

Cerré los ojos, incapaz de asimilar la idea de enfrentarme a Marie y sumar así una cosa dolorosa más a la pila de cenizas en la que se había convertido mi vida. No quería pensar en la barrera invisible que se había levantado entre nosotras, su conocimiento de que estaba enfadada con ella y mi falta de voluntad para dejarlo de una vez. No estaba segura de cómo lograríamos superarlo. Por mucho que quisiera aferrarme a mi resentimiento, quería que admitiera que Richard la estaba usando y haciéndonos daño a las dos. Tal vez ella lo haría. Tal vez había pasado el tiempo suficiente.

—Le mandaré un mensaje —le dije finalmente.

—Deberías llamarla, Erica. Está muy preocupada.

—¿Le contaste lo de la empresa?

—Sí, supuse que no te importaría.

—Sí, es mejor que se lo haya dicho otra persona. Incluso podría contárselo a uno de los periodistas que siguen llamando para que se lo comuniquen a todo el mundo. No quiero tener que contar esa historia nunca más.

—Erica…

Me tragué las lágrimas. No odiaba a mucha gente. No tenía sitio en mi corazón para eso, pero dejé un lugar especial para Sophia, Isaac y Alex. Un lugar intocable para el perdón o la compasión. Un lugar que no pudiera ser borrado por el paso del tiempo. Nunca les perdonaría. Nunca.

—Tengo que irme.

Se quedó callada.

—Bueno. Llámame si me necesitas.

—Lo haré. Gracias.

Colgué y no tardé en llorar hasta quedarme dormida.

Para el quinto día, me di cuenta de que tenía que salir del apartamento. Era una ruina humana, y necesitaba volver a salir al mundo, aunque sólo fuera un poco.

Di un paseo por la calle, me senté en un banco y observé a la gente durante una hora más o menos. Al otro lado de la calle, la gente entraba y salía del mercado. Entraban con las manos vacías, y salían con bolsas llenas de comida y vino.

Habíamos estado viviendo a base de comida a domicilio y de los intentos de cocina, a veces con éxito, de Blake. Me moría de ganas por disfrutar de una comida casera. Me sentía vacía de tantas maneras, y, de repente, me pregunté si un montón de pasta podría llenar esos lugares. Al menos, durante una hora o dos.

Una oleada de tristeza me invadió cuando pensé en mi madre. Tal vez era ella lo que estaba buscando, pero tendría que conformarme con la recreación de una de sus deliciosas comidas. Crucé la calle y me lancé a comprar los ingredientes para hacer todos y cada uno de mis platos favoritos que ella me había enseñado a cocinar. Acabé con más bolsas de las que podía llevar sin hacer muchos esfuerzos. Cuando sonó el teléfono, solté una obscenidad.

Me quedé en el borde de la acera y dejé las bolsas en el suelo para rebuscar en el bolso. El número era local, pero no lo reconocí.

—¿Hola?

—¿Erica?

La voz conocida de un hombre me saludó, pero tampoco la reconocí.

—¿Quién es?

—Richard.

Apreté con fuerza la mandíbula y se me encogió el estómago.

—Richard Craven —añadió.

—Sé quién eres. Eres el motivo por el que he estado quitándome de encima a los periodistas durante las últimas dos semanas.

—Vale. Lo siento.

—¿De verdad?

Él dejó escapar un suspiro.

—Escucha, esperaba que pudiéramos hablar.

—No —le respondí con un tono de voz que era ácido puro.

—Escucha lo que tengo que decirte.

—No voy a darte una exclusiva, si eso es lo que buscas. Ni a ti ni a nadie más. Encuentra a otra persona que quiera darte la noticia que estás buscando.

—Ya la tengo.

El nudo en el estómago se apretó todavía más y se convirtió en una roca.

—Claro —le respondí procurando mantener la voz firme, sin querer revelar mi preocupación.

—Quiero hablar contigo acerca de tu padre.

—No tengo nada que decirte sobre Daniel —le repliqué en voz baja pero firme.

—Tengo información que quizá te parecerá interesante. Puede que te haga cambiar de idea.

Negué con la cabeza. Como si hubiera alguna noticia sobre Daniel que me pudiera sorprender.

—¿No te vas a reunir conmigo?

Si tenía una noticia, la acabaría leyendo en los periódicos, pero no iba a protagonizarla yo. Tal vez ya estaba destinado a hacerlo.

—Sólo diez minutos —insistió.

Maldije en silencio.

—Está bien, diez minutos. Eso es lo único que vas a conseguir.

—Eso es todo lo que necesito. ¿Puede ser hoy?

—Tengo la agenda completamente libre.

Disfruté un poco del sarcasmo que sólo yo entendía.

—Estupendo. Hay un pequeño restaurante frente a la oficina de prensa. Famiglia.

—Vale. Estaré allí dentro de una hora.

Alrededor de una hora más tarde, me bajé en la parada de taxi más cercana a mi destino. Blake le había dado algo de tiempo libre a Clay, quien lo necesitaba bastante. De todas maneras, no estaba saliendo mucho, así que no me importó. Ahora que estaba fuera, disfruté del momento de libertad. Parecía que no podía estar más libre. No tenía a nadie pendiente de mí. Nadie me necesitaba.

Nadie me había dicho que la libertad podía hacerte sentir tan vacía.

Hice caso omiso del sentimiento, y me dirigí al restaurante con paso rápido. En ese momento, me sonó el teléfono y se iluminó con la cara de Blake. Respondí.

—Oye, ¿quieres que pille algo de camino a casa?

—No, he comprado comida.

Una bocina sonó a mi espalda.

—¿Dónde estás?

—He quedado con Richard. Me ha llamado. Me ha dicho que quiere hablar.

—¿Seguro que es buena idea?

—Realmente no. Estoy segura de que sólo quiere sonsacarme información, pero yo también tengo unas cuantas cosas que soltarle.

—Tú ten cuidado. Es un periodista. Usará todo lo que digas y lo retorcerá. Ya estás demasiado expuesta a la atención pública ahora mismo.

—Lo sé. No pienso decirle mucho aparte de palabrotas.

—Me parece bien. ¿Dónde te vas a reunir con él?

Ya tenía el restaurante justo delante.

—En ese local italiano frente a su oficina.

—¿Es seguro?

Miré a mi alrededor. La gente caminaba por las aceras con el mismo aire despreocupado que lo hacía en nuestro lado de la ciudad.

—Está bien, Blake. Es una zona muy concurrida y estoy a plena luz del día.

—Vale. Tengo que terminar un par de asuntos aquí. Me pasaré cuando termine y te recogeré.

El teléfono sonó de nuevo.

—Tengo una llamada en espera. Te veo después.

—Te llamaré cuando llegue.

Separé un momento el teléfono y vi el nombre de Daniel en la pantalla.

«Mierda.» Qué sincronización tan impecable. Pensé por un momento en no hacer caso de la llamada, pero me preocupó que insistiera y llamara una y otra vez.

—Daniel. —Tragué saliva y traté de sonar firme.

—¿Dónde estás? —chilló.

Me puse tensa y recordé la ira que mostró la última vez que hablamos.

—Creo que te dije que dejaras de gritarme.

—No tengo tiempo para discusiones sobre modales, Erica. ¿Dónde coño estás?

Empecé a perder la calma. Estaba molesta, pero también tenía miedo. Miré a un lado y a otro de la calle, de repente petrificada ante la posibilidad de que pudiera averiguar dónde estaba.

—No es un buen momento —dije rápidamente.

—Erica, estás en…

Colgué el teléfono y lo puse en silencio antes de dejarlo caer de nuevo dentro del bolso. De ninguna manera iba a decirle dónde estaba. Lo último que necesitaba era a él y a su hombre de confianza, Connor, apareciendo de repente en el restaurante para enfrentarse a Richard. Cerré los ojos y me pregunté por qué me importaba, por qué todavía le permitía formar parte de mi vida de alguna manera. Estaría mejor sin él. Justo como había querido mi madre. ¿Por qué nadie me había pasado un informe resumido de su vida antes de que yo empezara estúpidamente a buscarlo?

El bolso vibró contra mi costado. Sabía que era Daniel de nuevo. Lo único que le importaba era su campaña. Lo único que había hecho por mí era hacerme daño. Física y emocionalmente, me había hecho pasar por un infierno. Sin embargo, allí estaba yo, a la pesca de lo que Richard pudiera saber que le pudiera hacer daño o incluso dejarle sin libertad.

Alargué la mano hacia el picaporte de la puerta del restaurante decidida a sacarme de la cabeza cualquier pensamiento sobre Daniel. Vi a Richard de perfil delante de mí. Tenía el móvil pegado a la oreja. Me acerqué sin que me importara interrumpirle. Me senté dejándome caer en la silla que estaba frente a él y le miré de forma agresiva. No mostró expresión alguna y siguió mirando hacia la ventana delantera repitiendo el nombre del restaurante para quien quiera que estuviera al otro lado de la línea.

—Hasta ahora.

Colgó y dejó el teléfono entre nosotros.

—Nos vemos de nuevo.

—¿Qué quieres? —le espeté, con ganas de hacerle saber lo poco impresionada que estaba y el daño que le había hecho a una de mis mejores amistades para avanzar en su carrera.

—No estoy aquí para pelear. Sólo quiero hacerte unas cuantas preguntas.

Solté una breve risa cortante.

—Claro. Para que quede constancia, no tengo nada que decirte.

—Me temía que ibas a decir eso. Entonces, ¿por qué has venido?

Me incliné hacia él.

—Quiero saber cómo logras dormir por las noches.

Entrecerró los ojos.

—Escucha, sólo quiero saber la verdad.

—¿Por eso manipulaste a alguien a quien quiero para conseguir información? ¿Qué clase de persona hace eso?

Él suspiró y se pellizcó el puente de la nariz.

—Marie me importa.

—Para alguien que quiere saber la verdad, te sobran las mentiras de mierda. ¿Sabe ella lo que has hecho?

Movió la mandíbula con gesto nervioso y esquivó mi mirada.

—Hemos hablado de ello.

—¿Y?

Esperé. Quería que me dijera que le había revelado quién era realmente. Pero, si lo había hecho, también la habría destruido. No podía olvidar el dolor en su cara cuando le había descubierto lo que había hecho Richard. Ella lo amaba.

—No me sorprendió que no comprendiera mis razones o mis obligaciones como miembro de la prensa.

—¿Qué pasa con tus obligaciones como buena persona? Marie es una buena persona, es amable, y es probable que le rompieras el corazón. ¿Para qué? ¿Por una noticia?

Negó con la cabeza y miró a mi espalda, más allá de mí.

—Mira, sé que hay más de Daniel Fitzgerald de lo que se ve a simple vista. Ha esquivado todas las grandes controversias que le han pasado de cerca a lo largo de la última década, y nadie llega a profundizar mucho con ese tipo. Quiero saber por qué, y lo voy a averiguar.

Lo miré fijamente, cerrando los labios con fuerza. Aquel tipo no me iba a sacar una mierda.

Se inclinó hacia mí como si estuviera preparándose para convencerme de algo.

—Tú apareciste en la vida de Daniel de la nada, ¿verdad? Semanas más tarde, su hijastro muere. Un aparente suicidio. Y él sigue adelante con su campaña como si no hubiera pasado nada.

—Es un político. ¿Tienes idea de la cantidad de personas ante las que tiene que responder, la cantidad de dinero que se invierte en este tipo de cosas? Estamos hablando de años de trabajo.

Volvió a negar con la cabeza.

—No, en todo esto hay algo más. La policía sabe algo, y tengo la sensación de que tú también.

Se me aceleró el corazón cuando mencionó a la policía. Una cosa era escarbar en los asuntos de Richard, pero, por mucho que yo respetara la ley, me daba un miedo mortal cada vez que pensaba que había mentido para encubrir los crímenes de Daniel.

—Erica, es tu última oportunidad.

Le miré directo a los ojos con expresión interrogativa.

—¿La última oportunidad para qué exactamente?

—Para decir la verdad. Va a caer. Lo que tienes que preguntarte es si quieres que te arrastre con él. Soy muy consciente de que es tu padre, pero ¿hasta dónde estás dispuesta a llegar para protegerlo?

Hice una mueca.

—No tienes nada contra él. O contra mí. Vale, es mi padre. ¿Y qué?

Sonrió, y noté un vacío en el estómago.

—Tengo mucho más que eso, querida.

—Entonces, ¿por qué no está ya en la cárcel?

Tuve la esperanza de que no me notara en la voz cómo aumentaba la histeria que sentía. ¿Qué más podría saber?

—He estado investigando a sus asociados. He establecido ciertas conexiones.

—¿Y?

Contuve la respiración, preguntándome cuánto me contaría Richard en un esfuerzo para conseguir que le hablara.

—He encontrado a alguien.

En ese momento, sí que dejé de respirar.

—¿A quién?

—A alguien de su círculo en el sur de Boston que quiere hablar. De hecho, voy a reunirme con él tan pronto como haya terminado aquí. Tiene información sobre lo que ocurrió la noche en la que Mark MacLeod murió.

El corazón me latía con fuerza en los oídos, lo que apagó el murmullo suave del restaurante.

—Como ya te he dicho, ésta podría ser tu última oportunidad.

—Esto no tiene nada que ver conmigo.

Me hubiera gustado que fuera cierto. No quería tener nada que ver con lo que había hecho Daniel. No me arrepentía de la muerte de Mark, pero no quería saber nada más al respecto. No quería caminar por la vida sabiendo que podría haber muerto por mi causa y que le había mentido a la justicia para mantener libre a Daniel.

—Esto tiene que ver todo contigo. He sido periodista la mitad de mi vida, y lo llevas escrito por todas partes. Habla conmigo, joder.

El sonido de mi teléfono vibrando en el bolso me distrajo del creciente pánico que me invadía.

—Me tengo que ir. Buena suerte, Richard.

Me levanté de la silla casi de un salto. Me llamó en voz alta, pero yo no quería tener nada más que ver con todo aquello. No iba a ayudarle. Y una parte demencial de mí quería avisar a Daniel.

Salí del local y me detuve en medio de la acera. Paseé la mirada por la calle en busca de un taxi que me llevara lejos de allí, pero mis ojos se detuvieron en un individuo que había al otro lado de la calle.

Era alto y musculoso, con la cara medio tapada por una gorra de *tweed* con visera de color gris desteñido.

Nuestras miradas se encontraron. Le conocía. Fruncí las cejas mientras trataba de identificarlo.

—Erica, espera.

Richard estaba a mi lado, pero no pude apartar la mirada de aquel hombre.

No encajaba en aquel lugar, pero sus ojos siguieron fijos en mí. «Me debe de conocer también, pero ¿cómo…?»

Antes de que me diera cuenta de la situación, el hombre levantó los brazos delante de él, y el destello metálico brillante de un arma relució entre sus manos.

No.

Abrí la boca en un grito silencioso, pero no pude moverme con la rapidez suficiente. El fuerte estampido de varios disparos resonó a través del aire.

Un dolor explosivo me desgarró. El mundo se detuvo.

No tenía idea de lo herida que estaba, porque lo único que podía ver era la sangre. Estaba empapada. Caí de rodillas.

«Oh, Dios. Esto no está sucediendo. Esto no es de verdad.»

La calle se convirtió en un caos. Las caras borrosas asustadas que huían del peligro. El ruido. Los gritos y más disparos y el chirrido de un coche al frenar. Más conmoción en la calle y voces airadas de hombres.

Presioné mis manos temblorosas contra los lugares de mi vientre donde sentía dolor. Richard yacía inmóvil junto a mí. Más sangre.

La cabeza me daba vueltas, y me dejé caer de costado sobre el pavimento. Apreté los dientes con mis menguantes fuerzas tratando de aguantar hasta que llegara la ambulancia.

—¡Erica!

Los brazos de Blake me rodearon como si fuera un ángel. Me levantó y me llevó al restaurante con una rapidez cuidadosa. Me depositó sobre el suelo alfombrado de la parte trasera del restaurante. Solté la tensión que había estado conteniendo y le tomé de la mano cuando la alargó hacia mí. Apreté con fuerza, sin querer soltarle.

—Estoy aquí, cielo. Todo va a ir bien. Ya llega la ambulancia.

Su voz sonaba extraña, como si no se creyera sus propias palabras. Le miré a los ojos, y traté de mantener la vista en ellos, pero el dolor que vi allí era casi tan insoportable como el dolor palpitante que me recorría. Se giró hasta quedar fuera de mi alcance y me levantó la camisa más allá del sujetador.

Se le escapó un jadeo apresurado.

—Mierda.

Se quitó la camiseta y apretó con fuerza la prenda contra mi vientre. Grité.

Me chistó para hacerme callar, pero sin mover las manos ni aliviar la presión.

—Estás bien —dijo de nuevo.

Quería creerle. Cerré los ojos, sintiéndome más débil con cada segundo que pasaba. La cálida mano de Blake me tomó de la mejilla. Estaba tan tan tibio.

—Mírame, cielo. Mantén los ojos abiertos.

Abrí los ojos a medias. Por algún motivo, no pude abrirlos más. Todo parecía ir con más lentitud, la respiración que me llenaba los pulmones, el latido de mi corazón. El caos que nos rodeaba se movía a cámara lenta, una mezcla de sonidos y actividad. Pero él era lo único que podía ver, la única voz que podía oír.

La fuerza del dolor había disminuido, y mi cuerpo se sentía más ligero en su debilidad. Reuní todas las fuerzas que me quedaban y levanté la mano hacia su cara.

—Blake…, te amo.

No reconocí mi propia voz, pero sentí las palabras en mi corazón. Amaba a ese hombre. Con cada gramo de mi ser, a pesar de que el mundo se estaba desvaneciendo. Cerré los ojos de nuevo, y la levedad me envolvió en la oscuridad.

—No —dijo entre dientes—. No digas eso. Quédate conmigo.

Apoyé la mano sobre la suya. La sangre empapada de su camiseta apenas estaba tibia sobre mi piel. No podía. No podía mantener los ojos abiertos. Quería. Quería estar en casa, con Blake, envuelta en sus brazos.

Dejé escapar una bocanada de aire cuando me invadió el alivio y un repentino vértigo al pensar que era donde estábamos.

—Sigue despierta, cielo. Por favor, intenta seguir despierta por mí.

Aquello le dolía. La agonía que había en su voz me atravesó, una última punzada a través del dolor adormecedor.

«Blake...» Su nombre era un susurro, o tal vez sólo un susurro en mi propia mente. Repetí la palabra como un mantra hasta que él desapareció. Ya no podía escucharle ni sentirle más. Su voz, su cara, incluso el sueño que éramos nosotros se desvaneció en la nada.

17

El incesante pitido era como una mosca que no se iba. Fruncí el ceño mientras buscaba la fuerza necesaria para detenerlo. Tenía frío. No conocía aquel lugar. Todo estaba borroso, pero la habitación estaba muy iluminada, el parpadeo de las luces proyectaba una tranquila bruma sobre mí.

Poco a poco y con mucho esfuerzo, conseguí distinguir más cosas. La textura áspera de la manta blanca que me cubría. El duro tubo que me invadía las fosas nasales. Un suave murmullo a mi lado.

Luego la cara de Blake ocupó todo mi campo de visión. Quise acercarme a él, pero un dolor punzante me recorrió la mano cuando quise moverme. Me encogí de dolor. Tomó mi mano entre las suyas y la acarició con suavidad calentándola al mismo tiempo.

—Blake. —Mi voz sonó ronca al hablar. Tenía la garganta seca, pero de pronto se humedeció por las lágrimas y la emoción. Ver a Blake me sobrepasó.

Habíamos estado separados durante mucho tiempo, aunque no podía explicar el porqué.

—¿Qué ha pasado?

—Te dispararon.

Cerré los ojos y traté de recordar. Todo estaba muy borroso, pero, poco a poco, como la habitación, las últimas imágenes volvieron a mi mente.

El restaurante. Los disparos y los gritos. La sangre. Dios, había tanta sangre. De Richard también.

Richard estaba herido… o algo peor.

—¿Richard está bien?

Los ojos de Blake se inundaron de dudas. Negó con la cabeza.

—No consiguió sobrevivir.

«Oh, no.»

No podía creerlo. Habíamos hablado. Con lo conflictivo que era, no podía creer que estuviera muerto. Blake me colocó un mechón tras la oreja, moviendo el tubo de oxígeno, que insuflaba un frío desagradable en el interior de mis fosas nasales. Arrugué la nariz y traté de quitármelo. Blake me detuvo y lo volvió a colocar en su sitio.

—No lo quiero.

—Por Dios, Erica. Te han disparado tres veces. ¿Puedes dejarlo? Por favor. Al menos hasta que venga el médico.

Me volví a tumbar en la almohada, renunciando a la lucha y sintiendo que la poca energía que me había despertado desaparecía. Estaba exhausta, pero no quería dejar a Blake todavía.

—Lo siento —murmuré.

Suspiró levemente.

—¿Te duele algo? Puedo llamar a la enfermera.

Hice un repaso mental de mi cuerpo. El dolor del abdomen era más localizado de lo que recordaba, pero todavía no tenía ni idea de dónde me habían herido. Dios, aquel hombre. Era el que nos había disparado. Cerré los ojos y traté de recordar su cara. Cabello oscuro y ojos negros. Estaba entre las sombras, así que no pude verlo muy bien. Pero su apariencia, su constitución y su forma de vestir habían hecho que lo registrase en mi mente. No era otro hombre trajeado más, un joven profesional en la calle.

—El hombre que me disparó. Él…

—Está muerto, nena —dijo Blake.

Abrí los ojos de golpe.

—¿La policía le disparó?

—No. —Se frotó la barba que le cubría la mandíbula—. Fue Daniel. El corazón me dio un vuelco.

—¿Daniel?

—Después de que tú y yo colgásemos, me llamó con un ataque de pánico. Decía que estabas en peligro y que necesitaba saber dónde te encontrabas. Yo no quería decírselo, por supuesto. Quería ir yo mismo, pero él insistió. Estaba… como loco. De algún modo él sabía todo lo que estaba a punto de suceder. Se presentó unos minutos antes que yo. Cogió la pistola de su guardaespaldas y disparó al hombre hasta matarlo sólo unos segundos después de que éste abriera fuego contra ti.

Entonces, de repente recordé. La gorra de *tweed*. El hombre musculoso que me recordó a Connor la primera vez que lo vi. Me llevé las manos temblorosas a la boca.

—Me acuerdo de él.

Observé la mirada de preocupación de Blake.

—Lo vi una vez cuando estaba con Daniel, hace mucho tiempo. En ese bar de mala muerte en Boston Sur que se llamaba O'Neill's. Él era el encargado de vigilar la puerta. Parecía conocer a Daniel. Era él. Lo recuerdo.

Meneó la cabeza.

—¿Por qué iba a querer matarte?

—No tengo ni idea. Pero Richard...

Fruncí el ceño al recordar nuestra conversación. Tenía algo en contra de Daniel. Algo que me asustó tanto como para querer irme de repente.

—Richard quería que yo le hablara de Daniel, que le contase todo lo que sabía sobre él. Sospechaba que estaba involucrado en la muerte de Mark. Richard dijo que era mi última oportunidad de decir la verdad. Iba a reunirse con alguien de aquel barrio que le contaría todo lo que no sabía de la muerte de Mark.

—¿Crees que él sabía que estarías allí?

—Tal vez. Richard podría habérselo dicho.

Blake se puso en pie y comenzó a caminar junto a la cama. Se pellizcó el labio inferior con los dedos.

—La prensa no ha removido más el tema tras contar que Daniel le disparó. Me pregunto cuánto saben realmente.

Una enfermera entró en la habitación, seguida por un hombre alto con el pelo castaño y corto vestido con una bata blanca de médico.

—Mira quién está despierta.

La enfermera le dio unas palmaditas a uno de mis pies a través de la manta y comprobó mi historial médico.

El médico la imitó con una sonrisa optimista en su cara a pesar de que claramente yo había tenido días mejores.

—Soy el doctor Angus.

Se sentó en un taburete y se colocó junto a mí. Blake se quedó detrás mientras la enfermera se afanaba por tomar mis constantes vitales. Tomaba notas mientras el médico examinaba las vendas bajo mi bata. Me concentré en el vacío del techo blanco. No estaba del todo preparada para ver lo que le había sucedido a mi cuerpo. Me sentía agradecida por estar viva, y por tener a Blake junto a mí. No estaba segura de cuánto más podría soportar.

—Tiene buena pinta. La operación fue bien, y creo que esto cicatrizará perfectamente.

Le miré a los ojos cuando me cubrió de nuevo.

—¿Operación?

—Una de las balas la atravesó, pero tuvimos que extraer las otras dos y reparar algunos daños.

Daños. La palabra resonó en mi aún confuso cerebro.

—¿Daños?

El optimismo de sus ojos se debilitó un poco y volvió la mirada hacia Blake.

—Debe descansar un poco más. Ha pasado por un infierno. Estaré por aquí mañana por la mañana y entonces hablaremos más de ello.

—No, quiero saberlo ahora. —Traté de incorporarme en la cama pero una fuerte sacudida de dolor me lo impidió—. Ay.

La enfermera buscó un cable de color beige que había junto a mí y lo presionó un par de veces.

—Pulsa esto para el dolor, cariño.

—Gracias —murmuré, pero odiaba sentirme tan limitada en esa cama.

Un momento después, la enfermera había desaparecido, dejando en su ausencia una creciente tensión en el aire.

—Tal vez deberíamos charlar un momento a solas. —Miró de modo inquisitivo a Blake y luego de nuevo a mí.

—No, puede decir lo que quiera. Blake es mi prometido —insistí.

El médico tosió suavemente y bajó la mirada hacia sus manos entrelazadas. Respiró hondo y volvió a mirarme.

—De acuerdo entonces. Una de las balas le entró en el lado por aquí, pero la atravesó, como le acabo de decir. —Puso la mano sobre mi costado izquierdo y el calor se irradió hasta el lugar donde sentía un leve dolor—. Y después otros dos disparos le entraron en el abdomen. Produjeron algunos daños en sus órganos reproductivos.

Los pulmones se me vaciaron de aire. Nos quedamos en silencio, como si estuviésemos petrificados.

—¿Qué significa eso?

Una oleada de pánico recorrió mis venas. La respiración se me aceleró y las lágrimas comenzaron a inundarme los ojos.

Miró a Blake de nuevo, cuyo rostro no mostraba ninguna emoción.

—Reparamos el tejido dañado de su útero. Eso se curará con el tiempo, pero no pudimos reparar el resto. Ha perdido un ovario. —Sus labios se arrugaron de forma comprensiva—. Lo siento mucho, Erica.

—¿Qué? —Tragué saliva, tratando de articular las palabras. Unas palabras que nunca ni tan siquiera nos habíamos dicho aún como pareja y sin embargo allí estábamos, delante de un desconocido que lo amenazaba todo—. ¿Eso significa que no puedo tener hijos?

—Probablemente deba consultar con un especialista en estos temas, pero si tenía planes de concebir... Bueno, no es imposible, pero no será fácil. Sólo tiene un ovario y el daño en el útero podría afectar la implantación y también lo de llevar el embarazo a término. Sólo el tiempo lo dirá.

Con la excepción de mi respiración agitada, se hizo un silencio sepulcral que pareció durar varios segundos. Yo no podía hablar, y Blake no le quitaba los ojos de encima al médico. Quería que me mirase. Pero me aterrorizaba que lo hiciera y lo que pudiera encontrar en su mirada.

El médico habló de nuevo por fin.

—¿Tiene alguna otra pregunta que hacerme?

«No.» Negué con la cabeza. El médico me apretó la mano suavemente antes de irse y le dijo algo a Blake que no pude entender. La cabeza me daba vueltas. Sentía un nudo en la garganta. Pulsé el botón del cable de color beige un par de veces más. No quería sentir nada. Era demasiado dolor. De repente todo se había vuelto insoportable.

Blake me tomó de la mano, acarició de nuevo con el pulgar el lugar en el que la vía se conectaba con la vena. Acercó los labios a mi piel y me besó con suavidad. No dijo nada. Sólo me acarició las manos con delicadeza. Tenía la mandíbula apretada, sus carnosos labios se veían aún más tensos.

—Blake. Lo siento.

Él no podía imaginarse cuánto lo sentía.

Cuando por fin alzó la vista, tenía los ojos empañados. Parpadeó y los apartó de nuevo rápidamente. Sentía un sollozo de dolor que quería salírseme del pecho, pero me aferré a él, por miedo a liberarlo y no poder contenerlo. ¿Por qué? Todo lo que podía preguntarme era por qué, y sólo tenía el silencio por respuesta.

Blake se acercó a mí. Se metió una mano en el bolsillo y sacó mi anillo. La banda de diamantes finamente cortados desprendía brillantes destellos. Me miré la mano, pálida y amoratada a la vez. Me lo debieron de quitar para la operación. A pesar de la desnudez herida bajo la bata, de repente me sentí desnuda sin él.

Tomó mi dedo y deslizó el anillo por el nudillo. Cerré los ojos y dejé que las lágrimas me rodaran por las mejillas. Sus cálidos labios besaron la piel por encima del anillo, el mismo lugar que besó el día que me pidió que fuese su esposa, recordándome nuestra promesa.

*B*lake cuidó de mí durante semanas. No hablamos más sobre lo que nos había dicho el médico, y una parte de mí se preguntaba si Blake estaba tratando de fingir que éste no había dicho nada de aquello. Tal vez sólo intentaba ayudarme a que esa herida cerrara. Yo le seguí el juego y fingí que mis lesiones, todas ellas, se curarían y podríamos continuar con nuestras vidas. Recoger los pedazos de nuestras vidas.

Tomé un sorbo de té, con el pensamiento anulado por el resonar de la televisión delante de mí. Un golpe en la puerta me sobresaltó. Blake levantó la vista de su ordenador portátil y se dirigió a la puerta.

—¿Qué coño estás haciendo aquí?

Me incorporé con cuidado y miré por encima del sillón. Daniel estaba de pie en la puerta, sin parecer alterado por la actitud desafiante de Blake.

—He venido a ver a Erica —dijo con tranquilidad.

Hubo un momento de tensión entre ellos antes de que yo hablara.

—Está bien, Blake. Adelante.

La parte de mi mente que estaba acostumbrada a hacer lo que le daba la gana quiso levantarse y saludarlo, pero aún no podía levantarme del sofá. Al menos, Blake insistía en que no lo hiciera. Yo quería levantarme, pero él sólo me dejaba hacer los movimientos imprescindibles.

Daniel entró en el salón y se sentó en el sofá de enfrente. Le quité el sonido a la televisión. Tenía un millón de preguntas que hacerle. Las noticias habían sido muy confusas y yo no había querido contactar con Daniel y levantar sospechas. Me preocupaba que su visita no fuese una buena idea en ese momento, pero necesitaba desesperadamente saber qué significaba todo aquello. Necesitaba saber por qué alguien podría querer matarme, y por qué Richard había perdido la vida por ello.

¿Qué sucedió en realidad aquel día? Le imploré en silencio a Daniel mientras esquivaba su mirada por toda la habitación.

—¿Quieres tomar algo? —pregunté con voz débil, sin saber cómo romper el hielo.

Miró el bar al otro lado de la habitación pero negó con la cabeza.

—No. Gracias.

Tenía muchas preguntas, pero una me quemaba en la mente.

—¿Quién era aquel tipo?

Bajó la mirada a sus manos cruzadas, pero no respondió.

—Lo reconocí. Trabajaba en el O'Neill's. Aquel día que estuvimos allí.

—Trabajaba para mí.

Asentí lentamente, tocando el lazo de la manta que tenía sobre el regazo.

—Estaba tratando de chantajearme. Quería dinero para permanecer callado sobre la muerte de Mark.

—¿Sabía la verdad?

Asintió con la cabeza.

—¿Por qué la sabía?

Levantó la vista y me miró a los ojos.

—¿Tú por qué crees?

Tragué saliva. «Dios.»

Blake dio la vuelta y se sentó a mi lado. Lanzó una mirada asesina a Daniel.

Daniel se aclaró la garganta y comenzó a hablar.

—Oyó hablar de ti en la prensa. Cuando descubrió que eras mi hija y que te habías unido a mi campaña, se debió de imaginar que eras muy importante para mí. Amenazó con ir a por ti si no le pagaba.

—Y no lo hiciste.

—Lo habría hecho. Si hubiera creído que ése sería el final de todo. Tenía la esperanza de encontrar una solución más definitiva, pero, cuando me di cuenta de lo que estaba planeando, lo único que podía hacer era tratar de encontrarte antes de que lo hiciera él.

Cerré los ojos para ocultar el odio que había tras ellos.

—Y Richard. Fue… ¿un accidente?

—Quizá pensó que era Blake, o tal vez simplemente estaba demasiado cerca de ti. Alguien importante para ti sería con toda seguridad importante para mí también.

—Es todo tan horrible. Todavía no puedo creerlo. Es como un sueño. Uno del que me despertaré y volverá a ser ese día, antes de que todo sucediera. Yo sólo me quedé allí de pie, esperando a que él lo hiciera. No sabía quién era, pero conocía su cara.

Daniel se sentó en silencio, con los labios apretados.

—Bueno, de todos modos ya encontramos una solución definitiva. La policía descubrió una huella de ese hombre en el apartamento de Mark. Te disparó con la misma arma que usó para matar a Mark. No era tan inteligente como ambicioso. Por desgracia para él y por suerte para mí. El caso está cerrado, por fin. Lo anunciarán en cualquier momento.

Me invadió la emoción. La sensación de alivio era inconfundible. ¿De verdad se había acabado todo? Parecía imposible, pero no podía imaginar tener que soportar todo aquello mucho más.

—No puedo creerlo.

—Está hecho. Te lo prometo. Mis abogados se están tomando unas muy merecidas vacaciones. La policía ya no te molestará más. Ni los periodistas tampoco.

«Gracias a Dios.»

—Y, por lo demás, ¿cómo estás?

Abrí los ojos, y un nuevo tipo de dolor me atravesó, un dolor mucho más profundo que el dolor físico que me había paralizado durante las dos últimas semanas. Blake me apretó la mano. Mi otra mano descansaba sobre el vientre, ese territorio estéril en el que podría haber albergado una vida. Esa posibilidad no era ya más que un número, una pequeña probabilidad de que cualquier cosa pudiera ser normal. Me tragué las lágrimas que se escapaban cada vez que pensaba en ello.

—Deberías irte —le dijo Blake en voz baja pero con firmeza—. No puede sufrir ningún tipo de disgusto en estos momentos.

—Está bien —le dije, pero con la voz rota.

—No. Él tiene la puñetera culpa de todo. Mira lo que te ha hecho.

Una lágrima rodó lentamente por mi mejilla.

—Para, por favor.

Daniel frunció el ceño, y una nueva preocupación le inundó el rostro. Yo no tenía la fuerza física ni emocional para evitar que se destrozasen el uno al otro si permanecían en la misma habitación. Miré a Blake de forma suplicante.

—Blake, ¿puedes darnos un minuto?

Éste entrecerró los ojos y miró a Daniel. Me miró de nuevo a mí, pero esta vez su expresión se suavizó ligeramente. Se levantó y se fue a la cocina.

—¿Qué ha pasado, Erica?

—Estoy bien. Es sólo que…, bueno, que podría ser difícil… Tener hijos, supongo, será todo un reto ahora. Sufrí algunos daños en esa parte de mi cuerpo.

—Dios. —Por primera vez vi verdadero miedo en los ojos de Daniel. Estaba pálido cuando me volvió a mirar—. Erica, Dios mío, lo siento. He causado todo esto. Yo sólo quería…

Dejó caer la cabeza entre las manos. Se levantó bruscamente, se acercó al bar y se sirvió una copa. Se la tomó de un solo trago y se sirvió otra. Miró fijamente el vaso. Las respuestas no estaban allí. Quería decirle que ya lo había asimilado. Que había trazado mi vida de acuerdo a las malas noticias que el médico me dio. Podría llenarme de remordimientos y reescribir la historia, pero nada cambiaría el daño que ya estaba hecho.

Mi vida era un caos. Al menos teníamos eso en común.

—¿Qué vas a hacer con la campaña para gobernador?

Tomó otro trago del caro whisky de Blake y exhaló.

—Joder, no lo sé. Sólo quedan un par de semanas. ¿Qué más puedo hacer? En estos momentos hay más noticias sobre el tiroteo que de la campaña.

—Yo podría tratar de ayudarte.

Abrió los ojos de par en par, con aquel atisbo de miedo en la mirada de nuevo.

—No.

—Sé que no he sido de mucha ayuda —le dije.

—Has tenido una buena razón para no serlo. Y ahora tienes una razón aún mejor. No deberías estar cerca de mi campaña ni de mí.

Susurré con debilidad.

—No tengo nada más que hacer, literalmente. La empresa desapareció. Estoy atrapada en este sillón.

No quería ahondar aún más en la lista de todo lo que había convertido mi vida actual en un auténtico desastre.

Se acercó y se sentó junto a mí en el sofá.

—¿Qué ocurrió con la empresa?

—Alguien me traicionó. Es una larga historia, pero la cuestión es que ahora dispongo de mucho tiempo libre. Podría ayudarte si quieres.

—Deberías estar descansando, y quiero que te alejes de todo esto. —Me cogió la mano—. Quiero que te alejes de mí también.

Me soltó y apartó su mano como si el simple contacto le quemase.

—Daniel…

—Ya he hecho suficiente daño. Cada vez que creo que he resuelto un problema, surgen tres más. No he traído más que terror a tu vida desde que me encontraste, Erica.

Se puso en pie sin mirarme a los ojos.

—Todo acabó ya. La investigación está cerrada. Podemos romper nuestros lazos. No tienes que preocuparte de que te moleste nunca más. Te dejaré tranquila. Con suerte sólo me verás en las noticias, y ni aun así… Joder, no lo sé. —Se pasó una mano por su pelo canoso—. Nada tiene sentido ahora mismo.

Se me saltaron las lágrimas.

—¿Por qué dices eso?

—Porque es necesario que te lo diga. Porque ésa es la razón… por la que dejé a tu madre. —Sus ojos azules se clavaron en mí, con una emoción que nunca había visto en ellos—. Tú sólo has visto algunos indicios, pero no tienes ni idea de lo que es llevar este tipo de vida. No podías suponer que encontrarme te llevaría a todo esto, pero yo se lo advertí a ella también. Le dije que no podríamos ser felices así. Erica… —Se frotó la frente, sin atenuar el gesto del ceño fruncido—. Yo quería estar con Patty. Te lo juro, amaba a tu madre. Quería casarme con ella y formar una familia, pero no tuve elección. No puedes entenderlo, pero no podía hacer otra cosa. Todo estaba dicho, y a pesar de todos los años que han pasado… Dios, aquí estamos. Aquí estoy. Nada ha mejorado, de verdad. No estás segura junto a mí.

Se quedó mirando fijamente el vaso ya vacío. No sabía qué decirle. No podía negar que mi vida se había convertido en un auténtico infierno desde que lo encontré, pero la idea de perderlo y no volverlo a ver nunca más me resultaba desoladora.

Se acercó a mí antes de que pudiera contestarle. Se inclinó y me dio un beso en la frente. Se quedó así un momento y comenzó a hablar en voz baja.

—Tú eres mi hija. Mi única hija. Te quiero. Pero ya es hora de que me vaya.

Dio un paso atrás sin mirarme a los ojos. Abandonó el apartamento tan rápidamente como había llegado, y me dejó desconcertada y en silencio.

18

*D*aniel se había ido muy deprisa, y yo no sabía qué hacer con todo aquello. Puse otra vez la televisión, con ganas de ahogar mis confusos pensamientos. No podía contarle a Blake el cuchillo que Daniel me había lanzado con sus palabras. Blake no quería que me preocupase por él. Nadie quería. ¿Qué más podía hacer aquel hombre para ganarse mi odio? Aun así, se me escapaba entre los dedos y sólo me dejaba una triste sensación de vacío. Sólo el cascarón de lo que podría haber sido. El arrepentimiento constante por lo que había llegado a ser.

—Pareces cansada. ¿Quieres acostarte?

Blake estaba sentado en su lugar de siempre en el sofá de en frente, y su habitual mirada de preocupación.

—No, quiero levantarme.

Me miró pensativo.

—¿Qué te parece un baño? Eso hará que te relajes.

Suspiré. Un viaje hasta el baño sería probablemente todo lo que me permitiría hacer. Un baño sonaba bastante agradable.

—Está bien. Pero iré caminando yo sola. Tienes que dejar de tratarme como a un bebé, Blake.

Se puso en pie de un salto y me ayudó a levantarme.

—Puedes ir caminando, pero no dejaré de cuidarte hasta el día que muera. Así que ya puedes ir olvidándote de eso ahora mismo. —Me acarició la mejilla—. Casi te pierdo.

Cerré los ojos y me dejé llevar por su caricia.

«Yo casi te pierdo también.» La idea era demasiado terrible como para asimilarla.

Había pasado los días anteriores sintiendo pena por mí misma en todos los sentidos. Perder el negocio parecía mucho menos trágico que haber estado a punto de morir. Y la posibilidad real de que Blake y yo nunca podríamos tener hijos… Tan sólo recordarlo resultaba desolador, y yo trataba de no hacerlo con todas mis fuerzas, palidecía ante la idea de que podía haber muerto en los brazos de Blake aquella tarde. El hombre que asesinó a Mark bajo las órdenes directas de Daniel no dudó en intentar poner fin a mi vida.

Por mucho que no pudiera lamentar la muerte de Mark, no podía creer que alguien pudiera valorar tan poco la vida humana. Ése era el tipo de gente que rodeaba la vida de Daniel. O tal vez siempre estuvieron allí. Por muchos secretos que escondiese Blake, la existencia de Daniel parecía mucho más oscura, con sombras sobre las que jamás querría arrojar luz.

Blake estaba llenando la bañera cuando me reuní con él.

—Deja que te ayude —me dijo, y me quitó la camiseta con sumo cuidado.

—¿Te vienes tú también?

Se mordió el labio un momento y miró la bañera cubierta por una sugerente capa de espuma.

—No estoy seguro de si eso es buena idea.

—Por favor… Te echo de menos

Echaba de menos la felicidad en sus ojos. Incluso añoraba su mal humor. Todo lo que él sentía por mí últimamente era lástima.

Suspiró.

—Está bien. Pero ya sabes que no podemos…

—Lo sé.

Lo corté en seco, no quería escuchar la recomendación médica. Nada de sexo durante algunas semanas. No entendía qué tenía que ver, pero el médico lo había ordenado, y Blake insistía en seguirlo todo al pie de la letra. Sacrificarnos no nos devolvería lo que habíamos perdido. Sólo serviría para garantizar otro largo período de tiempo de espera y preocupación delante de nosotros. Frustrada de nuevo, le tiré de la camiseta para que se la quitara.

—Estás demasiado serio últimamente. Estás todo el día cuidando de mí, y eso te agota. Sólo quiero descansar y estar cerca de ti, ¿vale?

Le pasé los dedos por su cabello oscuro y le aparté los enredados mechones de la frente. Parecía cansado y, en cierto modo, tan descuidado por fuera como yo me sentía por dentro. Habíamos pasado por muchas cosas.

—Está bien —murmuró en voz baja.

Me volví hacia el espejo mientras se desvestía. Me solté el pelo del enmarañado moño que me lo sujetaba. Hice una mueca al sentir un pequeño dolor en el abdomen cuando levanté los brazos. Me veía horrible. A pesar de haber pasado semanas tumbada en el sofá, estaba más delgada. Y pálida. Había perdido las últimas semanas de sol del verano. Quería verme y sentirme yo otra vez, y no la frágil criatura rota en la que me había convertido a raíz de aquellos terribles acontecimientos.

Dejé caer la goma del pelo en el cajón del maquillaje. Entre todos los potingues, mi caja de píldoras empezada me miraba fijamente. La cogí. Estaba a mitad de mi ciclo cuando todo sucedió.

Blake se detuvo.

—¿Qué es eso?

—Mis píldoras.

Me encogí de hombros y traté de parecer normal, pero ya nada relacionado con mi fertilidad era normal. El tema se había convertido en algo de lo que evitábamos hablar. Tiré las píldoras a la basura. Mis pensamientos daban vueltas y yo me reí de mí misma.

—¿Qué es tan gracioso? —Blake me miró a través del espejo.

Aparté la mirada rápidamente, no quería revivir el dolor que vi en su cara cuando el médico nos dio la noticia. Yo estaba viva, pero herida. Por otra parte, ¿qué más había de nuevo?

—No lo sé. Pasé años tratando de no quedarme embarazada, preocupada por poder estarlo, y ahora no podría aunque quisiera. Pero, como existe una posibilidad, tal vez necesite volver a tomar esta maldita cosa.

Blake cogió las píldoras y las volvió a colocar dentro del cajón.

—Olvida todo eso. Vamos, entra antes de que el agua se enfríe.

Ansiosa por olvidarlo, aparté la idea de mi cabeza. Blake me ayudó a meterme en la bañera y entré en el agua caliente. Me relajé, agradecida por el alivio. Cuando se unió a mí, sus piernas se deslizaron por la parte exterior de las mías. Notaba su vello áspero contra mi piel. Suspiré con el simple roce, lo que me hizo recordar que no nos habíamos tocado mucho el uno al otro desde que todo aquello sucedió.

De algún modo, en medio de tantas semanas siendo acribillada por agujas y tratada como una víctima indefensa, había olvidado el simple placer de sentir la piel de Blake sobre la mía. Un simple roce podía calmarme, sanarme.

Apoyé la cabeza en el borde de la bañera.

—Me siento un poco vaga.

—¿Sí? ¿Y eso?

—Es martes por la tarde, y estamos ganduleando en la bañera.

Se rio en voz baja.

—Quizá nos merecemos hacer un poco el vago.

Me agarró el pie bajo el agua y comenzó a masajearme los músculos. La sensación fue casi insoportable. Dios, echaba de menos sus caricias. Hasta las más simples, mi mano en la suya, un beso tierno, me hacían desear más.

—Nos merecemos un montón de cosas.

Se quedó quieto un segundo. Lamenté esas palabras en cuanto las dije. Me apresuré a cambiar de tema.

—¿Has tenido noticias de Fiona últimamente? Debe de sentirse desilusionada. Tanta planificación para acabar posponiéndolo todo. Ya me siento mejor, así que podríamos empezar con los preparativos de nuevo.

—Te dispararon tres veces, Erica. No creo que posponer la boda hasta que estés bien sea ningún inconveniente. Todos estamos contentos de que estés viva. La boda puede esperar.

Deslicé los dedos entre las burbujas. Una pregunta, que me aterraba pronunciar, se resistía a salir de mis labios. No habíamos hablado de lo que dijo el médico cuando salí del hospital. No habíamos dicho ni una palabra de aquello.

—¿Has cambiado de opinión?

Transcurrieron unos segundos mientras esperaba su respuesta. Sin mirarle a los ojos, trataba de imaginar todo lo que podía decir. Daba igual cuántas veces me hubiera asegurado que yo era la única a quien quería, la duda me perseguía una y otra vez.

—¿Por qué puñetas iba a cambiar de opinión?

Su voz sonó seria, ronca por la emoción.

Me costó decir las siguientes palabras y me obligué a mirarle a los ojos.

—Las cosas han cambiado.

Apretó los dientes.

—Las cosas cambian cada día, pero lo que no ha cambiado y lo que nunca cambiará es lo mucho que te amo. Te pedí que fueras mi esposa. Ahora lo quiero más que nunca.

Inspiré hondo, con los nervios de punta de repente.

—Pero ¿es que no quieres tener una familia, Blake? Nunca hemos hablado en serio de esto, pero ahora… ¿Qué pasa si no puedo dártela?

El corazón me latió con fuerza ante aquel dolor. Tal vez él nunca lo admitiría, pero, si eso cambiaba las cosas para él, para nosotros, quería saberlo ya.

Me miró firme, decidido.

—Te quiero a ti.

Dejé escapar un gran suspiro.

—Esto es algo importante. Deberíamos hablar de lo que significa para nuestro futuro. No es algo que ninguno de nosotros pudiera prever. No quiero que me lo reproches si no puedo…

En su mirada decidida apareció un destello de irritación.

—Joder, Erica, ven aquí.

Me cogió de la mano, se inclinó hacia delante, me levantó con cuidado desde el otro lado de la bañera y me colocó a horcajadas sobre él. Estábamos pecho contra pecho. Me agarró la cara con las manos. Las noté cálidas cuando se deslizaron por mi piel con lentitud.

—Ya lo resolveremos, ¿vale?

Mi corazón no se había calmado. Seguía sin poder creerle.

—Pero ¿y si no podemos?

Hizo una mueca.

—Deja de hablar como si no fuese a suceder nunca.

—Aún hay una posibilidad, lo sé.

Poco probable, pero había una oportunidad.

—Exacto.

Asentí lentamente. Tal vez él tenía razón.

—¿Alguna vez no he conseguido lo que quiero?

—No —admití.

—Bien, si queremos un bebé, tendremos uno. De una forma o de otra. Lo primero es lo primero. Haremos que te recuperes. Y luego tirarás esas pastillas a la basura.

Me quedé mirándolo en estado de asombro absoluto.

—De todos modos, no seremos capaces de planificar nada de eso. Si tratamos de hacerlo, lo único que conseguiremos es preocuparnos. Vamos a vivir nuestras vidas. Déjame hacerte el amor todas las noches, y, si tiene que ser, será.

Abrí la boca para hablar, pero me detuvo al ponerme los dedos en los labios.

—Se acabaron los «y si…». Puedo ser muy cabezota cuando quiero. Estoy completamente seguro de que, si quieres un bebé, te daré uno.

Sus palabras casi me dejaron sin aliento. Entraron por encima de las dagas de mi dolor. Reconfortantes y sinceras. Le creí.

Me apoyé en él, en los delineados músculos de su pecho. El corazón le latía a un ritmo constante bajo las yemas de mis dedos. A veces tenía que recordar que él era un ser humano como yo, porque, para mí, siempre era algo más. Más grande que la vida, más fuerte que nadie que conociera, con una determinación que coincidía con la mía. En mi corazón, creía que podíamos hacer cualquier cosa juntos.

Me perdí en su mirada, en un tornado de color avellana y de la pasión que había entre nosotros.

—Te quiero —susurré, besándole con dulzura.

Al principio lo hice de forma suave y disfruté con el simple placer de sus labios carnosos contra los míos. Luego le pasé la lengua por ellos, una invitación para la suya. Después noté su sabor. Lo besé intensamente.

Me acarició la mejilla y se apartó.

Me removí un poco encima de él, consciente de su creciente deseo.

—Toda esta charla sobre bebés, Blake, ha hecho que, por primera vez en mi vida, me estén dando ganas de tener uno. No me esperaba esto.

Una leve sonrisa le asomó a los labios.

—No podemos. Hoy no…

Lo busqué debajo del agua y moví con suavidad la palma de la mano alrededor de su polla. Contuvo el aliento y cerró los ojos lentamente.

—Erica, no podemos.

—Lo sé —contesté, y lo callé con un beso—. Aunque el médico no dijo nada de que yo no pudiera complacerte.

—No tienes que…

Le hice callar de nuevo con un beso aún más profundo. Le abracé con más fuerza con un brazo y aceleré los movimientos arriba y debajo de la otra mano. Él movió las suyas sin descanso por mis hombros y me agarró del pelo mientras nos devorábamos el uno al otro. Noté sus músculos estremecerse debajo de mí, justo en el lugar en el que nuestros cuerpos se unían, y mi interior se sacudió como respuesta. Algo se había despertado. Esa pasión que no podíamos dominar se encendió de nuevo dentro de mí. Deseaba liberarla. Pero en ese momento necesitaba mucho más la suya. Quería demostrarle cuánto lo amaba, hacerle ver mi agradecimiento por atravesar todo aquel infierno junto a mí y tener fe en nuestro futuro. No podía imaginarme la vida sin aquel hombre, y recé para que no se sintiera decepcionado cuando no le pudiese dar la familia que él quería.

Me agarró las caderas y luego las soltó bruscamente.

—Erica, lo deseo, con todas mis fuerzas, pero no puedo hacer esto. Me estás volviendo loco. Quisiera tocarte, pero ahora mismo me da muchísimo miedo lastimarte.

Frené mi movimiento ascendente y me aparté de su cuerpo poco a poco. Tenía el rostro tenso, con los músculos rígidos y preparados para liberarse. Quería dárselo, pero también tenía que quitar ese miedo de sus ojos de algún modo.

—Pon las manos en el borde de la bañera.

Hizo una pequeña mueca, tal vez por el tono. Yo sabía que no me quería hacer daño, pero, si lograba que sonase como una orden, quizás él estaría más seguro de que no lo haría. Sacó las manos del agua y las colocó en el borde de la bañera tal y como yo se lo había pedido.

—Ahora déjalas ahí. No las muevas hasta que yo te lo diga, ¿vale?

Su labio inferior desapareció al metérselo en la boca y sus blancos dientes mordieron la gruesa carne del labio.

Arqueé una ceja.

—¿Estás bien?

Asintió con la cabeza, y le rodeé la polla con ambas manos. Uní las manos y las deslicé por toda su longitud, acariciándolo de un extremo a otro. Se estremeció bajo mis caricias cuando rocé con el pulgar la suave punta.

—Dios, te echo de menos, Erica —susurró, y dejó caer la cabeza hacia atrás en el borde de la bañera.

Me apoyé en él y mis pezones le rozaron el pecho por encima del agua.

—Te quiero, Blake. —Le chupé la piel y disfruté del sabor salado que desprendía—. Y me encanta ver cómo te corres.

Se agarró firmemente al borde de la bañera, con los nudillos blancos por la presión. Levantó la cabeza y me miró con ojos apasionados. Estaba cerca. Lo besé con fuerza, hasta que se quedó sin aliento.

—Vamos —le dije, imitando la orden que él me había dado tantas veces.

Levantó las caderas ante mis rápidas caricias y se corrió con un violento estremecimiento y un grito ahogado.

*D*espués de muchos intentos, Blake consiguió sacarme del apartamento para ir al trabajo con él. Trataba de aferrarme a lo positivo, pero, inevitablemente, los recuerdos de todo por lo que había pasado me volvían a arrastrar. No quería salir de casa. No quería enfrentarme al mundo que me había mutilado. Además, no podía digerir algo remotamente parecido a una oficina sabiendo que, a unas cuantas manzanas, el nuevo negocio de Sophia e Isaac salía adelante sin mí día tras día.

Algunas veces me preguntaba si sabían lo del tiroteo. Seguro que habían oído hablar de ello. La pregunta era...: ¿les importaba? ¿Les importaba algo que casi muriese?

«Son sólo negocios», me dije con mi mejor imitación de la voz de Alex. Necesitaba seguir adelante y encontrar ilusión en cosas nuevas. Todo había cambiado, me gustase o no. Tenía que aceptarlo.

No dejaba de pensar en el proyecto de Geoff. A pesar de que aún lloraba por Clozpin, me puse a pensar en los entresijos de su aventura. Tenía demasiado tiempo libre como para no hacerlo. Pero había hecho caso omiso de los últimos mensajes de correo electrónico de Geoff desde antes del tiroteo, y él no había contactado conmigo desde entonces. Ni siquiera estaba segura de que aún quisiese mi ayuda. Y, si la quería, ¿qué podía ofrecerle? Dinero, pero no ayuda. La inversión por sí sola sería un tipo de apoyo vacío. No quería sólo financiar cosas. Quería ser parte de ellas, pero no sabía de lo que realmente sería capaz de hacer después de todo aquello.

Apenas había conseguido llegar más allá de la tienda de comestibles durante los últimos días.

En lugar de salir y tratar de empezar de nuevo, dirigí mi atención hacia el apartamento. Cocinaba todas las noches. Compraba objetos de decoración por internet, decidida a poner un poco de mí en el espacio previamente dominado por el mundo minimalista y simple de Blake. Blake no discutía, parecía feliz con verme ir de un lado a otro, aunque me negase a salir de casa para poco más que viajes cortos. Hasta una mota de polvo en el dedo gordo del pie me hacía sentir incómoda.

Traté de empezar a pintar las habitaciones, pero Blake no me dejó, temía que el esfuerzo físico pudiese perjudicar las cicatrices que ya habían curado. A pesar de todas sus preocupaciones, yo me sentía mejor. Aún notaba el dolor, pero estaba mejor. El llamativo color rojo de las heridas se había desvanecido un poco. No lo suficiente como para desaparecer, pero el médico me prometió que lo haría con el tiempo. Mi tono de piel lo olvidaría todo. Tenía que consolarme con esas pequeñas cosas.

Me puse muy nerviosa mientras caminábamos hacia la oficina de Blake. Me tocó la parte baja de la espalda con una mano, un recordatorio de su constante apoyo. Reduje la velocidad frente a la puerta, pero Blake se detuvo en seco.

—Quiero enseñarte algo primero. Subamos. —Señaló hacia el ascensor.

—¿Qué pasa allí?

Sonrió.

—Ya lo verás.

Lo seguí y esperé a que el ascensor subiera. Cuando las puertas se abrieron, me tapó los ojos con las manos.

—¿Qué haces? —dije entre risas tratando de esconder mi nerviosismo.

—Es una sorpresa. Llegaremos en un par de segundos. Camina conmigo.

Seguí con cuidado los movimientos que me indicaba hasta que nos detuvimos. Oí voces, y parecían familiares. Blake movió las manos, y me sobresalté ante la repentina claridad. Estaba frente a una puerta muy parecida a la de al lado de su despacho. En el vidrio esmerilado se podía leer: «E. Landon, Inc.».

El corazón me latió con fuerza en el pecho.

—Blake…

A través del cristal transparente de las letras, vi caras conocidas. Cuando abrí la puerta, Alli me saludó desde el interior. Sonrió de oreja a oreja.

—¡Sorpresa!

Me eché a reír, aunque aún no estaba muy segura de cuál era la sorpresa.

—¿Qué es todo esto?

La enorme habitación estaba llena de puestos de trabajo. Sid y Cady estaban de pie junto a uno de ellos en el que habían estado hablando, pero su atención se dirigió hacia mí en ese momento. Geoff se levantó de uno de los escritorios, y en sus ojos azules brillaba una emoción que todos los demás parecían compartir.

Me sentía como Dorothy, reunida de nuevo con sus mejores amigos después de una aventura de lo más extraña. Pero ¿qué demonios...? Miré a Blake.

—¿Quieres decirme de qué va todo esto?

Alli se le adelantó

—Mientras estabas recuperándote, Sid y yo estuvimos hablando. Con los beneficios de la venta, no teníamos otra cosa en lo que invertir por el momento. Entonces Blake nos presentó a Geoff. Él nos contó lo interesada que estabas en el proyecto. Y decidimos reunirnos para poder ayudar a hacerlo realidad.

Las manos me temblaban cuando me las llevé a la boca. La noticia era excesiva para mí.

—Esto es demasiado. No puedo deciros lo feliz que me hace veros a todos aquí.

Sid me sonrió con timidez.

—Y nosotros. Te hemos echado de menos.

Tragué saliva por la emoción contenida en mi garganta.

—Pensé que lo habíamos perdido todo. Sinceramente, después de lo que ha pasado durante las últimas semanas, empecé a darme cuenta de que esto es lo que más echaba de menos. Trabajar de nuevo con todos vosotros. Nunca creí que pudiéramos tener otra oportunidad.

Los temblorosos labios de Alli amenazaban con hacerme llorar. Me dio un abrazo, lleno de sentimiento y emoción. No podría haber pasado por todo aquello sin ella. Se apartó y se secó una lágrima con la mano.

—Bueno, ve a ver tu oficina. Es impresionante.

Blake me cogió de la mano, sus ojos brillaban de emoción.

Le respondí con una sonrisa.

—Claro.

Me llevó hasta el otro extremo de la estancia y entramos en un amplio despacho privado. La puerta se cerró detrás de nosotros.

No había reparado en gastos a la hora de amueblar el espacio. Una gran mesa de despacho ocupaba la habitación, además de un pequeño sillón y una enorme pizarra.

Los pequeños objetos que había escondido en una caja cuando volví a casa decoraban mi escritorio de la misma forma en la que estaban en la antigua mesa.

—Gracias por todo esto. Gracias por todo. Esto es verdaderamente asombroso.

—Y privado —murmuró, me rodeó la cintura con un brazo.

Cerré los ojos, devastada por el más mínimo roce. Habían pasado semanas, y yo estaba dispuesta a dejarme llevar. Me di la vuelta para abrazarlo por el cuello. Choqué con él y lo besé con ardiente pasión. Él contestó a mis ansias y me volvió a dejar en la mesa con suavidad.

Me sentía muy agradecida por aquel lugar, y el mundo había dejado de existir más allá de nosotros dos en ese momento.

—Te deseo, Blake. Dios, me muero de ganas.

—Lo sé. —Me besó, sus tiernos y suaves labios rozaron los míos—. Pero vamos a esperar.

—¿Esperar? —protesté.

—Nos casaremos dentro de unos cuantos días. Ni un ejército podrá impedir que te haga el amor en nuestra noche de bodas. Hemos esperado tanto tiempo. ¿Qué son unos cuantos días más?

Suspiré casi desolada, dispuesta a que se esfumase esa explosión de deseo. Unos cuantos días más. Una eternidad cuando había pasado tanto tiempo sin intimidad. Cerré los ojos y accedí.

—Está bien.

Sonrió y me levantó la barbilla.

—Haré buen uso de esta mesa en el futuro. Puedes estar segura.

19

El mar se mecía al ritmo de las olas. El calor y la sensación de que iba a producirse un cambio se mezclaban con el aire del océano. Las nubes de tonos turquesas y grises se deslizaban a través del aire otoñal y dejaban ver el espectacular azul claro del cielo. Era un día perfecto.

Oí que alguien me llamaba por mi nombre. Alli se inclinaba sobre el porche de la casa de Landon y me hacía gestos para que subiese. La alocada sonrisa que caracterizaba su rostro no había cambiado ni siquiera en un día así. El nerviosismo me crecía en el estómago, amenazando con explotar en cualquier momento.

Era el día, el día en el que me convertiría en la esposa de Blake. El día en el que nos uniríamos el uno al otro, para siempre.

Me reuní con Alli y las demás chicas. Los empleados y los amigos de la familia deambulaban de un lado a otro por toda la casa de los padres de Blake. Alli me llevó hasta una de las enormes habitaciones donde todo el mundo se estaba preparando.

Fiona ya estaba vestida, era la viva imagen de la perfección, con su vestido de dama de honor de color lavanda. Alli y Simone daban vueltas a mi alrededor tratando de aplacarme los nervios y diciéndome qué hacer en cada momento. Maquillaje, cabello y sonrisa listos para que el omnipresente fotógrafo pudiera capturar los momentos más inesperados.

Nos sentíamos resplandecientes, el champán corría por todas partes. Todo parecía un sueño. Cada momento transcurría a cámara lenta pero se escapaba demasiado rápido. La madre de Blake estaba atenta a nosotras. Fiona se ocupaba de cada detalle, asegurándose de que todo quedara perfecto para un día que había pasado mucho tiempo ayudando a planear. Alli me mimaba y me dirigía para que estuviera en todo momento donde debía estar. Compartíamos risas y lágrimas. Quería memorizar cada momento para poder recordarlo para siempre.

A Blake y a los chicos no se les veía por ninguna parte. Nadie quería decir dónde estaban escondidos. Le echaba de menos, pero hice honor a la tradición y decidí esperar. Habíamos esperado tanto. Podía esperar un poco más.

Marie llegó antes de que todo estuviese a punto de comenzar. Estaba impresionante, con un brillante vestido color café que resaltaba su esbelta figura. Se acercó y me abrazó con fuerza.

—Estás preciosa. Gracias por estar aquí —susurré.

Sonrió cariñosamente, con lágrimas asomándole a los ojos.

—Tú también. Y no hay otro lugar en el que preferiría estar ahora mismo que aquí contigo, mi niña.

—¡No lloréis! —gritó Alli—. Su maquillaje está perfecto, que no se estropee, chicas.

Ambas nos echamos a reír, la orden de Alli añadió un poco de ligereza al momento. Marie y yo habíamos hecho las paces. Las dos nos disculpamos, por nuestro orgullo y por todo lo que nos había separado. Ella todavía estaba de luto por Richard, conmocionada aún no sólo porque él la hubiera traicionado, sino porque lo habían arrancado de su vida tan repentinamente. Ella lo había amado, no lo dudé en ningún momento. Las lágrimas que reprimía cada vez que nos vimos después del tiroteo me lo demostraban.

Él estaba en el lugar equivocado en el momento equivocado, pero yo también lo estaba. Quería culpar a Daniel, pero también podría haberme culpado a mí misma por ponerlo en mi vida de manera tan inocente hacía algunos meses, adentrándome en su peligroso mundo sin conocer las consecuencias de mi decisión. La vida continuaba, y habían pasado demasiadas cosas como para seguir guardándonos rencor. Richard perdió la vida, y yo casi perdí la mía. Marie era muy importante para mí, y la vida había demostrado ser demasiado corta como para poner más distancia entre nosotras.

—¿Estás preparada para todo esto? —me preguntó.

Me eché a reír.

—Eso creo.

—Y yo también. —Sonrió—. Estarás preciosa, Erica. Pero no me podré contener cuando te vea con tu vestido.

—Tú aguanta —le dijo Alli.

Ésta salía del cuarto de baño contiguo con una funda de traje que contenía mi vestido de novia. Los ojos se me volvieron a llenar con lágrimas de felicidad. Respiré hondo para relajarme un poco, para no estropear el maquillaje que Alli había estado perfeccionando durante horas.

Unos minutos después, me metí en el vestido y Marie cerró la cremallera de la parte posterior con mucho cuidado, ajustando con fuerza la tela alrededor del pecho. No sobraba ni un milímetro por ninguna parte. No podía imaginar que el vestido me pudiese quedar mejor. Era de un color crema claro y con escote en forma de corazón, con miles de diminutas perlas bordadas sobre el encaje que cubría la capa de suave satén. Elegante y discreto. Delicado y femenino.

Con ese vestido me convertiría en la esposa de Blake. Pronunciaría nuestros votos. Nuestros votos… Cerré los ojos, imaginaba todas las cosas que le quería decir a Blake. Cuánto significaba para mí, y que eso nunca cambiaría.

Alli me dio un pequeño apretón de hombros.

—Ahora mismo estoy que me muero. Espero que te des cuenta.

Me eché a reír.

—¿Por qué?

Una cálida sonrisa iluminó sus ojos.

—Está bien, estoy loca de celos, pero no es nada en comparación con lo inmensamente feliz que estoy por vosotros dos. No puedo creer que esto esté sucediendo de verdad. Siento que éste es el día más feliz de mi vida, pero es el vuestro.

Asentí deprisa, con la visión nublada por las lágrimas.

—Es un vestido precioso —admití.

Aunque la chica que lo llevaba puesto era un manojo de nervios. Sólo una hora más y estaría a salvo.

—¿Qué puedo decir? Tengo un gusto increíble.

Deslicé las manos por el delicado encaje que me envolvía la cintura y entallaba los muslos.

—Tú lo has hecho posible. Gracias a Dios que regresaste de Boston. Habría estado perdida sin ti.

Alguien llamó a la puerta, me sorprendió. Fiona abrió y le frunció el ceño a un apuesto y elegante Heath vestido con un impecable esmoquin.

—¿Qué estás haciendo aquí?

—Una entrega especial.

Los ojos de Alli se iluminaron, como si él hubiese sido el novio y ésa fuera la primera vez que se miraban. Deseaba ver ese día, y rogaba para que Alli lo viviera. Heath rodeó la puerta.

—Un pequeño regalo, del novio.

Me guiñó un ojo y colocó una gran caja plana en mi regazo y desapareció entre la multitud de chicas.

Simone lanzó un pequeño grito y se acercó mientras yo la abría. En el interior, una gargantilla de diamantes. De fondo se oyeron suspiros de asombro.

—Oh, joder —susurró Simone en voz baja—. ¿Son diamantes?

Tragué saliva.

—Estoy completamente segura.

No podía imaginarme el precio de la pieza, pero nunca había visto algo tan hermoso.

Le di a Simone el deslumbrante collar para que me lo abrochara al cuello. Era de una belleza impresionante, y combinaba con los otros regalos, el anillo y los brazaletes, de manera extraordinaria.

Unos cuantos minutos más de ajetreo y preparativos y comenzamos nuestro camino a través de la casa. Por las ventanas que daban al océano y al extenso patio se veía a los invitados y la fiesta nupcial esperándome bajo la cálida luz del sol de octubre. Me estremecí al ver todo aquello, nerviosa pero sin poder creerlo.

—Erica.

Me volví y Elliot se acercó. Beth estaba a su lado, y Clara y Marissa también, con sus adorables vestidos de color blanco a juego.

—Oh, Dios mío, estáis preciosas —les dije.

Las niñas sonrieron, con los ojos iluminados por la emoción. Alli se inclinó y les dio los pétalos de flores y los anillos, y les recordó todo lo que habían practicado la noche anterior.

Elliot me tomó de la mano y la estrechó con suavidad.

—¿Estás preparada?

Dejé escapar un suspiro de nerviosismo. Sí. Nervios aparte, nunca había estado más preparada para convertirme en la esposa de Blake. Quería atravesar las puertas y correr hacia él. Quise casarme con él desde el primer momento en que lo vi. En mi corazón, ya lo había hecho.

Asentí y me agarré del brazo de Elliot, dejando que me guiara el resto del camino.

Caminé hacia Blake, sólo podía verlo a él. Estaba flotando, cada momento me acercaba más al amor de mi vida. Y ahora mi corazón ya no sentía miedo. Ni duda ni la más mínima sombra de ella.

La ceremonia transcurrió como un sueño. Blake, impresionante con su traje contra el fondo del océano. Su familia y la mía, nuestros amigos, testigos de lo que nosotros sabíamos desde hacía mucho tiempo, que nos querríamos para siempre.

Hubo besos. Hubo lágrimas. Todo lo que sabía era que él era mío. Mi amor por él ahora era un tatuaje escrito en mi corazón, para siempre.

*A*poyé la cabeza en el hombro de Blake mientras la fiesta proseguía. El día había sido largo, pero la adrenalina me mantenía despierta. La carpa climatizada colocada en el patio de la casa de los Landon estaba ocupada por nuestra pequeña fiesta. Risas, música y charla. La felicidad nos rodeaba.

Las niñas de Elliot bailaban con inagotable energía en la pista de baile alrededor de los padres de Blake, quienes se miraban a los ojos con un amor que me sosegaba el corazón. El mentor de Blake, Michael Pope, también había venido. No hablamos de Max, pero podía ver el orgullo en sus ojos cuando nos felicitó. Había sido como un segundo padre para Blake, y yo sentía que lamentaba que Max nos hubiese fallado con sus deplorables actos.

Aun así, nada podía empañar la celebración. Vinieron más personas de las que esperaba. Nuestra pequeña reunión había aumentado de tamaño durante mi ausencia, pero, con la feliz acogida de la extensa familia de Blake y de todos sus amigos, no podía haberme sentido más amada y aceptada. Sonreí, desde la cabeza a mis doloridos pies. El día había sido poco menos que perfecto.

Me alcé un poco y le di a Blake un tierno beso en la mejilla.

Miró hacia abajo y acarició mi brazo de arriba abajo con delicadeza.

—Demos un paseo y tomemos un poco de aire fresco.

—Y ¿qué pasa con los invitados?

Miró hacia la fiesta, que se había vuelto cada vez más ruidosa con el paso de las horas a medida que se llenaban las copas una y otra vez y avanzaba la noche. Simone hablaba en voz alta y Alli reía sin parar.

—Se están divirtiendo sin nosotros. He tenido que compartirte durante todo el día. Ahora te quiero para mí solo. —Me deslizó un pulgar por la mejilla—. No sé tú, pero yo estoy deseando que comience nuestra luna de miel.

Me mordí el labio, y él me lanzó una cariñosa sonrisa.

La emoción de estar en sus brazos de nuevo me invadía y me llenaba de entusiasmo. Mi cuerpo entero parecía temblar de felicidad y alegría porque ya era de Blake, y pronto, ojalá que muy pronto, sería aún más suya.

—¿Dónde vamos?

—Conozco el lugar perfecto.

Me guiñó un ojo y me tomó de la mano. Salimos de la carpa y bajamos por las escaleras de madera hacia la playa. Volví la mirada para ver la fiesta de la boda. La voz de Simone resonaba desde el regazo de James. Él sonreía y la miraba con adoración. Nadie nos echaba de menos.

El sol se había puesto y notaba la fría brisa del mar soplándome sobre la piel. Agarré el vestido y los zapatos con una mano mientras Blake me llevaba de la otra. Caminamos, y la expectación parecía robarnos las palabras. Miré la inclinada roca de delante en la que siempre acababan nuestros paseos cuando caminábamos por la playa de la casa de sus padres.

—¿Dónde vamos? Los pies me están matando.

—Merecerá la pena, te lo prometo.

Los ojos le brillaban como si ocultasen un secreto.

Comenzamos a andar más despacio porque la arena de la playa se convirtió en guijarros y piedras. Blake me rodeó con el brazo. Me estremecí y me acurruqué en su abrazo. Nos quedamos mirando al oscuro horizonte. Sobre nosotros, un suave resplandor iluminaba las casas repartidas a lo largo de la costa.

—Me encanta estar aquí.

Junto a la zona de Vineyard, la parte de la casa de los padres de Blake que miraba al mar era lo más parecido al cielo.

Señaló la casa encaramada sobre el acantilado que acababa en nuestros pies.

—¿Qué te parece aquella casa?

—Es asombrosa.

Todo lo relacionado con la casa era impresionante. Mientras que la casa de Catherine y Greg era más moderna, ésta conservaba todo el encanto de una casa histórica. Rodeada de cuidados jardines y un patio con vistas al infinito océano.

Me abrazó más fuerte.

—Quiero regalártela.

Levanté las cejas.

—¿La casa?

Sonrió.

—Sí, la casa, entre otras cosas.

—Por favor, dime que no estás pensando en ir y hacerles una oferta.

Se echó a reír.

—No, no pienso hacerlo. Venga. Vamos a echar un vistazo más de cerca.

Comenzó a andar por delante de mí y se volvió para tomarme de la mano. Dudé, tratando de imaginar cómo iba a trepar por el pequeño acantilado con la indumentaria que llevaba.

—Destrozaré el vestido.

—¿A quién le importa? Sólo te lo vas a poner una vez.

—¿Qué hago con los zapatos?

Los levanté. Los agarró y los lanzó hacia el patio de césped al que nos dirigíamos.

—Blake, estoy segura de que esta gente no quiere que curioseemos por las ventanas —dije entre risas.

—Tonterías. No hay nadie en casa.

Sacudí la cabeza, le agarré la mano y caminé por la pendiente rocosa. Blake me ayudó a subir hasta el patio de la zona llana de la parte superior. Sentí la fría hierba húmeda por el rocío en los pies mientras caminábamos alrededor de la casa. Me llevó hasta la puerta principal, una enorme entrada con columnas blancas y adornada con luces.

—¡Blake! —grité con un áspero susurro cuando él empujó la puerta y la abrió.

Antes de que pudiera detenerlo, me cogió en brazos y cruzó el umbral de la puerta.

Cuando atravesamos la entrada, me dejó bajar. A la derecha había una enorme cocina de color blanco brillante, y a la izquierda, un espacioso salón abierto. Me fijé en lo que pude entre la oscuridad. Blake me abrazó por la cintura y me alzó hasta su pecho.

—¿Qué te parece? —susurró, sus hermosos ojos brillaban de emoción.

—Es preciosa. —Le acaricié los labios con los dedos—. Como tú.

Gimió y me hizo estremecer.

—Como tú.

Sentí el sabor del champán en su lengua y todo el vértigo de aquel impresionante día que salía fuera de él. Nunca lo había visto tan feliz.

—Creo que estás un poco borracho —bromeé mientras me bajaba, y una amplia sonrisa se le dibujó en el rostro.

—Soy feliz. El hombre más feliz del mundo en este momento. Te lo aseguro.

Le devolví la sonrisa, incapaz de discutir. Yo también me sentía más que feliz. Me dio la vuelta y me subió por las escaleras.

—¿Dónde vas?

—Te voy a dar una vuelta por la casa. Hasta ahora te gusta, ¿no?

Me eché a reír.

—No podría imaginar una casa más bonita, de verdad. Sólo hay un problema.

Me miró y arqueó las cejas.

—¿Cuál?

—No es nuestra, y ahora ya puedes añadir el allanamiento de morada a tu lista de actividades ilegales realizadas en esta vida. Si quieres asaltar casas cuando regresemos de nuestra luna de miel, tienes mi permiso de forma oficial. Deberíamos irnos. Tengo mejores planes para esta noche que pasarla en la cárcel.

—Yo también, créeme. —Se detuvo en el rellano y tiró de mí hacia él—. Quiero enseñarte una cosa más. Aunque primero necesito que cierres los ojos.

Me volvió a coger en brazos y sentí que atravesábamos un largo pasillo. La oscuridad inundaba la casa, pero detrás de los párpados noté la luz. Abrí los ojos, aterrada por si no estábamos solos como yo pensaba. Entramos en una enorme habitación, casi tres veces mayor que la nuestra.

En el centro de la habitación había una impresionante cama con dosel cubierta por un edredón de seda azul. En la pared de enfrente, una chimenea decorada incrustada en la pared desprendía un cálido resplandor del fuego de su interior. ¿Qué era todo aquello?

—Blake —dije con una voz que era apenas un susurro.

Me dejó en el suelo, mi cuerpo apretado contra el suyo. Lo miré a los ojos, que ahora brillaban más que nunca. La travesura ya se había convertido en algo más.

—Es nuestra. Tuya y mía.

Me quedé sin respiración.

—¿Esto…?

—La casa. Todo esto. Es mi regalo de boda. Para ti.

—¿Una casa?

Reí, incrédula, pero de algún modo sin sorprenderme en absoluto de que Blake se justificase por la extravagante compra para nuestro día especial.

—¿Te gusta? —preguntó, con expresión de duda.

Mis ojos se llenaron de lágrimas.

—Blake, es… Dios mío, es preciosa. No sé qué decir. —De repente recordé que estábamos literalmente a sólo unos pasos de sus padres—. Tus padres, ¿lo saben?

Su titubeo desapareció con una sonrisa.

—¿A ti qué te parece? Catherine fue quien me lo dijo en cuanto los vecinos pusieron la casa a la venta. Llegamos a un acuerdo antes de que hablaran con un agente inmobiliario.

«Vaya.»

—No puedo creer que lo hicieras. —Todavía no podía aceptar que esa enorme y magnífica casa fuese nuestra. Nuestra—. ¿Te parece bien estar tan cerca?

Asintió.

—Supondrá un gran cambio. Pero, de alguna forma, se lo debo. He pasado mucho tiempo fuera, hasta hace poco. Y pensé que sería bueno para nosotros estar más cerca de la familia.

Miré hacia abajo, jugueteando con la rosa que prendía del bolsillo de su chaqueta.

—Los quiero como si fuesen de mi propia familia.

Levantó mi barbilla y me la acarició con suavidad.

—Lo son. Ahora somos una sola familia, tú y yo. Y ellos te quieren como a una hija. Eso nunca cambiará.

—Soy la chica más afortunada del mundo.

Me acarició con un pulgar los labios temblorosos y luego bajó lentamente la cabeza para inmovilizarlos con un beso.

—Pasaré el resto de mi vida asegurándome de que eso nunca cambie. Quiero dártelo todo…

Me puse de puntillas y me entregué al amor en su beso. Sus manos me recorrieron el cuerpo. Dejó escapar un suspiro entrecortado.

—¿Estás preparada para decirle adiós a este vestido por esta noche? Porque no puedo esperar ni un minuto más para hacer el amor contigo.

Asentí con la cabeza, muda y sin aliento. Me acarició los hombros.

—Eres tan hermosa.

Me di la vuelta en sus brazos. Soltó con rapidez el cierre y bajó la cremallera de la parte de atrás de mi vestido. La pesada tela cayó al suelo, rodeándome los pies.

Detrás de mí, oí a Blake tirar su ropa al suelo. Me volví y lo descubrí mirándome fijamente, con la boca abierta y lujuria en los ojos. Me quedé de pie delante de él, sólo con la ropa interior de encaje blanco que sabía que le encantaría.

Recorrió el borde de las braguitas y acarició la cicatriz que asomaba sobre ellas. A pesar de la alocada felicidad del día, una pequeña sensación de tristeza flotaba sobre mí. Me tomó de la barbilla y me alzó la cabeza para que mi mirada se encontrara con la suya.

—Nada de miradas tristes esta noche. Es hora de que el hombre de la casa le haga el amor apasionadamente a su preciosa novia. Puede que no pare durante horas, porque te tengo muchísimas ganas.

Luego sus manos fueron recorriendo mi cuerpo, desenganchando el corsé y dejando caer las delicadas braguitas de encaje blanco justo de la forma en la que yo lo había imaginado. Se puso de rodillas, se detuvo y me besó con delicadeza en el vientre y la zona superior del vello entre mis piernas.

Se demoró en la parte de mi vientre donde la herida había arrugado la piel, rozó con los labios la cicatriz de color rosa oscuro que se estaba comenzando a formar. Había tratado de no prestar atención a esa imperfección, apartaba los ojos cada vez que se sentían atraídos hacia ella mientras me estaba vistiendo o desvistiendo.

—No, Blake…

Me cubrí, sintiéndome abrumada. Le tiré de los hombros para que se pusiera en pie.

Se levantó, pero sólo para llevarme a la mullida cama y volver su atención hacia la parte inferior de mi cuerpo, besándolo y lamiéndolo. Jadeé cuando noté que su lengua se arrastraba por el interior de mis muslos y volvía a subir. Trepó por mi cuerpo, reclamando cada milímetro de piel con su increíble boca hasta que yo estuve temblando y casi a punto.

Me atrapó la cara con una mano, sin rastro de humor en su expresión, con nuestros cuerpos ardientes por la pasión y el champán, con las velas desprendiendo calor y un cálido resplandor a través de nuestra piel.

—Erica…, te amo…, enterita. Incluso tus cicatrices.

El enérgico y profundo beso que siguió a sus palabras me dejó sin respiración. De todos modos, no estaba segura de que pudiera pronunciar una sola palabra o respirar profundamente por la forma en que me abrazaba y me tocaba. Le había echado tanto de menos.

—Te dije que una noche besaría cada milímetro de tu cuerpo. Y casi lo he conseguido.

Me levantó las rodillas y se las colocó sobre los hombros. Luego pegó la boca a mi cuerpo y comenzó a darme grandes lametones sobre el cálido dolor entre mis muslos. Su lengua jugueteó con mi abertura, provocándome con aquellas inmersiones poco profundas en el lugar que ya estaba empapado para él.

Le agarré el pelo con fuerza. Me levanté hacia él, desesperada por tener más contacto en ese punto sensible. Los muslos me temblaron al rozarme con su suave cara afeitada. Con sus manos fuertes, me separó de nuevo las piernas, dejándome completamente desnuda ante él.

Me agarré al edredón, preparándome para el orgasmo que se acercaba y que amenazaba con someterme. No podía creer que hubiésemos conseguido que durara tanto, pero, ahora que ya lo habíamos hecho, no podía hacer nada en contra de las sensaciones que me recorrían. Unos cuantos segundos más de dedicada atención de su boca y ya estaba a punto. El corazón me latía con fuerza. Lo deseaba tanto, nerviosa, esperaba que me encendiese con su chispa. Entonces lo hizo, lamió hasta que apenas pude respirar.

—¡Blake!

Grité su nombre, inmovilizada por todo el placer que me daba. Había pasado tanto tiempo. Me estremecí, completamente extasiada, pero sabiendo que teníamos toda la noche por delante.

Se puso sobre mí, con su musculoso cuerpo cálido y protector contra el mío. Respiré hondo y dejé que la vista lo enfocara de nuevo. Sonrió y me besó con dulzura.

—Echaba de menos todo esto —susurré.

—Yo también. Vas a perder la cuenta de las veces que haré que te corras esta noche. Tengo que recuperar el tiempo perdido.

Una sonrisa llena de alegría me iluminó la cara, llena de satisfacción. No podía esperar.

Dejó los brazos a cada lado de mi cabeza mientras me miraba con una expresión que parecía de asombro maravillado.

—Erica, ¿tienes idea de lo mucho que te amo?

Tragué saliva. Si me amaba una fracción de lo mucho que yo lo amaba a él, lo sabía. Cada pizca de asombro de su mirada rebotaba en mí y me daba de lleno en el corazón. Acaricié con la yema de los dedos las duras líneas de sus rasgos. La admiración y el deseo se mezclaban en mi interior.

—Creo que sí. Pero preferiría que me lo demostrases.

Cerró los ojos durante un momento. Apartó mis piernas con suavidad con sus rodillas. Envolví las piernas alrededor de sus caderas, acercándolo a mí.

Se deslizó lentamente dentro de mí y unimos nuestros cuerpos. Gemí y me tensé alrededor de su cuerpo. Grité en voz baja, estremeciéndome por el placer de sentirlo de nuevo en mi interior, porque me llenaba perfectamente después de tanto tiempo de ausencia.

La primera oleada de placer se apoderó de mí. La simple felicidad de nuestros cuerpos juntos de nuevo era casi imposible de soportar. Caí, sólo para sentir mi deseo creciendo otra vez.

—Blake —gemí, aferrándome a él mientras me llevaba hasta allí, una y otra vez, con profundas y constantes embestidas.

Estaba empapada a su alrededor, y mis pensamientos giraban entre la pasión de nuestras caricias y la energía que explotaba entre nosotros cada vez que hacíamos el amor. Teníamos toda la noche para estar así. Cada noche. Siempre.

Blake me acarició el pelo, oliéndome, besándome, amándome.

—Mi mujer —susurró.

Una lágrima se deslizó y me llegó hasta el oído. Nuestras respiraciones se entremezclaron, entrecortadas y al unísono. No podíamos estar más cerca. Éramos uno. Nada podía separarnos.

20

A través de los altavoces, el personal del aeropuerto informaba a nuestro alrededor de las instrucciones de embarque para los vuelos mientras esperábamos nuestro turno. Por la mañana estaríamos en Dublín, la primera parada de la larga luna de miel de un mes que Blake me había prometido y había planeado para nosotros. Me senté a su lado, mirando a algún punto invisible en la oscuridad que había caído fuera.

Había pasado semanas con el ánimo por los suelos. Había luchado psíquica y emocionalmente para recuperarme. Pero convertirme en la mujer de Blake volvió a avivar el fuego dentro de mí. Estaba preparada para empezar de nuevo. Un avión dando la vuelta al mundo o incluso sólo una pequeña parte de él era un buen comienzo en una nueva dirección.

El teléfono me vibró en el bolsillo y me distrajo de mis pensamientos. El nombre de James apareció en la pantalla y respondí rápidamente.

—James, hola.

—Hola, siento muchísimo interrumpiros en vuestra luna de miel. No estaba seguro de si os habríais marchado ya.

—En realidad estoy en el aeropuerto. ¿Qué pasa?

Se aclaró la garganta.

—Me preguntaba si tendrías sitio para un desarrollador de aplicaciones de usuario en tu nueva oficina.

Dudé, un poco sorprendida por la petición.

—¿Por qué? ¿Va todo bien?

—No, en realidad no. Todo se ha ido a la mierda aquí. El sitio web… se ha caído.

—¿Qué?

Miré a Blake y subí el volumen del teléfono para que pudiera oír a James.

—Las cosas iban bien con su equipo. Es decir, no estupendamente, pero los técnicos de Isaac lo hacían todo de forma lenta, pero segura. Nos estábamos trasladando a los servidores del grupo Perry Media, y todo se cayó. —Suspiró—. Me acusaron de sabotear la migración. Es evidente que no lo hice, así que me marché.

—¿Crees que nos piratearon?

Sacudí la cabeza. Todavía hablaba de Clozpin como si tuviese algún derecho sobre ella. No lo tenía. Lo había perdido.

—Seguro.

—¿De verdad? ¿Alguien ha asumido la responsabilidad desde que te fuiste?

Se detuvo, y mis pensamientos llenaron el silencio. Amenazas del pasado acechaban en los confines de mi mente. Pero cómo…

—Creo que es Trevor.

El corazón se me paró. El nombre de Trevor resonó en el silencio. El fantasma que yo esperaba que hubiera desaparecido con Max cuando Blake acabó con su sitio web imitador. Era todavía la única persona que con toda seguridad sería capaz de atacar y destrozar con tanta brutalidad nuestros activos en línea. Había estado ausente por una inmensa suerte. ¿De verdad podría volver ahora a perseguirnos de nuevo? Miré a Blake, y vi su mirada fría y dura.

—Pero ¿por qué? Sophia e Isaac no son mis aliados. ¿Por qué atacaría sus bienes?

—Si esto es obra de Trevor, apostaría que él no tenía ni idea de que Isaac está en tu contra. Lo único que él sabrá es que fue una venta completamente amistosa, y que tú continuabas en tu puesto.

Lancé un suspiro de exasperación.

—Me sorprende que no hayan acudido a mí…

—Creo que en estos momentos están ocupados tratando de recomponer los pedazos. Pero con toda la mala prensa y el tiempo de inactividad les va a resultar muy difícil. Éramos pequeños, y, cuando Trevor nos golpeó, nos recuperamos con bastante facilidad. Esto es diferente. Todo lo que han hecho desde la venta ha estado en el punto de mira, porque Isaac ha estado sacando a la luz toda esta nueva empresa desde el día en que te fuiste.

Cerré los ojos. No tenía modo de haberme enterado. Había estado viviendo casi en total aislamiento durante semanas. Además, si alguien hubiera sabido algo de todo aquello, probablemente no me lo habrían contado.

—Es una locura.

—Hay más.

Levanté las cejas.

—¿Oh?

—Quien quiera que piratease su sitio también lo hizo con las cuentas de correo del servidor de Perry. Han estado publicando cosas.

—¿Cómo qué?

—Pues transcripciones de correos electrónicos y fotos no autorizadas.

—¿Fotos de quién? —pregunté con cautela.

—De Isaac con modelos, junto con un tremendo montón de denuncias. ¿Sabías que hay unas cuantas chicas que le amenazan con denuncias por acoso sexual? Sophia básicamente lo chantajeó para conseguir tu empresa junto con el resto del negocio de Alex porque tenía toda esta mierda sobre él. Ella le prometió que mantendría a las chicas en su agencia en silencio a cambio de una parte de la propiedad de Clozpin.

Apreté los dientes. Lo sabía. Sabía que ella tenía algo en contra de Isaac. Aunque no podía imaginar el qué. Diversificar, y una leche. Ella quería venganza, y la consiguió.

—Esto se ha convertido en una completa tormenta de mierda de relaciones públicas para Perry Media —continuó James—. No quiero estar cerca de ella. Chris tanteó el terreno y lo contrató otro laboratorio tecnológico aquí en la ciudad. Yo iba a hacer lo mismo, pero supuse que podría intentarlo contigo primero. Quería marcharme con vosotros, pero, ya sabes, no todos estamos casados con multimillonarios.

Me reí en voz baja y miré a Blake.

—No, lo entiendo. Y no te culpo. Yo tampoco podía… podía quedarme y trabajar con ella. Hubiera sido un infierno.

—Sí, bueno, lo reconozco. Cuando no ha sido estresante, ha sido lo más parecido al infierno.

—Sinceramente, me encantaría tenerte de vuelta. Tenemos algunos proyectos nuevos en los que trabajar tan pronto como Blake y yo regresemos. Tal vez podamos reunirnos entonces.

—Ese plan suena bien. Y disculpa por decirte todo esto justo en este momento. No era mi intención imponerte nada.

—No, en absoluto, James. Me alegro de que hayas llamado. Te llamaré pronto.

Colgamos y me quedé mirando el teléfono por un momento, tratando de asimilarlo todo. No estaba segura de si me alegraba o no de que Isaac y Sophia hubiesen acabado con mi sitio web. En parte, me había hecho a la idea de perderlo, pero que sus mentiras y trapos sucios salieran a la luz durante el proceso era sin lugar a dudas satisfactorio.

Lo que más me preocupaba era la posibilidad de que Trevor pudiese recurrir a sus viejos trucos. Ya había estado tras Clozpin antes. Fue implacable tratando de entrometerse en los asuntos de Blake, hasta que yo me enfrenté a él. ¿Qué podría querer de nosotros después de todo este tiempo y de hacernos tanto daño?

—No lo puedo creer —dije finalmente, volviéndome hacia Blake.

—Te dije que Isaac no era de fiar.

—Cierto. Y yo te dije que Sophia era una zorra conspiradora. Así que creo que al fin los dos estamos aprendiendo a confiar en el instinto del otro. ¿Piensas que Trevor ha hecho esto?

Blake miraba fijamente más allá de mí. Parecía frío e insensible, del modo en que podía llegar a comportarse cada vez que alguien como Trevor nos amenazaba a uno de los dos.

—Probablemente —dijo al fin.

—¿Qué vamos a hacer?

Me cogió de la mano y la apretó con fuerza.

—Absolutamente nada en estos momentos. Parece que tiene sus miras puestas en Perry, así que dejemos que los destroce a ellos durante un tiempo.

—Él no va a desaparecer, Blake. Tienes que saberlo.

Los altavoces volvieron a sonar con un nuevo aviso. La primera clase para nuestro vuelo estaba embarcando.

Blake se puso en pie y cogió las maletas.

—Venga. Vámonos.

Lo seguí, con los pensamientos abrumados por todo lo que James me había contado.

Despegamos de Logan. El avión se balanceó de un lado a otro sutilmente, y las luces de la ciudad aparecieron bajo nosotros. Por el momento, me convencí a mí misma de que dejábamos todos nuestros problemas atrás.

Agradecimientos

Mi madre me preguntó durante años cuándo me iba poner a escribir una novela, y yo ponía los ojos en blanco y le contestaba que nunca encontraría el momento para hacer algo así. Tenía tres niños y un negocio que me exigían buena parte del tiempo y de mis energías, por no mencionar lo que la vida se dedicaba a añadir a todo eso, con lo que ese sueño parecía imposible. Nunca en mis sueños más salvajes me imaginé que, por fin, la escritura se convertiría en una parte tan importante de mi vida. Ahora que lo es, dedico la mayor parte de mis esfuerzos a que lo siga siendo todo el tiempo que pueda.

Durante el proceso de escritura de *Redención* tuve que tomar algunas decisiones muy duras y desgarradoras. La más difícil de todas fue la de vender mi empresa. Pocos días después de completar el manuscrito, y con un gran peso en el corazón, fui en coche hasta Boston para decirle adiós a un equipo al que he llegado a querer, a la industria que me ha enseñado tanto y al lugar en la cabecera de la mesa que me proporcionó un propósito en la vida durante los diez años anteriores.

Este libro está dedicado al equipo con talento que hizo del negocio lo que es hoy. A lo largo de los años, se han convertido en algunos de mis amigos más fieles. Susan, Luc, Kurt, Derek, Yvonne y Chris, desde el fondo de mi corazón, gracias por ser tan brillantes, por las risas que nos hemos echado juntos y por hacer que me sienta orgullosa todos los días.

Este libro también está dedicado, en segundo lugar, a la gente que he conocido en mis viajes de negocios y a los que preferiría meterles un dedo en el ojo en vez de mirarles a la cara. Me han servido de maravilla para crear los perfiles de los personajes de mis villanos. También a todos los demás que se han cruzado en mi camino, aunque sea brevemente, en este intenso viaje. Gracias por cualesquiera que sean las lecciones y los pequeños momentos que me habéis ofrecido. Cada una de esas experiencias me ha ayudado a ser quien soy, y de eso no me arrepiento.

Si bien ese momento culminante de mi vida inspiró una gran cantidad de emociones en el libro, podéis estar seguras de que no le he vendido mi empresa a un villano y no hay piratas informáticos a la espera de la oportunidad de atacarme a mí y a mi novio multimillonario. Tengo una gran fe en el siguiente capítulo de mi vida y de la empresa. Igual que lo que dice el Sid de la vida real cuando pasa algo increíble: me encanta el futuro.

Siento una gratitud eterna hacia mi marido, Jonathan, por acompañarme en este momento increíble de la vida. Me encantan nuestras aventuras, y me encanta que siempre nos tengamos el uno al otro para disfrutar de los triunfos y pasar juntos por los momentos difíciles. Como siempre, este libro no habría llegado a buen puerto sin tu apoyo, tu motivación y tu dedicación como padre soltero.

Me gustaría darle las gracias a mi madre, Colleen, por ayudarme a mantener los pies en la tierra, por escucharme cuando me he tenido que desahogar y por levantarme el ánimo cuando más lo he necesitado. No es que sea una sorpresa, pero tengo muchísima suerte de que suframos el mismo tipo de locura. ¡Siempre nos tenemos la una a la otra!

Mia Michelle… Mi mejor amiga en Facebook…, ¡eres un amor! Gracias por estar siempre ahí para mí, por ser real y animarme, y por prometer no publicar nunca una novela delatadora basada en nuestras conversaciones de Facebook. Hablando en serio, eres realmente una de las personas más auténticas que conozco. Tienes un corazón de oro, ¡y soy muy afortunada por haberte conocido!

Muchas gracias a mi editora, Helen Hardt. Hemos recorrido un largo camino juntas en un año, y no soy capaz de imaginarme este viaje sin tu ayuda y tu orientación.

Gracias una vez más a Remi, por darme tanto por lo que tener ilusión a medida que la vida pasa.

Un enorme «¡gracias!» a mi nuevo ángel «arreglaproblemas», Shayla Fereshetian. Has tenido un importante papel en la salvación de mi cordura a lo largo de las últimas semanas. Pregúntale a cualquiera que me conozca: todos creen que tu segundo nombre es «impresionante». ¡Prepárate para ver tu nombre por aquí de forma habitual!

Gracias a mis magníficos lectores de prueba por vuestros magníficos y razonados comentarios, siempre enviados con una sorprendente rapidez. No os podéis hacer una idea de lo importante que son para mí vuestras opiniones en el proceso de traer un libro al mundo. Un agradecimiento especial para la hermosa Megan Cooke. ¡Tus doce páginas de documentos de Word son una joya!

Muchas gracias a mis correctoras, Amy, Haidee, Liana, Jill y Claire, por ver todo aquello que se me había pasado por alto.

Por último, pero no menos importante, un gran saludo a Team Wild y a M89 Underground, mis grupos callejeros incondicionales, y para todas las hermosas aficionadas y lectoras que hay por todos lados y que me han dado tanto apoyo y regalado tantas palabras amables. Escribo mis libros para vosotras, y ¡estoy impaciente por compartir muy pronto *Amor en la Red* y muchas más historias con todas vosotras!

ECOSISTEMA DIGITAL

NUESTRO PUNTO DE ENCUENTRO

www.edicionesurano.com

2 AMABOOK
Disfruta de tu rincón de lectura y accede a todas nuestras **novedades** en modo compra.
www.amabook.com

3 SUSCRIBOOKS
El límite lo pones tú, **lectura sin freno**, en modo suscripción.
www.suscribooks.com

DISFRUTA DE 1 MES DE LECTURA GRATIS

1 REDES SOCIALES:
Amplio abanico de redes para que **participes activamente**.

4 APPS Y DESCARGAS
Apps que te permitirán leer e **interactuar con otros lectores**.